U0918864

中国文联专家文选（第一辑）

# 新时代中国文艺之光

中国文学艺术界联合会 编

2024 · 北京

CFP 中国电影出版社

**图书在版编目（CIP）数据**

新时代中国文艺之光：中国文联专家文选. 第一辑 / 中国文学艺术界联合会编. —北京：中国电影出版社，2024. 10. —ISBN 978-7-106-05669-8

Ⅰ. I206. 7-53

中国国家版本馆CIP数据核字第2024GG0531号

责任编辑：程　楠
封面设计：一　元
版式设计：联创睿合
责任校对：滕　森
责任印制：孙　杉

**出版发行**　中国电影出版社（北京北三环东路22号）　邮编：100013
电话：64296664（总编室）　64216278（发行部）
64296742（读者服务部）　E-mail：cfpbjb@126. com
**印　　刷**　中国电影出版社印刷厂
**版　　次**　2024年10月第1版
**印　　次**　2024年10月北京第1次印刷
**开　　本**　787mm×1092mm　1/16
**印　　张**　20.25
**字　　数**　300千字
**定　　价**　78.00元

# 编写说明

2023年，中国文联聘任王巍、刘尚希、夏学平、张维为、杨凤城等5位在考古、经济、网络、政治、党史等学科领域，王杰、孙媛媛、宋修见、张尧、李舫、李凤亮、陈建忠、肖向荣、金浩、屈健、易继明、杨俊蕾、胡智锋、胡疆锋、郝戎、鲁太光等16位在各艺术门类专业领域具有较高学术造诣的专家学者为首批特聘专家和特约研究员。这是中国文联深入学习贯彻习近平文化思想，落实《中国文联学习研究宣传阐释贯彻习近平总书记文艺工作重要论述五年工作规划（2022—2026）》的一项重要举措。

受聘以来，各位专家学者以高度的责任感和使命感，深入学习研究阐释习近平文化思想和习近平总书记文艺工作重要论述并在重要主流媒体发文发声，积极参加中国文联调研采风、评奖评论、志愿服务等活动，为文艺人才研修培训授课讲座，充分发挥了思想库、智囊团的重要作用，得到文艺界和文联系统广泛好评和欢迎。

值此习近平总书记主持召开文艺工作座谈会并发表重要讲话十周年之际，为进一步深入学习贯彻习近平文化思想，集中展示中国文联特聘专家、特约研究员研究成果，经中国文联党组同意，我们精选各位专家近期公开发表的优秀文章，并按“与理论对话”“与作品对话”“与学科对话”“与科技对话”等四个专题加以汇编，编辑出版《新时代中国文艺之光：中国文联专家文选（第一辑）》。

希望文选能够为广大读者特别是文艺工作者带来思想启迪和工作借鉴，由于我们编辑水平所限，难免疏漏，不足之处，恳请广大读者提出宝贵意见。

编者

2024年7月

目录

第一章

## 与理论对话

## 第二章

# 与作品对话

第三章

# 与学科对话

第四章

# 与科技对话

# 第一章 与理论对话

# 王巍

考古学家。中国社会科学院学部委员、中国考古学会原理事长，中华文明探源工程首席专家。

主持中华文明探源工程，实证了中华五千多年文明，提出判断进入文明社会标准的中国方案，为世界文明起源研究做出了原创性贡献。同时，大力推动中国考古学“走出去”，十几年来，先后率队赴乌兹别克斯坦、洪都拉斯和埃及开展考古发掘。创办两年一次、被誉为“世界考古学的奥斯卡奖”的“世界考古论坛（上海）”，使世界考古界得以全面了解中国考古学的新发现与新进展，扩大了中国考古学的国际影响力。

2022年5月27日，习近平总书记主持十九届中共中央政治局第三十九次集体学习，作为“中华文明探源工程”首席专家和执行专家组组长讲解成果。

2023年9月1日，十四届全国人大常委会举行第六讲专题讲座，作了题为《中华文明起源与早期发展综合研究》的讲座。

# 中华文明探源成果如何“见众生”*

**王巍**

“从哪里来，到哪里去”是全人类期望得到解答的根本问题。个人如此，国家、民族也是如此——这也是考古学家探索古代文明的意义所在。中华文明绵延至今，与当下紧密相连，文化基因影响着我们的衣食住行、思想观念乃至思维方式。然而，要系统地回答中华文明起源、形成与发展等问题，仅靠一些标签化的抽象表述无法达成。当下，与深化考古学研究同样重要的，是要思考如何转化研究成果以惠及民众。目前来看，中华文明探源研究的成果大多停留在学术层面，离走进千家万户还有相当一段距离。党的十八大以来，考古学科高速发展，各级政府对考古工作的重视程度日益提高，媒体对考古和文化遗产保护的宣传力度不断加强，民众对考古的关注和热情也日益高涨。其中，讲好文物和遗迹的故事，是讲好中国故事的重要组成部分。考古知识的宣传和普及，可以正确引导民众去关注这些古迹和文物所反映的古代文明，去了解我们祖先的发明创造和衣食住行及与现代生活的关联，同时也是让世界人民了解中国的重要途径。中华文明探源成果如何更好地转化与传播，是中国考古界同人与全社会亟待探索的方向。

* 本文系作者在“文旅中国元宇宙首届生态大会”上发表的主题演讲《中华文明探源成果转化传播的思考》修订而成，由河南大学博士研究生霍蕾整理，特此致谢。

“中华文明探源工程”（以下简称为“探源工程”）是有关中华文明起源与形成的综合性研究项目。探源工程研究的时段是距今五千五百年到三千五百年的两千年，研究地域涵盖黄河、长江流域和西辽河流域。我们选择这些史前文化发展比较快的区域来研究各地区文明的起源以及它们相互之间的联系。研究的核心问题主要集中在四个方面。其一，中华文明是何时形成的？是否确实有五千年历史？经历了怎样的发展过程？为何会经历这样的过程？其二，中华文明以黄河中游为中心的历史格局何时形成？如何形成？为何会形成这样的格局？其三，文明形成的标志是什么？有没有放之四海而皆准的文明认定标准？其四，中华文明有何特质？为何会形成这些特质？

## 中华文明的起源与形成

文明是人类文化与社会发展的高级阶段，是在国家的组织管理下创造的物质文明、精神文明和政治文明的总和。文明起源，是史前时期文化高度发展和社会分化的开始。在生产发展的基础上，当物质文化和精神文化取得较大进步，社会就会出现分工。具体表现是，农业与手工业的分工为高技术含量手工业的专业化创造了条件。农业和手工业生产取得较大发展，人们的物质生活和精神生活的内容都较之前更丰富；脑力劳动和体力劳动的分工，使部落首领等社会精英脱离劳动，转为从事宗教祭祀或管理职能的阶层，从而出现了贵贱、贫富的分化，开始向文明社会迈进。社会阶层分化逐渐加剧并制度化，形成了阶级；权力逐渐强化，出现大型政治经济文化中心——都邑。文明形成最根本的标志是阶级矛盾激化，形成了集军事权力和宗教祭祀权力于一身的王权和国家。国家的产生是文明形成的最重要标志。

20世纪80年代，笔者留学于日本，发现当时国际学界普遍认为，判断一个文化进入文明社会的“三要素”为冶金术、文字和城市。所以在日本的书籍中，中国的文明历史是3300年，即从殷墟起始。笔者曾在2015年带领中国考古队与中美洲国家合作在玛雅文明的首都科潘遗址开展发掘。玛雅文明非常发达，有王权存在，但是并没有发现冶金术的使用；南美洲的印加帝国也很发达，但是没有出现文字。但国际上都认可它们属于文明。这说明冶金术、文字和城市的“文明三要素”并不是放之四海而皆准的标准，它无法涵盖世界各地文明发展的实际情状。我们根据中国的材料，兼顾其他古老文明，提出了判断进入文明社会标准的中国方案，即生存发展、人口增加，出现城市；社会分工和社会分化不断加剧，出现阶级；权力不断强化，出现王权和国家。其中，国家的出现是进入文明社会的最主要标志。[①]考古工作能够在没有文字资料的情况下通过都城、宫殿、大墓、礼器、战争与暴力等要素辨识出王权与国家，“城市、阶级与国家”的标准不仅适用于中国，也适用于埃及与中、南美洲。据此标准，我们梳理了中华文明起源、形成的如下过程。[②]

第一，一万年奠基。距今一万多年，长江中下游流域出现了栽培的水稻，华北地区出现了栽培的粟、黍，出现了定居的村落，人们从山洞迁徙到平原、丘陵，经营农业。我们在浙江省浦阳江上游的上山遗址发现了一万年前栽培的水稻的植硅体。同时

① 王巍：《中华文明探源工程及其主要收获》，《中国民族》2022年第6期。

② 王巍、赵辉：《“中华文明探源工程”及其主要收获》，《中国史研究》2022年第4期。

还能看到当时制陶技术的发展情况，不同的器型反映了人们不同的需求，这一时期石器制作技术也在进步。浙江省金华市义乌市的桥头遗址居址和墓葬发现了距今九千年的陶器，这些陶器施了红陶衣，并描绘了白色、统一的符号化纹饰，如点、线、竖线条排列、短横线与太阳纹等，这些纹饰看起来与八卦图案很接近，很显然在当时有一定的意涵，这些迹象都表明当时人们精神生活的丰富程度远超今人的想象。

第二，八千年起源。距今八千年，经过两千多年农业的初步发展，人们的精神生活日益丰富，社会开始出现分化的端倪。内蒙古自治区赤峰兴隆洼遗址出土的制作精美的玉器、玉耳环在少数人的墓葬中出现，这表明手工业在北方有了初步发展，家猪饲养与随葬表明了社会分化的迹象。河南省舞阳县贾湖遗址的农业遗存反映出八千年前淮河上游水稻栽培的情况，包括镰刀、骨镞、骨针在内的各式各样的生产工具已经出现。其中，一件贾湖遗址出土的骨笛被认定是最早的吹奏乐器，根据它制作的复制品依然可以吹奏出当今民谣的曲调，当时人们精神生活的丰富程度可见一斑。与此同时，考古人员在这一遗址中发现，少数人的墓中开始随葬龟壳，最多的有8件，少的有2件。这些随葬龟壳都是成对的，内有小石子，很可能是巫师系在腰间作法的器具。宝石、象牙骨板、被磨成小珠的绿松石在少数墓葬中出现。少数龟甲上有刻画的符号，跟甲骨文里的某些象形字很相似。这些刻符未必是甲骨文的前身，但它们都是方块字的结构，我们的工作目标之一是寻找甲骨文发展的源流，这些都是非常重要的线索。我们曾认为这一时期是和平的时代，但在考古发现的墓葬遗骸中，有人的胸部插着骨镖。

第三，六千年加速。距今六千年，生产力进一步发展，社会出现明显的分化，出现权力、大型中心性聚落和规模较大的墓葬。我们在河南灵宝西坡遗址发现了很多集中的超大型遗址。其中一个遗址设有两个宽十几米的围沟，中心有圆形广场，广场周围有四个建筑考究的大型房址。单体室内面积为240平方米，加上回廊为500多平方米。最早的大型墓葬反映出社会出现明显的分化。我们发现这一时期一个人的墓葬比其他人的要大数倍。在长江下游江苏张家港东山村遗址中，小墓随葬品有三五件，但是大墓的随葬品多达数十件，墓葬的规模和随葬品的多寡相差悬殊。我们还在其中一个大型墓葬和中型墓葬相对集中的区域出土了陶器、骨器、玉器等。可以明显看到，当时社会已出现较为严重的阶级分化。

第四，五千多年进入文明。距今五千年出现了大型宫殿、都邑性城址和权贵阶层的大墓，社会分化显著，形成了金字塔式的社会结构，中华文明步入古国文明阶段。在安徽含山凌家滩遗址，一墓葬中随葬了300多件器物，光玉器就有上百件，还有大量带孔的武器——石钺，唯一的一件玉钺被置于墓主人头部，可能是作为权杖。我们最近又发现了超大型宫殿建筑的基础，而且年代比良渚要早，可能是良渚文明的前身。在1987年凌家滩遗址发掘的M4墓葬中，出土了133件玉器，不少可能和早期信仰相关，这说明墓主是掌握军权、王权和神权，一身多任的人物。另一墓葬中出土了玉鹰、玉喇叭形饰、玉人等象形的器物，以及兵器、太阳鸟等，数量达1000多件，这在同时代文化中十分突出。

这说明当时人们的精神生活丰富，权贵阶层同时掌握了军事指挥权和宗教祭祀权。

在五千年前史前文明发展的巅峰阶段，长江下游的长三角地区出现了良渚文明。良渚古城是探源工程最重要的发现。2006年6月至今已基本探明绕莫角山四周有一圈城墙，南北长约1900米、东西长约1700米，城墙底部宽度40~60米，最宽处上百米，普遍铺设石块为基础，在石头上再用较纯净的黄土堆筑，石块和黄土均为外地船运而来。古城布局略呈圆角长方形，内城面积300万平方米，约相当于4个故宫；外城区域面积620万平方米，约相当于8个故宫。良渚古城的工程量是同时期世界上最大的。美索不达米亚西南部苏美尔人的古城乌鲁克和印度河流域重要的古代城市摩亨佐·达罗都城面积都约为250万平方米，而良渚古城仅内城面积就超过了上述两座古城。良渚古城外围还有一道外郭城，在良渚古城的外围，分布着扁担山—和尚地等长条形高地，均为人工堆筑而成，宽约30~60米，人工堆筑高约1~3米，它们断续相接，基本构成外郭城的形态。

我们还发现，早期的良渚人在修城前，先在北边建了一个大型的防水堤坝，用以防止山洪侵蚀，然后才建城。良渚古城西北部存在大范围的治水体系，目前已发现11条水坝遗址，主要修筑于两山之间的谷口位置。该水坝系统由沿山长堤、谷口高坝及平原低坝三部分组成。老虎岭水坝遗址的岗公岭等高水坝位于良渚古城西北约8千米处，坝体长约50~200米，高约10~20米，坝顶海拔约25~40米，我们对6条水坝样品进行测年，获得12个测年数据，年代集中于距今五千至四千八百年，属于良渚文化早期。

位于良渚古城正中心的莫角山遗址是中国最早的宫殿区，也是目前所知史前中国最大的宫殿区。良渚古城内遍布水路、水门，一般人住在城外的高地上，有用于靠岸的码头。东城墙外侧高于周围水面的居住区域附近有保护堤岸的木质护板，玉架山遗址中首次发现的良渚文化槽或许反映了壕沟具有水路通道的功能。这显然是具备了后期工程的雏形。

距今五千至四千五百年，长江下游地区稻作农业极为发达。茅山遗址和余姚施岙都发现了良渚文化的大规模水田，后者的面积达8万平方米，相当于11个足球场。我们还发现了石犁、石镰、石耘田器等犁耕使用的原始农具。其间，牛脚印的发现，表明当时已开始以牛耕支撑农业发展。莫角山遗址附近发现的密集埋藏的炭化稻米总重量达20万千克，显然是来自四面八方对王权的纳贡。伴随良渚文化发达的稻作农业，手工业技术进步与贵族手工业开始出现。手工业技术发达、社会生产分工精细化，高端手工业（琢玉等）专业化，高端手工业制品和稀缺资源（玉料）被垄断。良渚文化以发现大量玉器著称，其最为精美者皆发现于最高等级墓葬。这些墓葬都建在祭坛上，随葬大量的玉器，如圆形的玉璧、方形的玉琮和武器玉钺。良渚玉器花纹复杂精美、主题单一，表明良渚社会信仰的高度一致。在信仰体系方面，在良渚文化分布区的各地高等级墓葬中，都有出土的“神徽”形象，如透雕的冠状玉梳背、玉项饰等，这显然意味着存在一个统一的信仰体系。与此同时，这些遗迹也表明玉器的生产和制作是由良渚贵族所控制的。在某一个墓葬当中，钺的木柄两端的装饰还在，所以我们认为它应该是军事权力的象征。甲骨文和金文当中的“王”字，都是这个斧钺的“钺”的象形字，因为“钺”代表军事指挥权，代表王权。高度一致的原始宗教信仰（玉琮、玉璧和神徽）折射出存在一个宗教中心。

距今五千至四千五百年的良渚社会开始出现贫富贵贱的分化与悬殊，阶级开始出现。良渚古城同时拥有内城和外城，是同时期世界上规模最大的城址，总土方量达3600万个劳动日。超大型工程反映出王权对社会资源的控制及调动能力。以王为核心，覆盖整个社会的控制网络，形成了比较稳定的具有强制性公共权力的区域性政体——国家。所以我们得出结论，良渚已经进入文明社会。令人欣慰的是，2019年7月6日良渚成功申遗。世界遗产委员会将良渚古城遗址列入世界遗产名录的理由，是它展现了一个存在于中国新石器时代晚期的、以稻作农业为经济支撑的，并存在社会分化和统一信仰体系的早期区域性国家形态，印证了长江流域对中华文明起源的杰出贡献。良渚进入文明社会的史实，得到了国际社会的认可。

距今四千三百年左右，良渚文明和石家河文明因环境变化、农业遭受严重打击等原因而转向衰落，中原呈崛起之势。中原崛起的重要特点是尧舜时期王权国家吸收了各地的先进文化因素，包括良渚的玉琮、玉璧、玉钺，长江下游的陶制的酒礼器和木制棺椁制度、长江中游的玉器制度、河套地区的陶器，尤其是原产于西亚，经中亚和中国西北传入的黄牛、绵羊、小麦、冶金术等，都汇集于中原，这为夏王朝后中原呈引领之势的格局奠定了基础。

第五，四千年王朝建立。距今四千年，夏王朝在中原地区建立，文明进程迈入以中原地区王朝为引领的文明一体化阶段，由古国文明向王国文明（夏王朝）过渡。夏王朝具有强大的文化辐射力，距今三千八百年前后，二里头文化在同时期的各文化区中开始居于优势地位，向周围地区施以强大的辐射，在多元一体格局中逐渐成为核心。中原二里头文化的陶器在北方的赤峰、南方的三星堆均有发现；夏王朝发明的玉制礼器——牙璋也有广泛分布，在三星堆、越南北部都有发现，说明夏王朝对周边影响深远。这些迹象证明，以中原地区为中心的多元一体格局开始形成。

第六，三千年巩固、两千两百年帝国文明建立。距今三千年，经商王朝的经略，西周王朝通过封邦建国实现了前所未有的对王畿地区之外广大区域的控制，礼制完善，王朝国家得以巩固。距今两千两百年，经春秋、战国时期的转变，以公元前221年秦始皇统一中国为标志，中华文明由王国文明转变为帝国文明。

综上，可归纳出中华文明的特质——历史悠久，延绵不断；多元一体、互动交流；开放包容、兼收并蓄等。同时，可简单概括探源工程二十年来所取得的成果。探源工程启动以来，一系列都邑遗址、各地中心性遗址和区域调查揭示了中华文明起源、形成与早期发展的过程和阶段性，实证了中华五千多年文明史；揭示了各地区文明化进程，探讨了以中原王朝为中心的多元一体格局的形成过程；对中华文明演进的环境背景、兴衰原因、内在机制等取得了较为系统的认识，尤其是提出了通过考古遗存辨识文明形成标志的中国方案，丰富了世界文明史研究的理论与方法；

积累了多学科结合研究人文重大课题的经验，完善了相关机制；培养了一批多学科结合研究文明的专业人才。习近平总书记指出："中华文明探源工程提出文明定义和认定进入文明社会的中国方案，为世界文明起源研究作出了原创性贡献。"[①]同时，我们应该清醒地认识到，探源工程取得的成果还是初步的、阶段性的，还有很多问题等待我们深入研究，仍有很多历史之谜等待我们去努力破解，深化探源研究仍然任重道远。

## 中华文明探源成果的转化与传播

迈入新时代以来，我们的文物保护事业取得了举世瞩目的成就，文物保护意识持续深化，服务大局成效明显。近年来，文物保护工作受到了前所未有的关注。党的十九大和十九届五中、六中全会均对加强文物保护利用作出了整体谋划；中央出台6份专门政策文件，"十四五"文物保护和科技创新规划首次列入国家专项发展规划，27个省级人民政府将文物安全纳入考核评价体系。这些都展现了党和国家对文物保护事业的高度关注。1982年通过的《文物保护法》提出，文物工作方针是"保护为主，抢救第一，合理利用，加强管理"，但2022年7月召开的全国文物工作会议对文物工作方针提出了新的表述——"保护第一，加强管理，发掘价值，有效利用，让文物活起来"。新表述突出强调了"保护"，要求把"保护"放在第一位，在保护的基础上进行有效利用，让文物活起来，发挥文物更大的影响。

笔者从事中华文明探源工作20多年，时常思考这样一个问

① 习近平：《把中国文明历史研究引向深入 增强历史自觉坚定文化自信》，《求是》2022年第14期。

题：我们有着一百年考古实践的历史，但我们以何途径让民众了解考古？考古人一半时间在工地，一半时间在书斋，当空头理论家不行，只埋头田野也不行。我们研究的实物是实际的，但实物本身并不说明问题，中国考古要走向阐释、见众生。

考古成果的阐释大致可分为两类，一是理论建构，二是公众科普。就公众科普层面而言，目前探源工程转化与传播的难点主要在于，考古学家撰写的考古报告有大量生涩的专业术语，而通俗的考古科普读物效果又非常有限；考古遗址现场复原展示水平比较低，民众兴趣无法得到提升；博物馆展览说明词未从观众的视角进行转化，观众无法理解文物的内涵与价值；媒体上“鉴宝”类节目泛滥，给民众造成了错误导向。虽然近年来公众考古方面的优秀出版物日渐增多，但以中国巨大的人口基数来看，考古与社会大众的距离依旧遥远，神秘感常常引发误解与质疑。例如，我们对三星堆出土的器物进行了精确测年，结论是距今3200—3000年，但少数人怀疑这个数据，认为我们在有意地将三星堆的实际年代说成晚于夏商。所以当下存在如何让社会大众科学地认知考古工作、认知中华文明探源成果的难题。笔者认为，相关举措包括但不限于以下六个方面：

第一，设立“中国考古日”。考古发现和研究对于当今社会和人类未来发展的重要性不言而喻。目前世界上有不少国家和地区以及国际考古学组织都设有固定的日期，集中开展相关的考古宣传活动。如定在每年10月第三个周六的“国际考古日”是目前国际考古界规模最大的活动，最早由美洲考古学会发起，现已覆盖全球 30 多个国家，有数百个相关组织和团体参与。而“欧洲考古日”则于每年6月第三个周末举行，现覆盖欧洲26个国家，让公众了解欧洲的考古与文化遗产。作为文明古国和考古大国的中国，应设立符合我国文化的“中国考古日”，时间可长可短，如“考古日”“考古周”，还可有“考古月”，在全国各地举行各种普及考古知识、宣传考古成果的活动，提高公众对考古学的认识，推动公共考古的开展。在国家、地区与城市的层面提升民众对考古的认知与文化遗产保护意识，让更多的人走进考古、理解考古、爱上考古，有助于将考古成果转化为文化产品和社会常识，从而进一步丰富人民群众的精神文化生活。①

第二，关注探源相关普及读物的创作与出版。笔者曾参与审定初中历史课本。翻开初一教材，开篇是原始社会，考古成果包括北京周口店猿人头盖骨、山顶洞人、西安半坡遗址和浙江河姆渡遗址等，而1975年以后的考古进展基本没有被纳入。教科书里的史前史，一直停留在半个世纪前的成果。于是，我们开始着手修改课本，将一万年前浙江浦江上山遗址的水稻栽培、八千年前河南舞阳贾湖遗址的骨笛、五千年前浙江余杭良渚遗址的巨型城址和水利工程、陶寺文明遗迹、二里头都城等一批重要考古发现加了进去。这些都是最近几十年改写历史的重要发现。未来希望在考古普及方面继续推出更多措施。除完善教科书以外，还可以组织专家编写面向各年龄段的科普书籍，讲述考古最新成果所展现的中国历史。专业人员也要学会通俗表达，考古专业学生可以写考古小说、通俗读物，文物、历史要用讲故事的方法讲出来。通俗是一种境界，只有建立在深入研究的基础上，才能深入浅出，文物工作者应该有这样的意识。让普通人从了解自己祖先的

① 王巍：《建议设立“中国考古日”》，《中国文化报》2022年3月8日。

文化开始，发自内心地去感受我们文明的辉煌和丰富，这样才能真正地实现文化自信。

第三，关注新兴数字技术与探源工作的结合。当下蓬勃发展的数字技术、人工智能、元宇宙等是新一轮文明发展的驱动力，借助现代新兴技术对考古研究成果进行转化与传播，是未来中华文明探源工程成果转化与传播的必由路径。接下来我们需要思考的问题是，如何利用新技术增进考古专家与公众的互动，回应公共考古需求，创新研究和传播形式，用比较生动的语言让民众了解考古成果。近来，在国家文物局指导下，北京广播电视台与北京市文物局联合推出了一档大型文化节目，邀请考古学家探访与中华文明探源相关的各个遗址地、博物馆以及考古现场，打造全国首个以“中华文明探源”为主题的深度文化探秘真人秀。这是值得被关注的探源工程成果转化、传播的积极尝试。公众对考古事业抱持的巨大热情从互联网上显现出来，这既是对从业者的极大鼓舞，也提示考古学界应协同社会各界进一步加大探源成果传播工作的步伐，迎接未来的挑战。

第四，关注博物馆对探源成果的展示与传播。遗址类博物馆与综合性博物馆是探源工程成果转化与传播的主要阵地。然而博物馆需要用老百姓听得懂、听得有兴趣的方式进行考古知识的宣传和普及。目前大部分博物馆还停留在标本式展示阶段，即在文物前面放置展牌，信息仅包括文物名称、出土地等。这类展示方式并不适合普通观众。评价一个博物馆的好坏，不是看这个博物馆里面有多么精美的文物，而是要看展示的文物是不是让普通人能看懂、有兴趣、得教益。只有站在参观者的角度去解读，才能让探源成果活起来，诉说引人入胜的历史。此外，当下部分博物馆过于倚赖“高大上”的数字技术，但是展示的内容却十分苍白。在博物馆日常实际操作中，无须花费很高的成本来展现原本容易解释的内容，而遗址价值的揭示才是更需技术助力的方面。博物馆服务、教育与文创等方面的举措也与探源成果转化的效果息息相关，博物馆在举行模拟考古、“考古盲盒”这些常规活动之外，也应探索与遗址内涵相对应的特色活动。

第五，加强“国家考古遗址公园”建设，积极推进重点项目申遗工作。国家考古遗址公园以重要考古遗址及其背景环境为主体，具有科研、教育、游憩等功能，在考古遗址保护和展示方面具有全国性示范意义，是包含考古遗址博物馆在内的公共文化空间。公园一般选择位于城市附近、周边人口密集、交通便利的重要遗址，以达成让民众在游玩休憩之中体验、感受历史文化和古代文明的目的。考古遗址公园是考古学界联系民众与社会的重要纽带，在一些古代都城中复建古代标志性建筑，把重要的遗址建设成考古遗址公园，辅之以生动、形象的考古遗址博物馆，能让民众看得明白、看得有趣、看得受益。截至目前，我国共评出55处国家考古遗址公园，有33处已由地方政府颁布了地方性文物保护法规，一些主要都城或者重要遗址都在列，其中包括浙江的“良渚国家考古遗址公园”“大窑龙泉窑国家考古遗址公园”以及“慈溪上林湖越窑国家考古遗址公园”等。建设国家考古遗址公园的重大意义在于它解决了曾经长期存在的文物保护与城市建设、旅游事业的矛盾，使这三者由“对头”变为同盟军，极大地促进了文物保护与利用。与此同时，把建设国家考古遗址公园作为一项促进文旅融合、改善城市形象、提高城市知名度的重要举措，也极大提升了各级政府的积极性。2023年4月，我们关注了浙江浦江上山遗址的研究、宣传与申遗工作。“上山文化”的发现，证实了一万年前长江下游的先民已经能够种植水稻，为后面的文明形成奠定了坚实基础，是对世界文明的一个重大贡献。当下，应加快对上山考古遗址公园保护展示馆的陈列布展提升工作，进一步做好彩陶、石器等文物以及稻米脱粒实验的数字化展示，强化现场视觉交互体验，探索线上线下互动传播模式，不断丰富和完善其文化价值和精神内涵，让更多的国内外文物工作者关注上山、研究上山，建立健全申遗工作沟通协调机制，推动上山文化遗址群早日进入《中国世界文化遗产预备名单》。

第六，在国家中心城市建设“中华文明主题乐园”。关于规划建设中华文明主题乐园，笔者已在众多场合发出呼吁。建设一个沉浸式的、可以感受中华民族辉煌成就和丰富文化内涵的“中华文明主题乐园”，是笔者一直以来的愿景。如能够建成这样一座以弘扬中华文明为主题的“东方迪士尼”，它将成为考古和文物界贡献给人类的巨大财富。中华先民们创造了丰富的物质文明、精神文明和制度文明，值得我们去大力继承和弘扬。建议选择经济发达、交通便利的国家中心城市建设中华文明主题乐园，同时可进一步创新传播方式，让文物“活起来”，讲好中国故事。迪士尼乐园中的卡通人物造型来自迪士尼动画片，中华文明主题乐园里面能够包纳的人物和故事来源更加丰富，包括古老神话传说中的愚公移山、后羿射日、夸父逐日、女娲补天等，还可以选择我们中华文明起源、形成和发展过程当中具有标志性的节点进行情景再现。在这座主题乐园里，有着一万年前稻、粟、黍的栽培，九千年前的玉器，八千年前的独木舟、骨笛、造酒，六千年来“龙”的观念，五千多年文明的形成，四千年前的瓷器，具有几千年历史的中医、中药和茶叶。中华先民的衣食住行，样样都可以演绎出精彩节目。利用AR、VR等数字化技术，主题乐园可以展现丰富多彩的中华先民的衣食住行、发明创造，各区域文明形成时期、各古代王朝的各个代表性场景，中华文明取得的辉煌成就及与其他文明的交流互鉴，能让全国乃至全世界的青少年在游玩中体会和传播博大精深、辉煌灿烂的中华文明。①

## 结　语

考古工作是研究人类社会的过去，而研究过去是为了更好地帮助我们处理当下遇到的各类矛盾和问题，更好地指导我们的将来，为人类社会的发展提供有用的借鉴和教益。比如人与环境的关系、文化的多样性、不同文明之间的相互包容学习借鉴，以及人类社会的可持续发展等，都可以从古代社会和人们的生活中得到启示。在此意义上，考古也是和当代社会密切联系的学问。考古所展现的中华文明辉煌成就，对于国人来说，不仅仅是丰富了知识，更重要的是从数千年积淀的中华文化基因中获取精神力量，增强了文化自信。

文化自信是文化认同的前提。笔者曾以为对国家文化的“认同”是一件理所当然的事，后来却发现事实并不完全是这样，即

① 李瑞:《王巍代表：在国家中心城市建设中华文明主题乐园》,《中国文物报》2022年3月8日。

便我们可以拿出充分的事实依据来论证我们的结论，误解与误读依然时有发生。因此，要构建民族文化的认同需要多学科的结合，要以社会协同的方式把中华文明的历史、成就、内涵和对世界人民的贡献向国人及面向世界进行充分展示。习近平总书记对中华文明有着非常准确的概括："中华文明源远流长、博大精深，是中华民族独特的精神标识，是当代中国文化的根基，是维系全世界华人的精神纽带，也是中国文化创新的宝藏。"[①]在五千多年漫长文明发展史中，中国人民创造了璀璨夺目的中华文明，为人类文明进步事业作出了重大贡献，这促使我们去思考探源成果如何转化、如何传播的问题。如果我们对世界文明的重大贡献、灿烂深厚的文明内涵、丰富的研究成果仅停留在考古专业内部，那么所影响的不过只是一两万考古工作者、十几万历史学研究者。将中华文明写入教科书自然是一种文化传承的重要方式，但是相较于静态的文字，我们更加迫切地需要民众能够更为全面地感知中华文明起源与形成的历程，感知文化的力量来自创造，如一万年前的稻作、九千年前酒的发明、八九千年前家畜的饲养、八千年前的独木舟、四千年前的瓷器等一系列的发明和创造，才是文明发展的核心力量。

民族文化的根脉与每一个中国人息息相关。中华文明探源工程使国人和全世界炎黄子孙得以了解祖先所创造的中华文明如何起源、形成与发展，了解中华民族五千多年文明史是真实的历史，它所揭示的中华文明丰富内涵、灿烂成就和对人类文明作出的重大贡献，极大地增强了中华民族的历史自信与文化自信，为实现中华民族伟大复兴提供源源不断的精神动力。从探源成果转

① 习近平：《把中国文明历史研究引向深入 增强历史自觉坚定文化自信》，《求是》2022年第14期。

化与传播的角度来看，我们还应关注其知识生产的过程本身——作为中国人文学科与自然科学携手开展的史上规模最大、影响最深远的科学研究，其成果产生的过程与成果本身同样重要，有必要让中国的民众乃至世界的人们知晓。建议权威媒体与研究机构合作，拍摄反映中华文明探源工程历程及其成果的系列纪录片，记录下20多个学科、60多家单位近400位学者，如何研究中华文明起源、形成与早期发展的历程和为取得辉煌成就而付出的艰辛努力。

习近平总书记特别指出："要充分运用中华文明探源工程等研究成果，更加完整准确地讲述中国古代历史，更好发挥以史育人作用。"[①]目前，我国文物保护与利用的实践正迈入一个新的阶段，公众的美好生活应该包括物质生活和精神生活。设立"中国考古日"、关注探源相关普及读物的创作与出版、关注电视媒体及新兴数字技术与探源工作的结合、关注博物馆对探源成果的展示与传播、加强"国家考古遗址公园"建设、推进重点项目申遗，以及建设"中华文明主题乐园"等途径，在未来探源工程研究成果转化与传播方面将有明显助益。在此真诚地希望未来越来越多不同领域的工作者和广大民众，特别是广大青少年更加关注中华文明探源的研究成果，增强对中华文明的认识和认同，增强历史自觉和文化自信，共同推动中华民族伟大复兴的伟业。

① 习近平：《把中国文明历史研究引向深入 增强历史自觉坚定文化自信》，《求是》2022年第14期。

载于《探索与争鸣》2023年第6期

# 杨凤城

党史学家。中国人民大学中共党史党建学院院长、教授，教育部长江学者特聘教授。

主要著作有《中国共产党文化思想史》《中国共产党与当代中国文化发展研究》《中国共产党的知识分子理论与政策研究》《二十世纪的中国：走向现代化的历程·思想文化卷》《全面从严治党新阶段》等，主编《中国共产党历史》《毛泽东思想研究述评》《中共党史重大问题研究》等教材和著作。在《中共党史研究》《当代中国史研究》《人民日报》《光明日报》等报刊发表文章140余篇。获得教育部新世纪人才、宝钢优秀教师、北京市优秀教师等荣誉。

2011年6月28日，十七届中共中央政治局第三十次集体学习，作为专家就中国共产党保持和发展党的先进性研究问题进行讲解。

# 习近平传统文化观述论*

**杨凤城**

习近平传统文化观是习近平文化思想的重要组成部分，是中国共产党对待中华传统文化的思想理论结晶。中国共产党既是中国先进文化的引领者和践行者，又是中华优秀传统文化的传承者和弘扬者，在百余年的奋斗历程中，党一方面以马克思主义为指导、依据时代要求、总结实践经验，积极领导和推进革命文化、社会主义先进文化建设；另一方面，扎根中华大地，充分汲取传统文化精华，弘扬民族精神，传承发展优秀传统文化，实现马克思主义与中华优秀传统文化相结合，实现革命文化、社会主义先进文化与中华优秀传统文化相互成就、相得益彰，构成有机整体。正是在深刻总结历史经验的基础上，适应新时代特点和呼唤，习近平传统文化观应运而生。可以说，习近平传统文化观是“两个结合”特别是“第二个结合”的深刻阐释，是中华优秀传统文化“根脉”意蕴的生动说明。习近平传统文化观内容丰富，思想深邃，本文仅围绕为什么、是什么、怎样做三个层次，归纳和分析有关重要论述，借此为习近平文化思想的学习提供一些参考。

* 本文系习近平新时代中国特色社会主义思想研究工程“习近平关于党的历史论述研究”（22XNQ014）阶段性成果。

## 一、民族基因、精神纽带

立足新时代，贯通历史与现实，正确看待中华传统文化的地位与作用、价值与意义，是习近平传统文化观的首要内容，其论述鲜明而全面，尤其是强调中华优秀传统文化作为民族精神纽带和民族基因的意义。首先，在习近平看来，中华文明绵延数千年，有其独特价值体系、独特精神世界、独特思想理念，潜移默化影响着中国人的思想方式和行为方式，构成中华民族的精神标识。他经常指出，中华优秀传统文化是中国立于当今世界的根基，是中华民族的文化基因、精神血脉，体现了中国人几千年来积累的知识智慧和理性思辨，是我们重要的文化软实力。

其次，高度评价中华优秀传统文化对于中华文明赓续、中华民族团结、中国国家统一、中国社会进步的作用。就此，习近平曾指出："从历史的角度看，包括儒家思想在内的中国传统思想文化中的优秀成分，对中华文明形成并延续发展几千年而从未中断，对形成和维护中国团结统一的政治局面，对形成和巩固中国多民族和合一体的大家庭，对形成和丰富中华民族精神，对激励中华儿女维护民族独立、反抗外来侵略，对推动中国社会发展进步、促进中国社会利益和社会关系平衡，都发挥了十分重要的作用。"[①]在 2023 年 6 月召开的文化传承发展座谈会上，习近平通过对中华文明连续性、创新性、统一性、包容性、和平性的总结，进一步指明了中华优秀传统文化在历史和现实中发挥的重大作用。

① 习近平：《在纪念孔子诞辰2565周年国际学术研讨会暨国际儒学联合会第五届会员大会开幕会上的讲话》，《人民日报》2014年9月25日，第2版。

再次，把中国特色社会主义、中国式现代化与中华五千年文明联系起来，高度评价中华优秀传统文化的根脉意义。习近平不止一次地指出，中国特色社会主义是在对中华民族五千多年的文明传承中走出来的，植根于中华五千年文明沃土。他强调："如果没有中华五千年文明，哪里有什么中国特色？如果不是中国特色，哪有我们今天这么成功的中国特色社会主义道路？""只有立足波澜壮阔的中华五千多年文明史，才能真正理解中国道路的历史必然、文化内涵与独特优势。"①他还提出"中国式现代化，深深植根于中华优秀传统文化"的重要命题，指出"中国式现代化是赓续古老文明的现代化，而不是消灭古老文明的现代化……是文明更新的结果，不是文明断裂的产物"。②事实上，把中国式现代化的五大特色和中华文明的五大特性贯通起来，就是对上述命题和结论的深刻揭示与阐释。把中国特色社会主义与中华文明传统、把中国式现代化与中华优秀传统文化直接关联起来，在党的历史上是首次，更重要的是表明新时代中国共产党对传统文化的认识达至一种新高度新境界。

最后，高度评价中华优秀传统文化在马克思主义中国化时代化历程中的作用，包括马克思主义在中国广泛传播的思想桥梁或介质作用，马克思主义中国化时代化过程中的思想资源作用，让马克思主义扎根于中华大地成为中华文化有机组成部分的意义，等等。虽然，就历史实际而言，中华优秀传统文化一直在马克思主义中国化时代化历程中发挥着作用，但是明确指出这一点则是在新时代。党的二十大报告列举了中华优秀传统文化中的一些思想理念与科学社会主义价值主张的"高度契合性"，指出"只有

① 习近平：《在文化传承发展座谈会上的讲话》，《求是》2023年第17期。

② 习近平：《在文化传承发展座谈会上的讲话》，《求是》2023年第17期。

植根本国、本民族历史文化沃土，马克思主义真理之树才能根深叶茂”。①在文化传承发展座谈会上，习近平进一步指出：“中华优秀传统文化充实了马克思主义的文化生命”，马克思主义与中华优秀传统文化相结合，“让马克思主义成为中国的，中华优秀传统文化成为现代的，让经由‘结合’而形成的新文化成为中国式现代化的文化形态”。②

此外，习近平对于中华优秀传统文化在文明交流互鉴中的作用，特别是在促进世界读懂中国方面的作用，在解决全球性问题，例如和平赤字、生态赤字等问题上提供智慧，在国家治理中提供历史镜鉴和启发，为中国哲学社会科学和文艺创作供给丰富营养等方面，均有阐发。对此，人们可以从不同角度、不同方面进行概括和总结。但是，不管怎样，要深刻理解习近平对于中华优秀传统文化的高度评价，都需要充分认识新时代的特征和呼唤。

回顾历史，党的领导人论及传统文化，一般侧重于其历史地位与历史作用的分析，现实关联较弱。新时代，中华优秀传统文化作为民族精神血脉、人民精神家园的意义得到强调，反映了党在这个问题上与时俱进的认识。在此基础上，习近平对中华优秀传统文化作出了党的历史上更为全面、更具现实关怀因而也更有实质意义的评价，这种评价背后是习近平新时代中国特色社会主义思想所取得的巨大成功，是中华民族比历史上任何时期都更接近也更有能力实现伟大复兴的现实。

世界现代化进程表明，后发现代化国家的传统文化境遇很大程度上与该民族国家所处的现代化特定阶段密切相关，诸多迹象

① 《中国共产党第二十次全国代表大会文件汇编》，人民出版社，2022，第15页。

② 习近平：《在文化传承发展座谈会上的讲话》，《求是》2023年第17期。

表明，一个国家的现代化实现程度与其传统文化的境遇呈正相关关系，也就是说，现代化越初步传统文化遭遇的质疑与否定可能越强烈，而现代化越高阶传统文化的境遇就越改善，受到的礼敬和创造性转化越广泛而深入，其中很重要的一点是借以克服西方现代化进程中的弊端，这在东亚地区的现代化进程中表现尤为明显。新时代党对待传统文化的态度，无疑也和中国现代化进程密切相关。新时代是中国作为后发现代化国家进入现代化追赶的最后阶段，是中华民族迎来全面建成小康社会并开启现代化强国建设新征程的阶段。正是在这个阶段，中国经济总量稳居世界第二大经济体地位；中国迈入创新型国家行列，在诸多高新技术领域并跑甚至领跑世界；中华大地“信息畅通，公路成网，铁路密布，高坝矗立，西气东输，南水北调，高铁飞驰，巨轮远航，飞机翱翔，天堑变通途”。[①]也是在这个阶段，中国稳步向高收入国家迈进，覆盖城乡居民的社会保障体系基本建立，九年义务教育全面普及，高等教育进入普及化发展阶段，生态文明建设成效显著，中国人生于斯长于斯的家园愈益美丽。伴随经济发展、国家综合实力增强、民众生活水平提升，中国人的道路自信、理论自信、制度自信、文化自信与日俱增，中华民族复兴有了更主动的精神力量。中国特色社会主义的成功带来的自信，似涟漪一般荡开、扩展，自然也将历史、将传统纳入其中，换言之，现实自信带来了历史自信，而在历史中最具意义和最能传承的是文化。从这样的时代高度出发，我们能够深刻地认识和理解习近平传统文化观的出场及其意义。

① 《十九大以来重要文献选编（上）》，中央文献出版社，2019，第725页。

## 二、独特的宇宙观、天下观、社会观、道德观

中华传统文化是一个复杂的结构，经史子集、文章辞赋，庙堂经典、民间文化，多元共存。但是，就影响力而言，主体无疑是孔子和儒学，也有学者概括为儒学为主体、儒释道共构。对于中国共产党而言，首先需要厘清的是继承和弘扬何种传统文化？对此，习近平的回答鲜明而坚定，“中华优秀传统文化”。

回顾历史，以毛泽东同志为主要代表的中国共产党人，先后面临民族独立、人民解放和在落后农业国基础上实现工业化的历史使命，他们对传统文化的认识带有鲜明的时代特点，这就首先有一个定性，有精华、糟粕的二分。进一步言之，提起传统文化尤其是儒学，先要说明它是有封建色彩的，是封建宗法社会的产物，是统治阶级维护专制统治的工具，然后要求剔除其封建主义糟粕，吸取其革命性民主性精华，而且，这个精华主要蕴藏于被正统文化视为离经叛道的民间文化、底层民众中；当然，“孔孟有一部分真理”“王阳明也有一些真理”“全部否定是非历史的看法”；[①]从孔夫子到孙中山这一份珍贵的历史遗产都要继承。那么，“精华”或珍贵历史遗产有哪些呢？对此，党的领导人没有系统性的回答。可以肯定的是，毛泽东等对于传统文化遗产中的诗词歌赋、史书经典、小说等保持着一种审美意义上的欣赏，这和他们提倡充分利用民族形式以创造中华民族新文化是一致的。至于传统文化中最核心最实质的思想理念、价值追求、道德理念等，哪些可以被视为精华并“批判地继承”，则未见系统性考

① 中共中央文献研究室编《毛泽东文集》(第3卷)，人民出版社，1996，第84页。

量。延安时期，《解放》杂志于1939年至1940年发表系列文章，尝试运用马克思主义的立场观点方法，从哲学角度讨论儒家、墨家、道家、名家等思想流派的特点和价值，涉及名实观、义利观、知行观、道德观等诸多重要内容，分析某些概念、范畴的特定内涵和唯心或唯物性质以及内含的朴素辩证法思想，以及哪些思想理念、道德要求可以进行现代性转换，被赋予新内涵。在今天看来，当年系列文章的分析依然有其深刻、客观之处。史料表明，毛泽东很关注这些文章，并表示基本上赞同文章的观点。[①]但是，《解放》杂志的文章是一种学术探讨，表达的是个人观点，不代表组织，也并非以普通党员干部为对象。毛泽东等中央领导人没有过这种分析和总结。当然，毛泽东等会借用实事求是、知行合一、愚公移山、修身自省等传统文化中的理念、概念、范畴、典故等阐释马克思主义中国化理论，但未对传统文化“精华”之所在进行过系统性界说。

改革开放以来，伴随市场经济发展和对外开放的不断拓展，特别是在资产阶级自由化思潮的挑战面前，在1990年1月召开的全国文化艺术工作情况交流座谈会上，主管思想宣传工作的中央领导集体成员（李瑞环）发表讲话，围绕“民族优秀文化”进行了党的历史上的首次系统界说，主要包括：（1）从农作物培植、炼铁术到四大发明、天文学等科技方面的成就。（2）文艺创作、文物古迹和民风民俗等等，比如从诗经到元曲的诗歌艺术，《三国演义》等文学巨著，《清明上河图》等美术珍品，还有敦煌、麦积山、云冈、龙门四大石窟和秦陵兵马俑这样堪称世界奇观的地上地下绘画雕塑宝藏。（3）诸子百家，经史子集，经过千百年

① 参见中共中央文献研究室编《毛泽东文集》（第2卷），人民出版社，1993，第156–164页。

的繁衍和发展，有些已形成了完备的体系，其中有不少值得吸取的精华。中国古代的辩证法、教育思想、军事理论等，在当今的世界上仍然具有不衰的魅力。（4）刻苦耐劳，酷爱自由，不畏强暴，英勇奋斗，从不屈服于外来压迫的民族精神，是中华民族优秀文化传统的集中体现。[①]

新时代之前，这是中央领导成员代表党中央比较全面系统表达对待传统文化立场和态度的文献，也是力图对中华优秀传统文化内容作出较为系统说明的文献。江泽民、胡锦涛先后作为党的领导人，对传统文化的重视与日俱增，也在一些场合偶尔征引传统文化中的箴言名句，但次数不多。进入新时代，习近平对中华优秀传统文化的内容从不同角度有过数次概括性界说，其方式或是通过系统性征引或是举例式列举。

2014年5月4日，习近平在北京大学师生座谈会上发表讲话，以举例方式概括了中华文明“独特的价值体系”的“六个强调”：强调“民惟邦本”“天人合一”“和而不同”；强调“天行健，君子以自强不息”“大道之行也，天下为公”；强调“天下兴亡，匹夫有责”；强调“君子喻于义”“君子坦荡荡”；强调“言必信，行必果”；强调“德不孤，必有邻”“仁者爱人”“己所不欲，勿施于人”“不患寡而患不均”等，指出“像这样的思想和理念，不论过去还是现在，都有其鲜明的民族特色，都有其永不褪色的时代价值”。[②]同年9月，在纪念孔子诞辰2565周年国际学术研讨会暨国际儒学联合会第五届会员大会开幕会上的讲话中，习近平又对“包括儒家思想在内的中国优秀传统文化中蕴藏着解决当代人类面临的难题的重要启示”[③]作了15个方面的概括，涉

① 参见中共中央文献研究室编《十三大以来重要文献选编（中）》，人民出版社，1991，第854–856页。

② 习近平：《青年要自觉践行社会主义核心价值观——在北京大学师生座谈会上的讲话》，《人民日报》2014年5月5日，第2版。

③ 习近平：《在纪念孔子诞辰2565周年国际学术研讨会暨国际儒学联合会第五届会员大会开幕会上的讲话》，《人民日报》2014年9月25日，第2版。

及道法自然、天人合一，天下为公、大同世界，自强不息、厚德载物，经世致用、知行合一，仁者爱人、以德立人，等等。[①]同年10月13日，在第十八届中央政治局第十八次集体学习中，习近平又从国家治理角度对中华优秀传统文化中蕴含的政治智慧进行了概括，指出在漫长的历史进程中，中华民族积累了丰富的治国理政经验，我国古代主张民惟邦本、政得其民，礼法合治、德主刑辅，为政之要莫先于得人、治国先治吏，为政以德、正己修身，居安思危、改易更化等等，这些都能给人们以重要启示。[②]

党的二十大报告从中华优秀传统文化与科学社会主义价值观主张高度契合的角度，举例概括了“中华文明的智慧结晶”。在文化传承发展座谈会上，习近平再次总结道：“中华优秀传统文化有很多重要元素，比如，天下为公、天下大同的社会理想，民为邦本、为政以德的治理思想，九州共贯、多元一体的大一统传统，修齐治平、兴亡有责的家国情怀，厚德载物、明德弘道的精神追求，富民厚生、义利兼顾的经济伦理，天人合一、万物并育的生态理念，实事求是、知行合一的哲学思想，执两用中、守中致和的思维方法，讲信修睦、亲仁善邻的交往之道等，共同塑造出中华文明的突出特性。”[③]他还多次强调，要深入挖掘和阐发中华优秀传统文化讲仁爱、重民本、守诚信、崇正义、尚和合、求大同的时代价值。

除了总括性的言说外，在有关治党治国治军、内政外交国防的讲话和谈话中，习近平更是经常引用和总结中华优秀传统文化的至理名言、思想智慧。可以说，中华优秀传统文化内含的宇宙观、天下观、社会观、道德观，及其内含的哲学思想、人文精

① 习近平：《在纪念孔子诞辰2565周年国际学术研讨会暨国际儒学联合会第五届会员大会开幕会上的讲话》，《人民日报》2014年9月25日，第2版。

② 参见《习近平在中共中央政治局第十八次集体学习时强调：牢记历史经验历史教训历史警示为国家治理能力现代化提供有益借鉴》，《人民日报》2014年10月14日，第1版。

③ 习近平：《在文化传承发展座谈会上的讲话》，《求是》2023年第17期。

神、教化思想、道德理念等，均在习近平的视野内和论述中，体现着全覆盖的特点。

不仅如此，习近平还对中华传统文化的特征有着深刻分析。党的历史上，领导人讲到传统文化一般会用灿烂辉煌、博大精深、源远流长、影响深远等词汇来形容。在此基础上，习近平立足于大历史观进一步作出新的评价。例如，在纪念孔子2565周年诞辰之际，他总结了中华传统文化的三大特点，一是各种学说既相互竞争又相互借鉴，和而不同。二是与时迁移、应物变化，不断发展更新。三是坚持经世致用原则，注重发挥文以化人的教化功能。[①]又如，在文化传承发展座谈会上他总结了中华文明的五大突出特性，实际上，这也完全可以视为对中华优秀传统文化特征的概括。

习近平对于中华优秀传统文化的系统思考和总结，主要定位于思想理念、价值追求、道德伦理，而文化的基石、核心、本质特征植根于此，文化传承的关键也在于此。

## 三、创造性转化和创新性发展

中国共产党作为中华优秀传统文化的继承者和弘扬者，既有思想理念、民族精神的传承和发展，也有思维方式、表达方式、行为方式的传承和创新，既有显性结构上的肯定和阐发，也有隐性结构上的日用而不觉。新时代，习近平明确提出创造性转化创新性发展中华优秀传统文化的方针，并且广泛地应用于治国理政，这是在怎样对待传统文化问题上与过去相比最大的不同所

① 参见习近平：《在纪念孔子诞辰2565周年国际学术研讨会暨国际儒学联合会第五届会员大会开幕会上的讲话》，《人民日报》2014年9月25日，第2版。

在、创新所在。

国内外学界政界公认，习近平讲话的突出特点是深远的历史思维、鲜明的时代站位、宏阔的国际视野、突出的问题意识。事实上，这也体现在习近平传统文化观上。习近平善于从大历史观出发，把传统文化置于中华五千年文明史的历史长河中来评价，从国家、民族、文明形成和发展的历史长周期看其地位与作用，从人类文明的多样性、文明平等和交流互鉴的国际视野看其价值与意义，从中华民族伟大复兴全局、从中国式现代化创造人类文明新形态高度、从建设中华民族现代文明面临的机遇和挑战来审视其地位与功能。事实上，正是基于这样的立场和方法，才有了前述对于为什么要重视传统文化，什么才是中华优秀传统文化的梳理和总结，也才有了对中华优秀传统文化进行创造性转化和创新性发展这一重大方针的提出。创造性转化和创新性发展是一个总要求，它需要具体落实和体现。事实上，习近平治国理政思想的许多方面，都为中华优秀传统文化的创造性转化和创新性发展指明了方向、提供了典范。下面试举几例，虽挂一漏万，但重在说明问题。

例如，在弘扬和践行社会主义核心价值观方面，习近平强调，一个民族、一个国家的核心价值观必须同这个民族、这个国家的历史文化相契合。中华民族之所以能够在几千年的历史长河中生生不息、薪火相传、顽强发展，“很重要的一个原因就是中华民族有一脉相承的精神追求、精神特质、精神脉络”。[①]在他看来，中华民族在长期实践中培育和形成的一整套传统美德规范，不论过去还是现在，都有其永不褪色的价值。综观习近平对

①《十九大以来重要文献选编（中）》，中央文献出版社，2016，第133页。

传统文化典籍的征引，其中最多最集中的是价值观和道德理念，他不断提醒人们，对历史文化特别是先人传承下来的价值理念和道德规范，要坚持古为今用、推陈出新，有鉴别地加以对待，有扬弃地予以继承，努力用中华民族创造的一切精神财富来以文化人、以文育人。2019年10月颁布的《新时代公民道德建设实施纲要》，根据习近平的有关论述进一步指出："中华传统美德是中华文化精髓，是道德建设的不竭源泉。要以礼敬自豪的态度对待中华优秀传统文化，充分发掘文化经典、历史遗存、文物古迹承载的丰厚道德资源，弘扬古圣先贤、民族英雄、志士仁人的嘉言懿行，让中华文化基因更好植根于人们的思想意识和道德观念……成为全体人民精神生活、道德实践的鲜明标识。"这充分体现了在弘扬和践行社会主义核心价值观、在道德文明建设实践中实现中华优秀传统文化现代性转化的努力。

再如，在治国理政方面，习近平指出"要治理好今天的中国，需要对我国历史和传统文化有深入了解，也需要对我国古代治国理政的探索和智慧进行积极总结"。[①]2014年10月中央政治局曾专门就此开展集体学习。习近平更是经常将传统治理理念、智慧与中国特色社会主义国家治理要求结合起来，既清晰明了，又推陈出新，例如"民惟邦本""民为贵，社稷次之，君为轻"等传统民本思想与人民至上思想的有机转换；"礼法合治""德主刑辅"与"依法治国""以德治国"的创新转化；"为政之要莫先于得人""治国先治吏"和干部作为党执政骨干队伍的哲理相通；"周虽旧邦，其命维新""治世不一道，便国不法古"和改革创新的继承与发展关系；等等。治国理政当然还包括对国际关系

①《习近平在中共中央政治局第十八次集体学习时强调：牢记历史经验历史教训历史警示　为国家治理能力现代化提供有益借鉴》，《人民日报》2014年10月14日，第1版。

的认识与处理。在西方主导的治理模式无法解决全球性矛盾和危机的背景下，中国提出了构建人类命运共同体的主张。在此过程中，习近平经常论及“大道之行也，天下为公”自古以来就构成中国人的价值追求，“世界大同”“和而不同”“和谐和睦”“亲仁善邻”等一直是深嵌于中国人内心深处的理念，等等，展示了构建人类命运共同体理念之深厚的中华文化底蕴。

新时代在全面从严治党方面取得的显著成效为中外瞩目。在管党治党尤其是加强党性修养方面，习近平充分汲取中华优秀传统文化资源，助力党员干部思想上的固本培元。他借用明代大儒王阳明“心学”中的一些思想理念，阐释共产党人党性修养的重要性。在他看来，无论王朝更替、苏共亡党，还是新时代一些党员发生党性弱化问题，某种意义上都是因为“心”病，即在思想上忘记甚至背弃“本心”“初心”。“心病还需心药医”，“心学”的精髓是“致良知”和“知行合一”，是价值观和方法论的统一。“致良知”原指与生俱来的“知善知恶”之心，于共产党人而言，这个“良知”则转化为入党时即已确立的对马克思主义的信仰和对全心全意为人民服务宗旨的坚守；“知行合一”的要义是言行合一、心行合一，对于共产党人而言则是在真学真信中坚定理想信念，在学思践悟中牢记初心使命，理论与实践统一，思想和行动一致。

加强党员干部道德修养是习近平关于党的建设重要思想的内容之一，也是新时代全面从严治党的突出特征之一。习近平指出：“保持高尚的道德情操，拥有引领和团结群众奋勇前进的道德力量，是一个政党先进性的重要体现。”[①]他要求党员干部

① 习近平：《做好新形势下干部教育培训工作》，《理论探索》2010年第6期。

尤其是领导干部要加强道德修养，明大德、守公德、严私德，慎独慎初慎微，做社会公德、职业道德、家庭美德、个人品德的楷模，强调以德修身、以德服众、修身立德是为政之基，等等。他非常重视中华优秀传统文化内含的价值追求和道德精髓对于党员干部修身立德的滋养作用，指出中国古人的报国情怀、浩然正气、献身精神，以及崇尚严谨、崇尚务实，讲良知、守信用的传统美德等等，我们都应该继承和发扬。[①]他还明确提出“依规治党”与“以德治党”相结合的命题。高度重视道德修养尤其是士大夫的道德楷模作用，是中国传统政治文化的突出特征。显然，习近平充分吸取了传统文化的有益因子，并进行了创造性转化和创新性发展。

反腐倡廉是全面从严治党的必然要求。2013年4月，中央政治局专门就“积极借鉴我国历史上的优秀廉政文化，不断提高拒腐防变和抵御风险能力”开展集体学习，习近平讲话指出，中国历史上留下了大量关于廉政文化的思想遗产，很多观点至今仍有启发意义。如“政者，正也。子帅以正，孰敢不正”，说明领导干部要起表率带头作用；“克勤于邦，克俭于家”，高扬了“勤”和“俭”的家国美德；“儆戒无虞，罔失法度。罔游于逸，罔淫于乐”，强调个人修养要内心持戒，不越法度、不纵逸乐；“公生明，廉生威”，告诫为官者要公正、廉明，等等。习近平强调，对这些宝贵历史遗产，“我们要坚持古为今用、推陈出新，使之成为新形势下加强反腐倡廉教育和廉政文化建设的重要资源”。[②]

2021年7月1日，在庆祝中国共产党成立100周年大会上，习近平明确提出马克思主义与中华优秀传统文化相结合的命题，

① 习近平：《在中央党校建校80周年庆祝大会暨2013年春季学期开学典礼上的讲话》，《人民日报》2013年3月3日，第2版。

②《习近平关于党风廉政建设和反腐败斗争论述摘编》，中央文献出版社、中国方正出版社，2015，第139-140页。

“第二个结合”的提出标志着党对待传统文化的立场和态度、对中华优秀传统文化的创造性转化和创新性发展达至新高度。党的二十大要求把马克思主义思想精髓同中华优秀传统文化精华贯通起来，不断赋予科学理论鲜明的中国特色，让马克思主义在中国牢牢扎根。[1]

回顾历史，在新民主主义革命时期、社会主义革命与建设时期，马克思主义与中国传统文化的关系，在很大程度上是一个颇为敏感和微妙的话题，少有人去正面触碰，虽然，马克思主义在与中国实际相结合的过程中，与中华优秀传统文化的结合事实上已经开始了，例如毛泽东、刘少奇等人时常从中华优秀传统文化中汲取马克思主义中国化时代化的思想养分。当然，特定历史阶段特定背景下，党对待传统文化的态度是复杂的、多维的。由于以儒学为主体的传统文化无法解决民族独立、人民解放的历史课题，也无法为工业化现代化提供直接的思想指导，所以，在反帝反封建的民主革命过程中，在社会主义革命和建设过程中，党在对传统文化取其精华的过程中，对它阻碍中国革命与进步的消极因素或糟粕亦十分警惕并作出鲜明批判。改革开放新时期，党开始正视传统文化对于社会主义精神文明建设的意义，尤其是在经济全球化和全方位对外开放的世情国情下，对于弘扬民族精神、凝聚民族复兴力量的重要意义。由此，学界开始愈来愈热烈地研讨马克思主义中国化理论成果尤其是它与中华优秀传统文化的结合问题，但这个问题并未从正面和宏观上被正式提出。因此，明确提出“第二个结合”是又一次思想解放，它标志着党在马克思主义与中华优秀传统文化相结合的历程中，由日用而不觉到开始

① 《中国共产党第二十次全国代表大会文件汇编》，人民出版社，2022，第15–16页。

郑重省思再到高度自觉自信的思想演进，标志着马克思主义中国化时代化历程中的一大认识飞跃。

事实上，“第二个结合”让中国共产党人和中国人民能够在更为广阔的文化空间中，充分运用中华优秀传统文化的宝贵资源，探索面向未来的道路、理论和制度创新。尤其重要的是，“第二个结合”进一步巩固了当代中国的文化主体性、中华民族现代文明的文化主体性。有了文化主体性，就有了文化意义上坚定的自我，文化自信就有了根本依托，中华文明就能立得住、行得远。实际上，习近平新时代中国特色社会主义思想的创立就是这一文化主体性的最有力体现；同时，作为当代中国马克思主义、二十一世纪的马克思主义，习近平新时代中国特色社会主义思想在马克思主义中国化历史上空前广泛而深刻地吸收了中华传统文化智慧，可谓创造性转化、创新性发展中华优秀传统文化的典范。

马克思主义是实践的哲学，知行合一是中华优秀传统文化的优秀品质。在对中华优秀传统文化的重要意义、主要架构、基本内涵有着清醒认识的基础上，以礼敬和自豪的态度，兼收并蓄的胸怀，创造性转化和创新性发展中华优秀传统文化，构成习近平传统文化观的精髓。对此，我们需要从大历史观、国际视野、新时代特点和实践需要出发，不断加深理解。

载于《习近平新时代中国特色社会主义思想研究》2024年第2期

# 刘尚希

经济学家。中国财政科学研究院党委书记、院长，全国文化名家暨“四个一批”人才，第十三届、十四届全国政协委员。

对收入分配、公共风险、财政风险、公共财政、宏观经济、公共治理等问题有创新性的探索成果。曾多次参加中央领导同志主持的座谈会、研讨会和专题学习会等。代表著作有《公共风险论》《收入分配循环论》《中国改革开放的财政逻辑》《新中国70年发展的财政逻辑》《财政风险及其防范的研究》《公共风险视角下的公共财政》《税收与消费》等。

2023年7月6日，李强总理主持召开经济形势专家座谈会，作为专家代表发言。

# 中国式现代化是以人为核心的现代化
## ——基于历史维度的考察

刘尚希

## 一、中华民本文化是中国式现代化的根脉

中国式现代化是一个重大的理论创新和实践创新。在理论方面，学界开展了很多研究，进行了很多解读和探讨。当前，新时代新征程实际上已经开启了中国式现代化的实践。如何理解党的重大理论和实践创新，是学界的一个重要任务。中华民族的伟大复兴需要通过中国式现代化来实现，从这个角度来说，中华民族的伟大复兴和中国式现代化，是目标和手段的关系。我们站在历史的维度来观察中国式现代化，首先想到的是“四个自信”里的“文化自信”。文化毫无疑问会深刻地影响一个国家的现代化进程，任何一个国家的现代化都有其文化的投射，不同国家的具体的现代化道路是不一样的，尽管现代化有许多共同的形式特征。因此，中国式现代化也要从中国的文化中去寻找根脉。中华文化源远流长、博大精深，笔者认为，民本文化可以说是中国式现代化的根脉。为什么民本文化是中国式现代化的根脉？这就是后文要谈到的——现代化的核心是什么。现代化的核心其实是人的现代化。我们站在新的历史方位去回看历史、展望未来，看到的中

国式现代化的根本，实际是置于中华民本文化之中的观察。

我国的民本思想源远流长，肇始于夏商周，发展于春秋战国，定型于汉代。民本思想发展于春秋战国时期，与孟子有直接的关系。自孟子明确地提出“民贵君轻”的思想，随着历史向前发展，民本思想逐渐成为我国政治文化的主流。战国时期，孟子的主张起初并不受重视，其思想只是一家之言，真正成为一种主流学说是在唐代以后，孔孟被关联在一起，孟子被称为“亚圣”。特别是到了宋代，孟子的地位已经近似于孔子。回看夏商周时期，人们探讨的是天和人的关系，在社会生产力落后的情况下，大家对大自然、对天是很敬畏的，所以在中央集权形成之前，周朝的君主叫天子，天是授权于天子来治理臣民的，形成了一种天与人的关系。这种天与人的关系，贯穿于中华文化始终，讲的是“究天人之际”。随着认识的深化，天人关系也慢慢发生了变化：过去更多地强调天命天道天理，后来更加强调人命人道人理，这两者关联起来，最终演变为老百姓就是天，或者按照现在的说法，民就是天，“民本”的思想越来越清晰。在中国文化里，宗教色彩相对来说比较淡，神在民间比较多，但在知识界，比如孔子，对于鬼神就比较排斥，在《尚书》中提出“民之所欲，天必从之”。从天人关系来讲，这句话就是说老百姓所想的就是老天爷要考虑的，之后慢慢演变为老百姓就是天，而这种重大的转变，跟孟子的主张是分不开的。作为一种政治文化的价值观，实际上就是孟子提出了“民贵君轻”的思想，在当时的历史背景下，这是非常难得的。放在世界上来看，孟子的这种思想也是超越历史的，历经千年仍熠熠生辉。

放在当下，民本思想的现代意义更加彰显。比如中国共产党一直强调为民的思想，官员就是为老百姓服务的，为官一任，造福一方，现在被称为“公仆”，实际上这也是“民贵君轻”的一种现代表述。随着“民贵君轻”思想的发展，“天子”的概念慢慢淡出了历史舞台，君权天授论逐渐被改变，更加强调了老百姓在国家治理中的地位，强调“富民”“利民”、轻徭薄赋，“乐民”“忧民”逐渐成为知识界的主流认知。到了明末清初，黄宗羲提出“天下为主君为客”，这里的天下即老百姓，这其中就包含着民主思想的萌芽。很多人以为民主这个概念源自西方，从老百姓为主的这一角度理解，这也是一种民主思想。当然，民主的组织方式即老百姓怎么为主、做主，是另外一个层次的问题，但是人民自己做主这一民主观念的思想萌芽，在明末清初已经显而易见。

因此，从大历史观的角度来看，几千年的历史底蕴，提供了丰富的思想文化资源。毛泽东同志在延安的时候，首先提出了“为民服务”，我们现在看到的是“为人民服务”，加了一个“人”字。中国共产党自诞生以来，其实就是接受了中国的这种民本思想，并与外来的马克思主义关于“人的解放”的思想有机结合起来，形成了中国共产党独特的政治价值观。传统的民本思想构成了中共的政治文化底色，并以“全心全意为人民服务”的表达载入党章而成为全党的宗旨。

## 二、中国式现代化的底层逻辑是以人为本

从逻辑上讲，要支撑起以人为核心的中国式现代化，其底

层逻辑究竟是什么？笔者认为，底层逻辑就是以人为本，其实“民本”和“人本”只是不同的表述，“民本”角度更多和“官”对应，“人本”更多与自然、与物对应，其实二者是相通的。所以，民本更多是从政治家的角度，体现一种政治理念，这种理念转化为一种学术概念，那么就是人本。“现代化”的概念来自于国外，20世纪六七十年代才成为学术概念。从全世界来看，现代化就是开启工业化，没有工业化就谈不上现代化。“现代”“后现代”等概念，都和工业化相联系，“后现代”其实就是后工业化时期。工业化最早源于英国，而“现代化”等理论概念也来自英国，源自于“modern”（摩登）一词，后来形成了“现代化”动词和名词的概念。现代化、工业化重在一个“化”字，从全球来看，工业化的进程有快有慢，最先工业化的是英国，然后是欧洲大陆和美国，而中国是后来者。新中国成立之前，中国是一片小农经济的汪洋大海。清朝末年引进工业化，但当时社会动荡、政权飘摇，没有可以进行大规模工业化的社会环境和政治环境。民国时期的工业化也因战争而停滞不前。新中国成立以后，才开启了真正的工业化。工业化开启，意味着现代化的开启。因此，沿着历史的脉络，现代化和工业化是紧紧联系在一起的。而当前，从工业化进入数字化，中国式现代化或者说现代世界的再一次现代化，又和数字化紧紧联系在了一起。数字化，是世界再次现代化的新动力，也是中国式现代化的新动力。谁抓住了数字化，谁就会在世界现代化中成为引领者。

中国式现代化作为一个重大的理论创新和实践创新，就“新”在突破了发达国家现代化的底层逻辑，从物本逻辑转为人本逻辑。这成为中国式现代化的底色。发达国家的现代化之路伴随着血腥和暴力，而中国的现代化之路是和平之路，就像开拓全球市场，不可能通过战争方式实现，这是历史角度下现代化的路径区别。发达国家的现代化，至今没有完全超越物本逻辑而转到人本逻辑上来，这或许是资本主义的固有特征和内在逻辑。资本，是一种物，也表示人与人之间的关系。经济的货币化、金融化、虚拟化在不断强化资本的力量，甚至凌驾于社会之上。马克思认为资本代表一种生产关系，而不仅仅是物。当资本成为一种“主义”，整个社会生产力发展就走上了以“物”为中心的逻辑，而“人”反而被边缘化、附庸化、工具化。这与人类文明的发展阶段、发展方式紧密关联。因为人类文明的发展要以物质文明为基础，物质文明必须先行，没有物质文明，就谈不上精神文明和人的解放发展。在物质文明的发展阶段，在资本主义的推动下，从纯粹的意义上讲，人类的发展是以物为尺度衡量一切的，所以，物本逻辑是一切都以物去衡量其价值，包括人在内，以至于现在很多人通过“身价”评判一个人是否成功。进入市场经济以来，这种观念越发流行。衡量一个国家的发展同样如此，建立在物的基础之上。物质力量成为现代国家力量的集中体现，无政府的人类世界依然没有使人类彻底摆脱动物世界的“丛林法则”。人类文明发展跨越物本逻辑直接到达人本逻辑是不现实的，但如果一直陷于物本逻辑之中，就会出现马克思所批判的人被异化的现象，可能导致人类在自我混战中毁灭。从这个角度来看，中国式现代化的底层逻辑转向人本逻辑，是符合人类文明发展趋势的，一旦在实践中取得成功就能引领人类文明。党的二十大报告讲了中国式现代化的五个基本特征，既强调物更强调人。中国式现代化要以人的现代化作为出发点和最终的落脚点，从物转向人，这是理解中国式现代化的核心要义。

从整体来看，中国式现代化应从三个维度理解，即物质的现代化、治理的现代化（包括制度的现代化）、人的现代化。这三个方面是相互联系的有机整体，是现代化的三个层次，从历史维度看，也是接续的历史过程和阶段，即现代化从物质的现代化起步，再到治理的现代化（含制度的现代化）、人的现代化。

进入现代化发展阶段后，要从传统的现代化观念中跳出来，把人的现代化作为中国式现代化的出发点和落脚点，一切围绕人来思考、做文章。中国真正提出追求现代化的设想是20世纪50年代的“四个现代化”。众所周知，“四个现代化”指工业现代化、农业现代化、国防现代化和科学技术现代化，当时第一次提出的是交通运输业的现代化而不是科学技术现代化，因为20世纪50年代中国的交通还非常落后。“四个现代化”的概念一直到改革开放都十分深入人心。那时候的中国是一个生产力非常落后的国家，民穷国弱，追求的现代化毫无疑问就是物质的现代化。改革开放以后，中国仍然追求物质的现代化，因为改革开放初期吃饱饭的问题还没有解决。直到现在，吃饱肚子的问题解决了，我们从短缺走向了相对的丰裕，物质现代化的基础得到夯实，但并不是说物质现代化已经完成了。我们的物质现代化同发达国家相比还相差甚远，需要进一步推进。但是物质现代化的推进越来越离不开治理的现代化作为保障，如果治理的现代化跟不上，物质的现代化就会受阻。此外，还需要以人为核心的现代化来导航，如果没有以人为核心的现代化，不以人的现代化作为出发点和落脚点，那么物质的现代化就会迷失方向。追求物的现代化，不能是为物的现代化而现代化，最终要落到人身上，这事关现代化的可持续性，至关重要。

因此，物质的现代化、治理的现代化、人的现代化这三个阶段和层次，我们都正在经历。中国式现代化应当是以人为核心、或者以人为导向的，基于人本逻辑的中国式现代化，同时推动物质的现代化和治理的现代化。比如财政方面，财政怎么嵌入现代化的历史进程？财政是国家治理的基础和重要支柱，治理的现代化怎样推进？党的十八届三中全会首次提出治理的现代化，现在已历经十年，治理的现代化还面临着严峻的挑战和艰巨的任务，那么财政改革毫无疑问要发挥重要的基础性作用，这种基础性作用并非简单、静态，像房屋地基那样起着的承受和支撑作用，要从社会有机观的角度来看，财政作为国家治理的基础和重要支柱，并非物理概念，而是国家治理结构通过财政来重塑。我们过去将财政和其他方面的关系理解为作用和反作用的关系，这里并非这种概念。历史上重大的变法，其核心都是财税问题，通过财税问题的解决，来重塑并调整国家治理。

进入新的阶段，我们要进一步明确，中国式现代化的底层逻辑就是人本逻辑，要以人作为出发点。再进一步地延伸，从理论命题来回答实践之间来看，中国式现代化最大的任务是农民的现代化，如果没有农民的现代化，中国式现代化就是空想。中国是一个小农经济历史很长的国家，直到现在小农的传统思想观念还根深蒂固。虽然城市化有了很大的进展，但是从户籍来看，农民依然是中国社会的主体，这种社会结构将会从根本制约社会需求结构、产业结构和分配结构。现在的户籍城镇化率只有47.7%（2022年末），也就是说农民依然是中国社会的主体，超过50%。农民不仅仅是一个职业身份，更是一个社会身份，农民和市民的社会身份不在一个层次上，两者基本的社会权利就是不平等的。在社会学意义上，我们还不是一个市民社会，而是一个农民社会。因此，从人的现代化来观察，中国式现代化最大的任务和挑战，就是农民的现代化。从历史的维度观察，中国的历史就是一部农民的历史，一部农民改变命运的历史。推动中国社会发展需要围绕农民做文章，这是核心任务，看清了这一点，也就把握了中国在各历史阶段的历史任务；如果偏离了这一点，很快就会遇到挫折。无论是革命时期、建设时期还是改革时期，以至今后都得面对这个绕不开的基本问题。改革开放以来的工业化、市场化、城市化为解决中国农民问题提供了经验，一个基本结论是中国式现代化不能在城乡分块推进。因此，以人为本的中国式现代化，农民的现代化是现实中面临的巨大挑战。

## 三、人的现代化就是让“传统人”变为“现代人”

人的现代化的含义就是让“传统人”变成“现代人”，人的现代化不能成为一个空洞的口号。以人为本的底层逻辑，实际上是要彰显人的“三性”，也就是人的主体性、创造性和文明性。

### （一）人的主体性

人的主体性，可以说是个哲学命题。人的主体性，是基于人与物的关系而言的。是人支配物，还是物支配人？人是否依附于物，沦为物的附庸？强调人的主体性，是要防止人的依附关系和人的异化。马克思的核心思想，就是如何通过制度变革来防止人的异化、不断实现人的解放和自由全面平等发展。人的解放是一个哲学问题，怎么才算是人的解放？人的解放是一个历史过程，社会生产力持续向前发展，在生产关系的改变之中，人不断地实现自我解放。人类历史上，人的依附关系的每一次突破，都是人的一次解放。人的依附关系起初是对大自然（天或者神）的依附，就像动物一样生存，靠采集野果和猎兽。在此后的历史过程中，早期的人类学会了种植、养殖，食物来源的自主性有所增强。到了奴隶社会是奴隶依附于奴隶主，奴隶是奴隶主的财产，这种人身依附一直延续到近代才终结。在封建社会，对人的依附关系解除了，但是对土地的依附关系依然存在。土地是主要的生产资料，要生存就离不开土地，大多数人沦为佃农。资本主义时期，是人对资本的依附，按照马克思的说法就是资本雇佣人、资本支配劳动，实际上这是物对人的支配。雇佣劳动、剥削等概念都是源自劳动者对资本的依附关系。随着资本主义的改造改良，劳动者与资本的关系也发生了巨大变化，资本主义早期的那种“血汗工厂”已经不复存在，工会组织的法定化、工人罢工权利的宪法化、投票权的全民化等等，进一步彰显了人的主体性。到了社会主义时期，则是希望全面突破人对资本的依附，依据经典作家的设想是通过生产资料的全面公有制来实现。但是，现在的社会主义还不是马克思所设想的发达的社会主义，中国仍处于社会主义初级阶段，生产力水平不仅与未来的发达社会主义、共产主义相差甚远，而且也落后于发达的资本主义。这就是说，社会主义依然离不开市场经济，自然也离不开资本在创新、承担风险和推动生产力发展方面无可替代的巨大作用。其实，这与1850年之后马克思的思想转变是一脉相承的。

由此可见，从历史来看，要彰显人的主体性，必须依赖于生产力的不断发展，仅仅从生产关系上来突破人的依附关系是远远不够的，而且是无法实现的。在这个意义上，人的主体性只有在生产力发展过程中才能得到彰显，而生产力的发展在整体上是无法逾越阶段的，无法跳跃式前进的。实现人的自由全面发展，是人类的梦想，不是短期内就能实现的。所以人的解放、主体性的彰显，不仅仅是通过暴力革命就可以做到，作为一个哲学命题，只有“人成为万物的尺度”，主体性才能真正不断彰显。这需要在生产力发展基础上的观念不断更新，并让发展的底层逻辑渐渐更替为人本逻辑，让“人”成为度量万物的尺度，而不是用“物”本身来度量。而现实中，从相关政策制定来看，很多情况下并不是以人为尺度，而是以物为尺度。比如说现在全球都追求经济增长，经济增长就是要创造更多财富，实际上就是以物为目的，而不是以物为手段。在日常生活中，以金钱为目的的大有人在，“人为财死，鸟为食亡”这句民谚所描述的社会现象，并未随着生产力的发展和物质财富的不断丰裕而消亡，这说明社会观念和意识与生产力的快速发展并不能总是匹配。从这点来讲，人成为万物的尺度，还需要一个很长的历史过程才能真正成为主流。不言而喻，人的现代化、发展底层逻辑的转换还需要思想文化的创新，这方面的创新甚至比科技创新本身更为重要。

### （二）人的创造性

人的创造性是基于人与动物的关系而言的。创造性是人区别于动物的主要标志，创造性越强，人就越远离动物。人本身就是动物，是从动物界分离出来的，人之所以不再是动物，远离动物性，就是因为人的创造性。我们现在强调创新驱动发展，在数字社会和数字经济下，就更需要强调人的创造性。

如何提升人的创造性，是一个紧迫的现实问题，是中国可持续发展，推动中国式现代化的核心与关键。这与教育、社会环境和人力资本积累直接相关。当前中国的最大短板是人的创造性，是人们的创新意识、创新能力和创新成果受制于体制机制而难以更大程度、更广泛地展现出来。创新驱动发展，其中就蕴含着发展逻辑的转变，意味着以资源要素投入驱动的发展已经不可持续，需要人的智力投入来替代。这从工具价值的层面也更加证明了人本逻辑的必要性、重要性及其替换物本逻辑的紧迫性。

过去讲创造财富，如今讲创造价值，怎样才能创造更多的价值？广义地讲，“创造”是多方面的，真正实现人的主体性的提升，彰显人的主体性，就要提升人的创造性。这不仅是提升人的工具价值——技能、技术和知识推动经济发展，而且同时提升人的主体价值——人更加远离动物界的同时，减少对物的依赖和依附。

### （三）人的文明性

人的文明性是基于人与人的关系而言的，越是更多考虑他人，较少考虑自己，就意味着社会的文明性越高，反之则越低。人人自私的社会，文明程度很低，之所以说中华是礼仪之邦，就是强调更多地从他人的角度考虑问题。“己所不欲勿施于人”的道理，人人都能脱口而出，这说明中国的传统文化对人的文明性的理解是非常深刻的。中国有“圣人”的说法，无我的人就是圣人，圣人没有“我”，圣人考虑的是整个社会，是他人，是天下苍生。中国还有一种人叫作“贤人”，贤人会考虑自己，但是考虑得很少，更多是考虑社会、考虑他人，公平正义占其思想的主导，一般人达不到圣人的境界，但贤人是可以努力的目标。大多数人既考虑他人，也考虑自己，可能考虑自己要多一点，这叫“普通人”。不考虑别人，只考虑自己，一切以自我为中心，按照中国传统文化的定义，这种人叫作“小人”。还有一种人，为了自己的利益不择手段，坑蒙拐骗、敲诈勒索，甚至图财害命，这种人叫“坏人”，坏人完全以自我为中心，已经到了极致，需要法律来制裁。从人与人的关系来说，这几种人中贤人越多，社会的文明性就越高。整个社会文明程度的提高，至少在日常生活中，有赖于大家相互谦让，推己及人。

上述人的“三性”得到彰显了，意味着“传统人”在向“现代人”过渡，意味着现代化有了进展。人的主体性、人的创造性、人的文明性，这是人的现代化程度的基本标志，也是度量整个社会现代化程度的结果指标，三者缺一不可。若缺少这种基于人本的明确导向，以人为核心的现代化就会落空，物质的现代化和治理的现代化都会走偏。所以，把中国式现代化嵌入中华文化的民本传统之中，在继承中发展，在发展中创新，把古今中外的文明成果进行创造性转化，夯实人本逻辑，“中国式”的现代化就能为人类文明之间提供新答案。

## 参考文献

[1] 刘尚希. 共同富裕与人的发展: 中国的逻辑与选择[M]. 北京: 人民日报出版社. 2022.

[2] 刘尚希. 人的现代化与共同富裕[J]. 财政研究, 2022(11).

载于《财政监督》2024年第1期

## 张维为

政治学家。复旦大学特聘教授、中国研究院院长。

在中国道路、中国模式和中国话语研究方面取得了显著成绩。提出的文明型国家理论成为国际主流叙事体系，主讲的大型政论节目《这就是中国》获得全国电视节目星光奖。出版的“中国三部曲”著作（《中国震撼》《中国超越》《中国触动》）获得教育部哲学社会科学成果奖，《和平是中国发展最大的特点》《从修宪看中国制度和中国道路》等多篇学术成果产生巨大反响。

2021年5月31日，习近平总书记主持十九届中共中央政治局第三十次集体学习，作为专家就加强和改进国际传播工作展示真实立体全面的中国进行讲解并提出工作建议。

# 中国社会主义的世界意义

**张维为**

短短数十年间，中国从一个一穷二白的国家一跃成为世界最大的经济体（根据购买力平价计算），形成世界上最完整的产业链，成为世界最大的货物贸易国，完全消除了极端贫困，创造了世界上人数最多的中产阶层，向全世界输出最多的游客。中国还基本实现了全民医保和养老，至2021年中国人均预期寿命已高于美国两岁。①这是人类历史上第一次一个社会主义大国实现了全方位的崛起，这永远改变了中国，也改变了世界。

## 一、和平崛起与“中国突破”

18、19世纪世界上崛起的第一批国家，如英国、法国等，其人口是千万级的；20世纪崛起的第二批国家，如美国、日本等，其人口是上亿级的；而今天21世纪中国的崛起，其人口是10亿级的，超过前两批国家人口的总和。历史上西方大国崛起的历史几乎就是一部掠夺、殖民和战争的历史，而中国人民高举社会主义旗帜，通过自己的奋斗、智慧乃至牺牲，实现了人类历史上绝无仅有的和平崛起，并成为带动整个世界经济增长的火车头，

① 《我国人均预期寿命提高到78.2岁，超过美国》，https://baijiahao.baidu.com/s?id=1738508371543344621&wfr。

今天中国对世界经济增长的贡献超过西方七国集团（G7）的总和。[①]

由于历史原因，中国错过了第一次工业革命和第二次工业革命，然而新中国成立以来，在前30年奠定的政治、经济、社会基础上，又通过40多年的不懈奋斗，终于迎来了现代化事业的腾飞。中国大致以每十余年完成一场工业革命的速度，实现了"集四次工业革命为一体"的崛起。从20世纪80年代到90年代初的10余年，中国通过大力发展乡镇企业，完成了以纺织业等轻工业为主的第一次工业革命；从20世纪90年代初到21世纪初的10余年，大致完成了以电力、内燃机、家用电器、石化工业、中高端基础设施等为主的第二次工业革命。随后，中国与西方国家几乎同步进入了以通信产业为代表的第三次工业革命，并迅速成为第三次工业革命的佼佼者。 现在中国已经进入了以大数据、人工智能、量子通信等为代表的第四次工业革命的"第一方阵"。正如习近平总书记在庆祝改革开放40周年大会上的讲话中指出："我们用几十年时间走完了发达国家几百年走过的工业化历程。在中国人民手中，不可能成为了可能。我们为创造了人间奇迹的中国人民感到无比自豪、无比骄傲！"[②]

"集四次工业革命为一体"的崛起使中国成为突破"外围—中心"依附体系的唯一的超大型社会主义国家。在旧的依附体系下，西方国家处于中心，发展中国家处于外围，中心国家通过对外围国家的超级剥削而赚得盆满钵满，外围国家则长期处于贫穷落后的状况。然而，"中国突破"使中国避免落入西方依附体系，并促使世界多极化的新格局的形成。在这个格局中，中国既是外

① 《世行报告：中国经济十年对世界经济增长贡献率超G7总和》，http：//www.news.cn/ 2022-10/26/c-1129080437.htm。

② 《十九大以来重要文献选编（上）》，中央文献出版社，2019，第728页。

围国家（发展中国家）最大的贸易、投资、技术伙伴，同时也是中心国家（西方国家）最大的贸易、投资、技术伙伴。

## 二、中国“硬实力”“软实力”的广泛影响

中国和平崛起的意义还在于事实上推动整个世界进入了觉醒年代。这种觉醒几乎是围绕着对中国和美国的认知而展开的。多数发展中国家今天面临的最紧迫问题仍然是贫困、饥饿、疾病、战乱等。这也是为什么它们今天几乎都把目光投向社会主义中国，“向东看”“借鉴中国”已成为世界潮流。

越来越多的人认识到中国的“良政还是劣政”范式超越西方“民主还是专制”范式，“民心”和“民意”结合的模式超越西方仅依靠“民意”的模式，“选拔+选举”模式超越西方单依靠选举的模式，社会主义市场经济超越西方新自由主义经济，自由与自律平衡的价值观比西方绝对化的自由价值观更具现代性。正是在这样的背景下，中国发起的“一带一路”倡议已经成为推动南方国家实现现代化并改革现有单极世界秩序的重要引擎，这个引擎既有“硬实力”又有“软实力”。

就“硬实力”而言，中国具有世界上最大规模的全产业链优势，往往可以为南方国家的众多行业提供“整体解决方案”（total solution），从基础设施到重工业到数字产业都是这样。比方说，过去10年间，中国在非洲参与建设6000多千米的铁路、6000多千米的公路、80多个大型电力设施。比方说，仅2年左右的时间里，中国就帮助苏丹、乍得、土库曼斯坦等国家建立起了上下游一体

化的现代石油石化工业体系。

同时，中国自己就是世界最大的消费市场，可以吸收和消化共建“一带一路”国家的大量产品，中国可以向外部世界提供从第一次工业革命到第四次工业革命几乎所有的产品、服务和经验。同样，“一带一路”、金砖机制等带动的“全球南方”崛起已经震撼这个世界。我们今天甚至可以这样说，在“全球南方”的内部，要资源有资源，要资金有资金，要市场有市场，要技术有技术，要思想有思想。“要思想有思想”就是“软实力”，“一带一路”倡议所奉行的“共商共建共享”理念就是推动改革单极世界秩序的重要“软实力”，它也是迄今为止最先进的全球治理理念，它源于中国，属于世界。

## 三、中国理念的文明渊源与时代意义

“共商共建共享”理念的三个组成部分也好，作为一个整体也好，都源于中国式现代化的成功经验，也源于源远流长的中华文明。它是中国“把马克思主义同中华优秀传统文化相结合”的产物，也是一种全新的全球治理观和国际关系民主化的重要实践。

我们不妨把这一理念所包含的三个组成部分简单梳理一下。“共商”，从文明传承来看，源于中国古人崇尚的“兼听则明，偏听则暗”“集思广益”等理念和实践，以及中国古代政治中的“朝议”传统和民间的“乡议”等历史传承。 它也源于中国式现代化进程中广泛采用的“协商民主”。 比如，中国以协商民主的决策方式成功制定了一个又一个五年规划，带来了中国的全面崛起，这与西方国家每隔四五年举行一次选举、然后“赢者通吃”的所谓“民主”形成了鲜明的对照。中国还一贯主张“国际关系民主化”，通过“友好协商、求同存异”来解决国与国之间的分歧。

“共建”，从文明传承来看，源于中国人笃信的“言必信，行必果”“知行合一”等文化传承。与面对世界末日时躲到诺亚方舟的西方神话不同，中国是“大禹治水”的传统，领袖率先垂范，带领民众与洪水抗争直至胜利。它也源于中国式现代化进程中的“齐心协力”“实干兴邦”等理念与实践。

“共享”，从文明传承来看，源于中国生生不息的共享文化，从孔子的“不患寡而患不均，不患贫而患不安”到孟子的“老吾老，以及人之老；幼吾幼，以及人之幼”，到中国历代先贤普遍崇尚的“天下为公”精神，都体现了共享文化。“共享”也源于中国式现代化过程中的“同甘共苦”“共同富裕”等理念和实践，符合中国对外合作一贯遵循的“平等互利，合作共赢”原则。

“共商共建共享”背后的逻辑与西方奉行的“分而治之”逻辑截然不同，它秉承中国人笃信的“合则兴”及“天下为公”的逻辑，中国式现代化就是这样一路走来并取得成功的。“一带一路”也是这样一路走来，取得了丰硕的成果。实践证明，“实事求是”“民本主义”“共商共建共享”“合则兴”“天下为公”等理念代表了越走越宽广的人间正道。

今天的世界正面临两种前途的选择：一种是有利于少数国家和资本力量的单极世界及其秩序安排，其特点是零和游戏、极度自私、霸权主义，已经摇摇欲坠的美国单极霸权主导的国际秩序就是这种世界的体现；另一种是有利于绝大多数国家和人民的主权平等的多极世界及其秩序安排，以人类命运共同体为导向，实现最大限度的合作共赢。习近平总书记提出的“全球发展倡议”“全球安全倡议”“全球文明倡议”则是后一种选择的代表。

世界已经进入了“后西方时代”“后美国时代”“新的觉醒年代”，这不是说美西方不重要了，而是表明美西方不再代表历史前进的方向。在这样的时代里，中国应承担起一个社会主义大国的责任，与全球南方国家、金砖国家等一起，积极改革现有的、极不公正的单极国际秩序，并且团结一切可以团结的力量，包括西方国家内部的一切积极力量，为实现人类命运共同体的光明前景而奋斗。

载于《世界社会主义研究》2024年第2期

# 夏学平

互联网专家。中国网络空间研究院院长、党委书记。曾任中共中央宣传部新闻局巡视员、副局长，中央网信办网络评论工作局局长、网络综合协调管理和执法督查局局长。

担任“马克思主义理论研究和建设工程”2019年度重大项目、国家社科基金重大项目首席专家，“十四五”网信总体规划编制工作支撑任务项目负责人。《加强数字化发展治理　推进数字中国建设》《以数字中国建设赋能经济社会高质量发展》等研究成果在《人民日报》《学习时报》等报刊发表。

# 深化文明交流互鉴<br>丰富世界文明百花园

**夏学平**

在百年未有之大变局中，面对少数国家炮制的“文明冲突论”“文明优越论”等论调，中国强调尊重文明多样性，倡导平等、互鉴、对话、包容的文明观，推动各方以文明交流超越文明隔阂、文明互鉴超越文明冲突、文明包容超越文明优越，始终致力于推动中华文明与全球各国文明平等交流、和合共生，努力让文明交流互鉴成为增进各国人民友谊的桥梁、推动人类社会进步的动力。

2023年10月，在全国宣传思想文化工作会议上，习近平总书记对宣传思想文化工作作出重要指示，提出了“七个着力”的重大要求，其中明确指出“着力加强国际传播能力建设、促进文明交流互鉴”，为提升国家文化软实力，推进文化自信自强，加快建设社会主义文化强国明确了方向和路径。

文明交流互鉴，是推动人类文明进步与世界和平发展的重要动力。在各国前途命运紧密相连的今天，中国提出的全球文明倡议，以四个“共同倡导”作为核心理念，揭示了文明交流和发展的基本规律，不同文明的包容共存和交流互鉴在推动人类社会现代化进程、繁荣世界文明百花园中具有不可替代的作用。全球文明倡议为不同文明交流互鉴、包容共存提供了中国方案，也为推动人类现代化进程、推动构建人类命运共同体注入了强大正能量。

**重视文明传承，创新呈现中华优秀传统文化故事。**近年来，河南中秋晚会、《国宝档案》节目、《中国诗词大会》节目、《舌尖上的中国》节目等优秀视听产品的热播，为传统文化的传承与创新开辟了新道路。自媒体短剧《逃出大英博物馆》以独特的拟人化手法，讲述“小玉壶”渴望回归故土的动人故事，深刻表达了人们对海外流失文物归国的热切期望和深沉情感。这些节目的成功，不仅展现了中华文化的无限魅力，更成为连接过去与现在、传统与现代的桥梁，让中华传统文化在现代社会焕发出新的光彩。

**增强文化认同，着力打造世界文化品牌。**2023年，联合国正式将中国春节确定为联合国假日，这标志着中华传统节日在走向世界的征程中翻开新篇章。目前，世界上有近20个国家将春节作为法定节假日，约有1/5人口以不同形式庆祝春节，春节民俗活动走进200多个国家和地区。2024龙年伊始，华侨华人“搭台唱戏”、当地民众“沉浸式体验”、各国政要“亮相站台”的中国春节庆祝活动在海外精彩纷呈。这些丰富多彩的活动展现了中华文化的魅力，反映了全球社会对中国文化的广泛认可和尊重。

**彰显文化自信，文旅交融增进民心相通。**全球联动举办的“美丽中国”中国旅游文化周等活动，着力展示了中国文化和旅游产品服务升级成果，充分展现了中国风貌。甘肃省在重点入境旅游客源市场依托当地知名旅游企业设立营销推广中心，安徽省积极与“一带一路”共建国家开展旅游交流合作，形成了境内外旅游市场客源互换、良性互动的局面。此外，还有哈尔滨冰雪大世界、西安大唐不夜城、北京中轴线，以及淄博烧烤、“跟着演出去旅行”、城市漫步、围炉煮茶……一系列充满浓郁地域特色和传统特色的文化载体借助互联网平台传播腾飞，吸引无数国际友人前往体验。

**促进人文交流，搭建不同文明互鉴互通平台。**文明因交流而多彩，文明因互鉴而丰富。人是文明交流互鉴最好的载体，深化人文交流互鉴是消除隔阂和误解、促进民心相知相通的重要途径。成都大运会、杭州亚运会、“相约北京”奥林匹克文化节等一系列人文交流活动，让世界看到中国践行全球文明倡议、推进文明交流互鉴的真诚意愿和切实行动。

文明交流互鉴，是推动人类文明进步和世界和平发展的重要动力，也是构建新型国际关系、构建人类命运共同体的题中之义。中国秉持互学互鉴、传承创新和加强人文交流的理念，推动不同文明之间的相互了解、尊重和包容，在文明交流互鉴中推进中华民族现代文明建设。

**首先是重视文明的保护与传承，推动中华优秀传统文化在现代化进程中实现创造性转化和创新性发展。**中华优秀传统文化是中华文明的智慧结晶和精华所在，是我国在世界文化激荡中站稳脚跟的根基。要强化对中华优秀传统文化的保护与传承力度，秉持对不同文化传统的尊重与包容态度，鼓励文化创作者在传承中华优秀传统文化的基础上，积极探索新颖的文化表达和传播方式，从而创作出更贴合时代脉搏、更符合人民期待的文化精品。

**其次是秉持平等对话、互学互鉴的原则，加强交流分享，实现文明的共同进步与和谐发展。**文明交流互鉴应坚持平等对话、互学互鉴的原则，不应该以一种文明的标准去评判其他文明，而是要以平等、开放、包容的态度去对待其他文明，实现相互尊重、相互理解、相互包容。应主动构建国际交流桥梁，通过高层对话、文明论坛等形式，就文明发展、文化交流等议题进行深入探讨，促进不同国家间的知识分享与经验交流，推进不同文明之间的相互理解和尊重。

**最后是强化人文交流和民间交往，构建文化交流与对话平台，拉紧民心相通纽带。**要积极搭建文化交流平台，不断创新交流形式，通过开展文化节、智库论坛、学术研讨会等多元化的交流活动，深化国家间的对话和沟通。同时，还应加强民间人文交流，通过文化体验、艺术展览、旅游互动等形式，拉近民心，增进友谊，进而推动构建全球文明对话合作网络。

中华文明自古就以开放包容闻名于世，在同其他文明的交流互鉴中不断焕发新的生命力。未来，在全球文明倡议的指引下，各国必将在促进世界文明多样性、深化人文交流合作、促进不同文明百花齐放等方面取得更大进展，让世界各民族优秀的文明价值在交融汇通中得到更加充分的彰显，不断将人类文明的百花园浇灌得更加绚丽多彩。

载于《光明日报》2024年3月19日

## 宋修见

中央美术学院美育研究院院长、马克思主义学院执行院长，教授，校学术委员会委员、学位委员会委员。

出版《中华美育精神访谈录》《弘扬中华美育精神讲演录》（主编）《红楼曙光：中国共产党的诞生与北京大学》《中国文化的生命力》《〈在延安文艺座谈会上的讲话〉研读》等学术著作。主持2021年教育部首批新文科研究与改革实践项目“新时代中国美育学学科建设研究”、2021年国家社科基金艺术学项目“中华美育精神与马克思主义美育观中国化问题研究”、2020年北京市社科基金项目“建立不忘初心、牢记使命的制度研究”等课题。

# 美的标准问题再思考：让人们在新时代里美起来

宋修见

美是否有一定的标准？一般认为没有。德国哲学家黑格尔认为“美是理念的感性显现”，我国唐代文学家柳宗元说“夫美不自美，因人而彰”。可见，美是人的理念，或者说是人的判断。这样说来“美的标准”因人而异似乎就顺理成章了！但果真如此的话，见仁见智地“各美其美”是不是再自然不过了？那“指鹿为马”式的以丑为美也就无以评判了？比如，近年来人们对文化艺术领域中“新文人画”人物形象的毁誉参半，对“丑书”书法作品的莫衷一是，对影视传媒中“小鲜肉”形象的各持己见，以及对当下各地文旅“形象大使”的褒贬不一，等等，似乎使“美的标准”问题愈发无解。但最近有两次考察使我对这一问题产生了一些新的思考认识。

一次是在位于北京市丰台区的北京市工贸技师学院的世界技能大赛时装技术项目中国集训基地，中央美术学院李宁教授策划的“艺美娃衣：时装技术项目世赛成果转化创新教学展”在那里开幕。展览的规模不大，但展出的洋娃娃们一个个锦衣华服，五彩盛装，煞是好看。在世赛中国集训基地实训大厅，曾带领中国选手在第44届、45届、46届世界技能大赛上连续获得三枚时装技术金牌的李宁教授请我看一下正在展示的三件衣服哪件最美。我直觉判断中间那件，但她微笑着告诉我，我和大多数嘉宾的判断是一致的。这是2023年第二届全国职业技能大赛时装技术比赛前三名作品，但很遗憾中间那件是获得第二名的作品。面对我的疑惑，她详细介绍了服装技术比赛的要求和评审的得分点，未及她说完我就意识到中间那件的确不如左侧的第一名作品。这对我触动很大，照理说服装的美最不易评判，所谓“萝卜白菜，各有所爱”，人们对颜色、款式的兴趣和品位等存在的差异太大了。但在李宁教授的介绍中，我看到了艺术与技术完美融合的“美的标准”，而且是明确量化的服装之美的标准。

世界技能大赛时装技术项目评审的100分中，包括了设计、剪裁、制版、缝制、装饰等所有环节的极其细微的得分点。李宁教授不无感慨地说，如果我们服装制版师和缝纫师的审美始终停留在学徒小工的水平，怎么可能理解和表现出设计师的审美表达？从另一个角度说，如果我们培养的服装设计师不会甚至不懂服装制版和缝纫，他们的艺术设计自然很难得以理想地呈现出来。世界技能大赛时装技术项目要求选手在18小时内，独立完成设计、立体裁剪、平面制版与排料以及女装设计与制作的四个模块考核。特别是女装设计与制作模块，需要按照抽取的主题用指定面料进行服装的设计制作，这就要求选手必须是从设计制图到样板制作、立体裁剪、手工缝制等全过程的全面能手，只有审美素养、艺术品位、剪裁缝纫技术以及色彩感觉、协调能力和心理素质等等都达到相当程度的完美统一，才能在规定时间内游刃有余地将一块面料变成一件时装。想象这样一件时装制作过程本身，也一定是一种艺术的享受、一种美感的体验。如此，最终成衣的“美的标准”的明确清晰，似乎就是水到渠成的事情了。

如果说服装技术是偏实用工艺的审美还相对比较容易统一美的标准，那我们再看一下在汉字书写方面，是不是也可以有“美的标准”？我们知道，汉语是世界上唯一现存的数千年来一直在使用的表意文字，其象形、指事、形声等“六法”造字，使它不仅作为交流工具，更成为储存文化信息和民族情感、表达艺术美感的工具，所以书法成为一门能修身养性、涵养情志、提升审美素养和文化品位的高雅艺术。宗白华先生认为书法是中国艺术精神的最高体现，书法之美是中国美学的最高形式，其用笔之美、结构之美、章法之美都达到了其他艺术形式难以企及的高度。或许正因如此，人们几乎一致认为，书法之美不可能有明确统一的评判标准。不用说篆、隶、楷、行、草不同字体之间，就单说楷书中的欧体、颜体、柳体不同风格之间，也是各有千秋，难分伯仲。

正因如此，千百年来汉字书写的法度始终是百家争鸣，难有统一的规范。但是，在倡导全民习字育人、推进中华习字文化名城建设的重庆市铜梁区，我认识了一位小学三年级辍学研习书法50余年的国家有突出贡献专家庹纯双先生，他刷新了我对汉字之美的理解。庹纯双的书法作品笔力雄健、法度严谨，近30年来出版的字帖和写字教材多达五千余种！但最富有传奇色彩的是，这位自学成才的书法家研发的“汉字拼写技术”使人们可以快速书写规范美观的汉字，被季羡林誉为“破解了汉字书写的千古难题”。

在铜梁区立心小学，我观摩了一堂小学生的习字育人课。课程设计以庹纯双运用线块与汉字结构相拼组而发明的“汉字拼写技术”为基础，按照学生身心发展、汉字书写规律、字根文化主题三个主题展开，指导学生将汉字书写得又好又快。在课堂上，二年级的小学生很快就能将老师讲解指导的“荣”“宋”字等写得规范端正，而且我观察到孩子们不仅坐姿挺拔，桌下的双腿和桌上的双臂都非常端正。因为这套“多维习字”教学模式强调的是“规范书写、观字审美、练心开智、立德养性、文化传承”的审美与人文综合素养提升，在习字过程中调动了通过对字形的整体观察、结构比较和字音的诵读、字体的书写以及汉字文化内涵的理解等方法，眼睛、大脑、手臂等协调运用，使汉字的认读、解构、理解、书写、组用等短时间整体性完成，在掌握规范书写汉字技法同时，理解汉字的结构之美、内涵之丰富，并且提高了观察力、专注力和表达力。这个书写过程的规范“标准”，使书写出的汉字达到“美的标准”可谓自然而然的事情；在书写出规范美观的汉字基础之上，再练习创作“各美其美”的不同字体、不同风格的书法作品，也是水到渠成的事情。

2019年，《新周刊》第7期推出主题阅读“低美感社会：我们时代的审美匮乏症”，其中一篇文章《中国审美十大病》提出人民需要恶补美育课，人民需要“首席审美官”。像李宁教授和庹纯双先生这样的专家学者，在我看来就可以是而且事实上已经是服装领域和汉字书写领域的“首席审美官”。在文化艺术和生活的诸多领域中，随着越来越多的“首席审美官”的出现，不仅可以使“美的标准”问题清晰落地，而且一定能在“弘扬中华美学精神”和“弘扬中华美育精神”的持续践行中，使我们这个有过伟大的审美与艺术创造的古老文明国度里的所有的人们，在中华民族强起来的新时代里美起来，拥有美的心灵、美的生活，以及美的风范。

载于《中国艺术报》2024年3月15日

鲁太光

# 鲁太光

中国艺术研究院马克思主义文艺理论研究所所长。

出版专著《前所未有的路——中国现当代文学中农村的历史叙述问题》、文学评论集《重建当代中国文学想象》，发表论文、评论多篇，在学界有一定影响。主讲的“以习近平总书记文艺工作座谈会重要讲话精神为指导，做好新时代文艺批评——兼谈马克思主义文艺批评”课程，入选中共中央组织部学习贯彻习近平新时代中国特色社会主义思想好课程。

# 努力创作优秀文艺作品
# 建设中华民族现代文明

**鲁太光**

习近平总书记高度重视文化工作。党的十八大以来，习近平总书记对文化领域一系列重大问题作出了科学的论述，丰富和发展了马克思主义文化理论，形成了习近平文化思想。文艺是文化的重要组成部分。2014年10月15日，习近平总书记主持召开文艺工作座谈会并发表重要讲话。这是习近平文化思想的重要篇章。学习贯彻习近平文化思想，实现文化强国目标，建设中华民族现代文明，必须繁荣发展新时代文艺。其中，“最根本的是要创作生产出无愧于我们这个伟大民族、伟大时代的优秀作品”，“必须把创作生产优秀文艺作品作为文艺工作的中心环节”。

## 创作优秀文艺作品是中华民族复兴的需要

在文艺工作座谈会上的讲话中，习近平总书记开宗明义地指出，“没有中华文化繁荣兴盛，就没有中华民族伟大复兴”。

这首先涉及文化主体性、文化话语权的问题。文化自信是更基础、更广泛、更深厚的自信，是一个国家、一个民族发展中最基本、最深沉、最持久的力量。与经济、政治等领域的竞争不同，文化领域的竞争是一场更长期的竞争，其开展方式往往隐而不彰，其后果也往往潜滋暗长，因而是一个民族、一个国家长治久安须臾不可忽视的重要领域。

经过长期努力，中国特色社会主义进入了新时代，但我国文化话语权与综合国力和国际地位还不相匹配，维护国家文化安全和提升中华文化影响力的任务更加艰巨。

因此，在文艺工作座谈会上的讲话中习近平总书记强调中国精神，强调文化自觉，强调文化自信，强调讲好中国故事、传播好中国声音、阐发中国精神、展现中国风貌，并对文艺领域存在的"'以洋为尊'、'以洋为美'、'唯洋是从'"的问题，对"热衷于'去思想化'、'去价值化'、'去历史化'、'去中国化'、'去主流化'"的问题提出警示。

这还涉及人类文明交流问题。中国共产党是秉承、发展马克思主义的先进政党，不仅承担着为中国人民谋幸福、为中华民族谋复兴的重任，还承担着为推动构建人类命运共同体奋斗的重任。

为此，中国不但呼吁世界各国同心协力，构建人类命运共同体，而且以自己生动的实践，为人类命运共同体建设提供中国经验。因而，以生动的笔触描述中国人民丰富多彩的实践，书写中华民族新史诗，以中国故事参与世界叙事，推动文明交流，促进文明互鉴，就成为文艺的职责之一。

正因为如此，在文艺工作座谈会上的讲话中，习近平总书记才称文艺是"世界语言"，提醒广大文艺工作者，国际社会对中国的关注度越来越高，"文艺是最好的交流方式，在这方面可以发挥不可替代的作用”。

## 创作优秀文艺作品是解决我国社会主要矛盾的需要

社会主义文艺，从本质上讲，就是人民的文艺。人民文艺要坚持为人民服务、为社会主义服务的根本方向，要满足人民的文艺需求。

党的十九大报告明确提出：“中国特色社会主义进入新时代，我国社会主要矛盾已经转化为人民日益增长的美好生活需要和不平衡不充分的发展之间的矛盾。”这一新的论断，是当前和今后一个时期认识、研究、解决包括文艺问题在内的中国问题的一个基本前提。

随着我国物质生产发展，人民生活水平不断提高，人民对文艺作品质量、品位、风格的要求也更高了，可是我们的文艺创作，特别是在优秀文艺作品创作方面还有一定差距，即我们现在面对的是文艺形式繁多，文艺作品数量巨大，但精品力作不足的问题。

为此，习近平总书记在文艺工作座谈会上的讲话中指出创作中“存在着有数量缺质量、有‘高原’缺‘高峰’的现象，存在着抄袭模仿、千篇一律的问题，存在着机械化生产、快餐式消费的问题”，勉励广大文艺工作者“静下心来、精益求精搞创作，把最好的精神食粮奉献给人民”。只有这样，才能满足人民对美好生活的追求。

## 创作优秀文艺作品是社会主义文艺发展的内在要求

优秀文艺作品问题是马克思主义文艺理论的一个核心问题。马克思、恩格斯极其关注这一问题，在创作中既追求科学上的胜利，又追求美学上的胜利，也因此，马克思、恩格斯总是从“美学观点”和“史学观点”，即“最高的标准”出发讨论文艺问题，并对社会主义文艺寄予极高的期待，期望在社会主义文艺运动中出现自己的但丁。

作为马克思主义政党，中国共产党无论在理论上还是实践上都十分看重文艺，全力推动文艺发展，努力提高文艺质量。

但由于中国特色社会主义文艺在一百多年来经历了不同发展阶段，每个发展阶段条件不同，因而对优秀文艺作品的要求也有所不同。

新民主主义革命时期，发展文艺的条件极其艰难，广大人民群众不识字，无文化，因而迫切要求一个普遍的启蒙运动。

基于这一历史现实，毛泽东将普及视为雪中送炭，将提高视为锦上添花，辩证地解决了这一矛盾，极大地推动了文艺大众化运动，创作了大量为人民群众所喜闻乐见的作品，使文艺成为赢得革命胜利的一支强劲力量。

中华人民共和国成立后，普及与提高仍然是党领导文艺的重要指导原则，但因为无论是文艺队伍还是服务对象都空前扩大，文艺工作的内涵、外延也相应扩大，党积极探索领导文艺的方式方法，提出“百花齐放，百家争鸣”的方针，指导社会主义文艺工作。

进入新时期，一方面针对此前探索中出现的问题，另一方面针对人民群众对文艺需求日益多样化的新形势，党下决心调整文艺政策，对文艺的领导越来越灵活，赋予文艺家更多自由。经过多年调适，重申“双百”方针，确立“二为”方向，奠定了文艺发展基础格局，文艺产品极大丰富，形式多样，较好地满足了人们的需要。

这意味着文艺普及的任务已基本完成，我国文艺到了以提高推动普及的新阶段，即新时代文艺必须在更高的基础上展开一个新周期。可见，习近平总书记重视优秀文艺作品创作，是在对社会主义文艺发展历史科学研判的基础上提出来的，是社会主义文艺规律的内在要求。

党的十八大以来，广大文艺工作者认真学习、践行习近平总书记文艺工作系列重要论述精神，与党同心同德，与人民同向同行，与时代同频共振，用情用心创作，取得丰硕成果，尤其可喜的是，出现了一些既叫好又叫座，甚至火爆出圈的优秀文艺作品，展现了社会主义优秀文艺作品的魅力与价值，初步形成了创作优秀文艺作品的氛围。

逆水行舟，不进则退。广大文艺工作者应再接再厉，全力以赴，推动形成优秀文艺作品涌流的新局面，建立起稳定的优秀文艺作品创作机制，创造属于我们这个时代的新文艺，建设中华民族现代文明。

载于中国文艺网2023年10月15日

# 第二章

# 与作品对话

## 王杰

浙江大学哲学学院教授、当代马克思主义美学研究中心主任,《马克思主义美学研究》主编，中国文艺评论（浙江大学）基地主任，教育部“长江学者”特聘教授。

主持教育部重大项目“马克思主义美学话语体系的历史演变和范式转换研究”、国家社科基金重大项目“当代美学的基本问题及批评形态研究”，主持国家哲学社会科学基金重点项目“中国现代悲剧观念的形成与发展研究”等项目十余项。发表学术论文近百篇，出版专著和译著20多部，包括《寻找乌托邦——现代美学的危机与重建》《文化与社会——马克思主义与20世纪中国文学理论发展研究》《现代审美问题：人类学的反思》等，并多次获得国家级和省级成果奖。

# “惊梦”是一种现代悲剧性生命体验
## ——话剧《惊梦》观后

王杰

2023年6月1日，笔者在中国海洋大学讲学，晚上在青岛大剧院观看了话剧《惊梦》，有些感受和随想。陈佩斯是笔者年轻时十分喜欢的喜剧演员，他在春晚演出中曾经表演过《吃面条》(1984)、《主角与配角》(1990)、《警察与小偷》(1991)、《姐夫与小舅子》(1992)、《王爷与邮差》(1998)等小品，令人难以忘怀，这些都成为笔者生命中十分深刻的记忆。那几年笔者正在攻读硕士和博士，对未来充满憧憬，陈佩斯的喜剧以特有的普通人的幽默，成为我们那一代人情感结构的一部分。

话剧《惊梦》以一个戏迷的自我炫耀开场。在中华文化中，戏剧是一种民族特征十分鲜明的艺术形式，在仪式化和程式化的基础上，中国戏剧具有十分突出的形式化的特征，成为许多票友的人生乐趣。《惊梦》的开场明确地告诉观众：戏剧本是一个有钱和有闲的人们把玩的世界。当枪炮声突然响起，一场大战猛烈地撞向平静的中原大地。

故事发生在解放战争时期，陈佩斯饰演的昆曲大班和春社班主童孝璋，为保戏班上下一大家子的口粮生计，特率众人绕道来平州（一个虚构的地名）演出。他们刚踏进平州，一场激烈的拉锯战骤然打响——计划好的演出和东家的酬劳、口粮立时化为泡影。本为活命而来，却瞬间命悬一线，老班主一筹莫展。

就在此时，一线生机意外传来：刚刚解放了平州的解放军部队慕名上门，诚意省出粮食邀请戏班排演一出劳军大戏。看着质朴的小战士热情地将救命粮一股脑儿地送到门口，老班主感动在心，当下便满口答应。不料，拿到手的剧本是出自延安鲁迅艺术学院集体创作的新编现代歌剧《白毛女》，对于一个传统昆曲剧团而言，这是一个天大的难题：既没有人能唱，也没有人愿意演。老班主童孝璋用古训教育戏班演员：我们在舞台上演的是仁义礼智信，做人要讲信用和规矩。没有诚信和规矩，戏班安身立命的基础就没有了。在战乱的条件下，戏班仍然坚守中国文化中做人做事的基本原则（规矩），显现了一种现代生活中的崇高。在戏班中两位老生借故拒绝演出之后，老班主担纲《白毛女》中的黄世仁，率众人竭尽全力，艰难地完成了编排。

演出获得了极大的成功。老班主童孝璋因为把《白毛女》中的黄世仁“演得太坏了”或者说“演得太像了”，被观众中的战士开枪打伤。舞台上的陈佩斯/黄世仁的表演充满了喜剧性，红色经典《白毛女》在当代语境中被重新激活了。生活中的悲剧性和喜剧性在特定的历史时空中竟然是以融为一体的形式呈现出来的。

在《惊梦》中，听到剧中剧社要演出的剧本是《白毛女》时，笔者心中暗暗吃了一惊，也燃起了很大的悬念：这个以演传统昆曲为业的戏班，如何在舞台上呈现现代形态的新编歌剧《白毛女》？这样的拼接和嫁接如何在舞台上呈现呢？在舞台上，我们看到演员的拒绝和挣扎，《惊梦》用舞台关系颠倒的方式，将剧场演出虚拟化，让剧团其他人员以边看戏边议论的方式，将演员变成观众，我们这些现实中的观众一下子获得了俯视某种现实关系的“上帝视角”。在我们这些观众的想象中，以昆曲的唱腔和舞台表演程式表演性地呈现出《白毛女》的叙事和情感的逻辑，在一瞬间，历史、传统、古老的仪式和当代语境的叠合关系都以一种奇特的形式融合在一起，不仅传统的“昆曲程式”变成了新仪式，而且人的革命性改变也具有了某种复杂而丰富的意义。这种“程式化”的编剧和表演形式，事实上把叠合着的多重不同的文化语境戏剧性地呈现出来，使《白毛女》获得了新的意义，《牡丹亭》也获得了新的意义。这种新的复合性意义，可以简述如下。

第一，在《白毛女》中，通过“旧社会使人变成鬼，新社会把鬼变成人”的情感逻辑和叙事线索，把压迫、掠夺、革命、爱情、解放结合起来，这是一个典型的“现代悲剧”，在革命进程中实现了人的解放和改变。

第二，《牡丹亭》中的杜丽娘因欣赏园中春天美景而情窦初开，“原来姹紫嫣红开遍，似这般都付与断井颓垣”，触景生情。自然青春生命的美好艳丽，与现实生活的禁锢锁闭，使杜丽娘的浪漫主义冲动只能以“向死而生”的方式呈现。“生者可以死，死可以生”，理想的爱情之不可得，阻隔之网看不见摸不着，却深不可测，十分强大。殉情的悲剧终于感天动地，使“鬼”得以转变成人，而且获得了极其幸福的美好姻缘。这是一个世俗世界把怀春痴情的美少女变成“鬼”，众神仙齐努力，使阴间鬼魂再获新生的“传奇”故事，用“惊梦”的戏剧形式，把梦幻中的想象与现实中的存在结合起来、缝合起来，人间不可能的事情，在众神仙的帮助下转变成真切的现实生活。《牡丹亭》是一个中国古典悲剧的典型案例：现实中的爱情在戏剧中仪式性地颠倒，以实现现实中不可能获得的幸福，当然这是以一种想象性的方式得以实现。

第三，当代话剧《惊梦》在舞台上、在特定的历史时空中，

将这两个完全不相关的情感逻辑和戏剧叙事程式巧妙地缝合起来，这种缝合产生出意想不到的审美变形：在戏剧中，将杜丽娘与柳梦梅活活拆散的“坏人”——这个一直被历史的复杂现象隐蔽起来的“仁者”被历史地还原，黄世仁作为喜儿转变成“白毛女”的历史黑手被曝光在舞台中央的强烈灯光下，历史真相的呈现，产生了强烈的情感震荡。观众席上的解放军战士们——在另一个场景中是国民党将士，包括和春社的演职员们都因为这种情感冲击而产生了某种改变。童孝璋则因为把黄世仁“演得太坏了”而两次被观众开枪击中受伤。在这里，戏剧因为它的“艺术真实”而从虚构转化为现实生活中的实践，昆曲戏班和春社因此也走出了自己的现实生活困境。生活中的悲剧因为戏剧性的叙述和改编而显现为喜剧性的形态，这是《惊梦》出彩的地方。

《惊梦》的演出并没有结束。平州战事继续，而且愈来愈激烈。十分有趣也非常令人吃惊的是，交战双方的指挥官均是黄埔军校的同学，他们曾经是很好的朋友，曾经都喜爱昆曲，他们在平州这块土地上为了各自的人生理想展开了一场决战。

不久，装备精良、气焰高涨的国民党部队夺取了平州。为了庆祝胜利和鼓舞士气，其长官找到了和春社老班主，要求排演一场劳军大戏。在对不同话语体系相叠合造成的误解之中，长官们一致决定上演的剧目也是《白毛女》。历史老人在拿当事人开玩笑了。在这一个叙事阶段，《惊梦》剧情的推动因素从解决吃饭问题到在战乱中挣扎着活下去，转换为不同境遇中的各类人物对美貌和爱情的追求：地主儿子常少坤一会儿疯、一会儿痴地追求着和春社花旦童佩云，国民党军官挟战场得胜者之威苦苦追求着花旦童佩云，和春社台柱子之一的小生何凤岐与童佩云青梅竹马的恋情在战火纷飞中也迎来了一系列变故和生死考验……

昆曲版的《白毛女》如期上演。仍然是和春社的演职员们作为观众在观赏着“新昆曲”《白毛女》的“想象性”演出，仍然是我们作为观众有机会获得局外人和“上帝视角”而生长出一种优越感和审美愉悦。“砰”的一声，枪声又一次骤然响起。慌乱中几天前刚刚“中弹”的“黄世仁”被一众演员簇拥着来到前台，“黄世仁”再次“中弹”，这次子弹是国民党军官射出的，把“黄世仁”的帽子打飞了。童孝璋万分恐惧，难以承受。早在19世纪中叶，卡尔·马克思 就说过，历史上的重要事件往往会出现两次，第一次是作为悲剧出现，第二次是作为笑剧出现。[①]虚

①《马克思恩格斯选集》(第一卷)，中共中央马克思恩格斯列宁斯大林著作编译局编译，人民出版社，2012，第668页。

构性和程式化演出的《白毛女》因为和春社老班主童孝璋将黄世仁“演得太坏了”或者说“演得太像了”，而两次被现实中的将士、而且是现实中处于对立和激战中的战斗者分别拔枪射击。历史中复杂而诡秘的某种“基源性幻象”，以这种十分“陌生化”的方式和形态呈现出来。笔者看到青岛大剧院歌剧厅的观众席上，有的观众泪流满面，有的观众则大笑不止。

《惊梦》的演出仍然不慌不忙地继续着。枪声响起后，《惊梦》的演出现场自然一片混乱，本来作为“战前动员”而组织昆曲《白毛女》演出，不料，观众中两个营的士兵因观剧而乡愁病发作，当逃兵回家保护自己的“喜儿”去了，致使长官大发雷霆、追究责任……

《惊梦》中的“平州战事”以国民党军战败、主帅掏枪自杀、解放军主帅中弹身受重伤，在送去后方医院前掏出几十年前和春社在他家演出昆曲的剧目单托人转交给和春社班主童孝璋而告终。童孝璋悲痛欲绝、仰天长叹。于是，和春社郑重决定：为所有在平州战事中死去的将士亡灵举行一场隆重的祭奠仪式，献上的是昆曲《牡丹亭》。在美轮美奂的《惊梦》表演中，大雪悄然落下，漫山遍野，大雪纷飞，古城肃立，梨园之曲回响，悠远而绵长。英灵不孤，戏剧再次成为仪式。吾等众人则“惊梦”于苍然回望中的《白毛女》和《牡丹亭》的优美化呈现……

如果说昆曲《牡丹亭》是中国传统悲剧，《白毛女》是中国现代悲剧，那么，《惊梦》也许是一种新的悲剧类型。该剧由喜剧演员主演，戏剧的表演过程充满了各种喜剧性元素，但是戏剧情节的基本结构和内在冲突却是悲剧性的，这种反讽性的悲剧显然是一种具有当代性的悲剧新类型，在理论上值得当代学者关注。

中国美学界一直存在着一个世界性的难题：中国文化中有没有严格意义上的悲剧？西方学者从雅斯贝斯、黑格尔，到当代学者特里·伊格尔顿、肯尼斯·苏林都认为中国没有真正意义上的悲剧，中国学者从鲁迅、胡适到朱光潜也都认同中国没有悲剧。这是在一个很长的历史时段中，我们在文化上不自信的原因之一。我们认为，作为一个伟大的文明，作为一个产生了屈原、司马迁、关汉卿、汤显祖、孔尚任、曹雪芹、鲁迅、曹禺、冼星海的伟大民族，我们的文化中应该有自己对人生悲剧性现象的思考和艺术的表达。问题的关键也许在于信仰体系的不同和文化表征机制的不同，导致对于悲剧观念的表达和悲剧形态的认知会存在着较为巨大的文化差异。中华文明对终极关怀的思考方式，以及对人生境遇中不可化解的悲剧性冲突的解决方式和途径，的确与古希腊文明和基督教文明存在着某种不同。

在中华文明的第一个轴心时代，农耕文明中的“自然”和“天”的观念被上升到终极价值的层次，从而具有了形而上的价值和意义。在“天”或者“道”的层次上，“阴”和“阳”是可以互相转化的，也是相互依存的。生命中的悲剧性或者说不可解决的矛盾不是来自人类自身的“命运”或者“性格”，而是来自“妖怪”“非人类”或者“坏人”的干扰和破坏，使人间的正常秩序被打破或颠倒，使现实中滋生出不可化解的悲剧性冲突。在《牡丹亭》中，怀春少女不能实现世俗性的婚姻，抑郁而死，变成了“鬼”；在《白毛女》中，喜儿因黄世仁（谐音“不是人”）

的欺压而变成了“白毛女”，人的正常生命都被巨大的外在力量摧残而极度异化。在中华文明中，悲剧冲突的存在就像自然机体会患病一样，悲剧性作品的演出就是用悲剧性表演“震惊”在尘世中陷入迷途的人们，让他们在“惊梦”中觉醒，去勇敢地面对自己或者社会机体的疾病，从而实现“惩前毖后，治病救人”。观看悲剧演出就像病患服药一样，只有相信药到病除才会愿意服下“苦口良药”。因此，我们看到，在中国悲剧作品中，正义、善良、美好、和谐等总是以某种极端化的方式呈现出它的必然性存在，是一种不可征服的力量。在这个意义上，我们感受到“既然痛苦是快乐的源泉，那又何必为痛苦而哀伤？”[①]（马克思引用歌德的诗句）的一种十分悲壮的历史悲剧性。

我们认为，中华文明是有强大悲剧观念的文明，但不是一种静态的祭酒神仪式性的悲剧观念或者悲剧文化，而是一个多层次的复杂系统，是在一个更高、更形而上的、终极关怀的层面上，现实中不可化解的悲剧性冲突可以得到化解和想象性解决，从而呈现出喜剧性的形态。在中华文化和中华文明中，“绝地天通”的悲剧性冲突和“断裂”是在“天人合一”的总体性文化框架之内的。正如人类学家张光直的研究所表明的，在中华文明的艺术表征中，断裂不是本体论意义上的断裂，个体或具体现象的毁灭，并不意味着整个人类世界的毁灭。[②]杜丽娘因“怀春”而悲惨地死去，但是杜太守的政治生涯和社会治理仍然正常地发展；书生柳梦梅的发愤读书也在波澜不惊地进行中，在一个更大、更复杂的社会结构中，杜丽娘个人的悲剧并不意味着整个宇宙的崩塌。与此相类似，《白毛女》中的喜儿，虽然在黑暗的社会中被

① 《马克思恩格斯文集》（第二卷），中共中央马克思恩格斯列宁斯大林著作编译局编译，人民出版社，1972，第68页。

② 参见张光直：《美术、神话与祭祀——通往古代中国政治权威的途径》，郭净、陈星译，辽宁教育出版社，1988，第108–118页。

巨大的力量摧残，但是恶势力因为它的反人性以及严重的不合理性，终于被正义和光明所战胜，在“换了人间”的条件下，喜儿获得新生，并最终完成了报仇雪恨，实现了对美好生活的追求。由于社会结构的重要区别，《牡丹亭》是中国传统农耕社会土壤中生长出来的中国古典悲剧的经典形态，《白毛女》是中国式现代化的早期阶段在民族解放的伟大事业中孕育出来的中国现代悲剧，在“中国式悲剧”的范畴下，它们是中国悲剧在不同社会历史条件下的不同类型。当代话剧《惊梦》的创新之处在于，它把这两种已经符号化和程式化的悲剧观念在一个当代语境中以“平州战事”为叙事框架叠合在一起，结合当代社会生活的现实语境，在中华民族伟大复兴的时代背景下，在人民大众对美好生活充满了激情化的想象中，在对“历史的必然要求”所必须 付出的沉重代价有了一种“蓦然回首”的历史优越感的情境中，将黄世仁置于叙事的中心而反复暴力“抽打”。因此，在《惊梦》的结尾部分，昆曲《牡丹亭》中杜丽娘和柳梦梅的美丽形象和程式化的戏曲形式在演唱和表演的一瞬间里，“平州战事”的叙事形式与我们当代生活语境相结合，使昆曲《牡丹亭》的表演呈现出十分丰富的审美意义。在这里，“历史的必然要求”不再是“实际上不可能实现的”[①]，而是在悲剧的喜剧化呈现中，用戏剧的形式把美好而必然会实现的“未来”朦胧地呈现出来。就像杜丽娘在春天的“姹紫嫣红开遍”的花园中“惊梦”般感受到美好生活一样，观众席中的我们，在《牡丹亭》的场景和唱腔中，在漫天大雪的肃然仪式中，感受到历史的责任和人类美好感情的强大力量。

① 《马克思恩格斯文集》（第十卷），中共中央马克思恩格斯列宁斯大林著作编译局编译，人民出版社，2009，第177页。

在歌剧《白毛女》首演将近80年之后的新时代文化语境中，话剧《惊梦》用喜剧的方式呈现出一个悲剧性的现代故事，把中国社会现代化转型期早期阶段的新型歌剧《白毛女》与中国传统戏剧《牡丹亭》的内容和形式结合在一起，形成了一种新的中国悲剧形态：悲剧冲突的喜剧性呈现。就像给苦药加了蜂蜜一样，《惊梦》为现代生活中的人们提供了直面现实生活关系的一种方式。

在中国社会的当代发展中，中国文艺现代化在悲剧的形式和表达机制方面也正在发生重要的变化。如果说延安时期鲁艺集体创作的新歌剧《白毛女》用“乡愁乌托邦”和革命的乌托邦的激烈冲突表达了“革命悲剧”（历史悲剧）的崇高感的话，那么，也许可以说，话剧《惊梦》把中国式“现代悲剧”中的中华文化基因进一步激活，用“悲剧冲突的喜剧化表达”，把“历史的必然要求”难以直接实现的崇高表达出来了，同时也把这种“历史的必然要求”必然会实现的美学逻辑表达出来了。只要“梦”的要求是合理的和美好的，它就总有一天会实现。这是昆曲《牡丹亭》的叙事逻辑，也是当代话剧《惊梦》的情感逻辑。

离开青岛大剧院的《惊梦》演出现场已经二十多天了，昆曲大班和春社的经历和演出中的场景一直在笔者脑海中以不同的形式呈现。笔者想，戏剧真是一个奇特的艺术形式：和春社作为战乱时期昆曲艺术的守护者，童孝璋的形象是崇高的，也是悲剧性的，在“戏中戏”里，童孝璋表演“黄世仁”，因为把黄世仁的“坏”演得“太像了”而被不同政治立场的人开枪射击。历史因为复杂和阴差阳错而呈现出了喜剧性的特点，在笑声中，观众与黄世仁的“坏”告别。在我们的现实生活中，仍然不时会遇到黄世仁一样的人物，笔者十分好奇，他们会不会去看《惊梦》？他们会不会在“坏人”的生活轨道中惊醒呢？……

载于《中国文艺评论》2023年第8期

# 陈建忠

广东省艺术研究所一级编剧。

在《中国文艺评论》《中国文化报》《中国艺术报》等报刊上发表评论文章50多篇。编剧代表作包括电影《王牌》《夏天的拉花》《春天的约定》，电视剧《丑角爸爸》《最爱·你》《区小队》，话剧《运河1935》等。舞台剧作品多次入选国家艺术基金、北京艺术基金；电视剧作品曾获第29届中国电视飞天奖、第27届中国电视金鹰奖；电影作品获得第74届威尼斯国际电影节“聚焦中国”单元展映奖、首届柏林华语电影节最佳编剧奖等国际奖项。电视剧项目获得国家广电总局重点项目扶持、中宣部2022年度文化产业发展专项资金支持，作品多次获得省级“五个一工程”奖。

# 在不断下潜中探寻戏剧的力量
## ——浅析话剧《深海》

陈建忠

现实主义戏剧创作，最终目的是通过舞台上那一个个感人心魄的艺术形象，实现情感共鸣、价值传递与审美感知。完成艺术形象塑造，依赖的是对于戏剧性情境的营造、戏剧性人物关系的提炼、戏剧性语言的抒写、戏剧性动作的运用和戏剧性时空的铺排。长期以来，现实题材舞台剧创作，真人真事、好人好事占有相当比重。但其中，真正能将真实的新闻人物塑造成可触可感的艺术形象的作品却少而又少。人物脸谱化、事件雷同化、思想同质化，让许多抒写英模人物的作品像是出自同一人之手，只是换了剧种或剧名。主题先行、概念前置，创作者没有真正走进人物精神、心灵世界中，领悟人物的精神高度和人格力量，并将其转化为可以抵达观众内心、拨动心弦的艺术思维与艺术表达。凡此种种，最终呈现在舞台上的就只能是口号式的语言和干巴巴的形象。还有一点，描摹时代人物，需要的不仅仅是创作者对人物所从事的行业、专业有深入了解，更需要创作者拥有与人物对话的能力，有与其相近的情怀、境界、格局，至少在政治抱负、价值认同、家国情怀上能够企及、抵达对方的高度、宽度与厚度。否则，你写出来的就只是一个与你有着同样认知的一般化形象。

在他身上，既无法附着更为宽阔汹涌的时代激荡，也难以触摸到更为深刻伟岸的时代精神，更看不到高度概括之后的时代气象。人物因此就不准确，就少了典型性、时代性、标志性。从这个角度上说，话剧《深海》是一部对描写英模人物、阐发时代精神有启示意义的优秀之作。该剧以“共和国勋章”获得者、“中国核潜艇之父”黄旭华为原型，讲述了他带领核潜艇研发团队，呕心沥血打造国之重器，为我国核潜艇研发事业默默奉献的一生。这是一个再“标准”不过的英模题材：截至目前，“共和国勋章”获得者只有9位，题材又是观众陌生的核工业题材，将其搬上舞台，难度可想而知。但创作者在对真实人物精神情操精准把握后，将其高度提炼、艺术呈现，最终，在舞台上成功塑造了一个见筋见骨、血肉丰满的英雄形象，连同剧中的每一个重要角色，都气韵生动、栩栩如生。

首先，创作者抓住了黄旭华一生最鲜明的人物形态：隐姓埋名，默默奉献。这个人物，从1958年34岁时奉命加入我国核研究事业开始，就切断包括父母亲人在内的一切外界联系，像水滴沉入深海，从此人间蒸发。这种“查无此人”的潜伏人生，一直持续到20世纪80年代末。即使如此，他也只能在寄给母亲的一封信里放进一本记载我国核潜艇研究制造总设计师的报告文学，文章里也只用“黄总设计师”来代替。除此之外，信中没有只言片语。核潜艇研发是国家高度机密事业，黄旭华第一次接到命令时曾向爱人说过这样的话：“哪怕你犯了错误，打扫卫生做杂务也不能离开这个单位。”这个只有一个编号“09工程”和连名字都没有的“单位”，将可能封锁住他们的青春、岁月乃至一生，至死无法离开。加入这一事业中的人，一生都可能处于“不可告人”的状态，正像剧中黄旭华面对军宣队质疑时剖白的那样：“不可告人？是啊，我这一生都在做着不可告人的事情。学生时期参加党的地下工作是不可告人的，今天从事核潜艇的研究也是不可告人的。为了党为了国家注定我这一生都会不可告人！”这一切，都是为了一个使命：“哪怕我们在深海之中潜伏着就是一艘战略导弹核潜艇，我们就保有对敌方实施核报复的能力，也正是因为有这个能力，敌人才不敢轻易触碰核按钮。一句话，核潜艇就是一个国家具备第二次核打击力量的国之重器！”（剧中黄旭华语）——这样的人生状态，正如同剧名一般：潜藏在深海之下，始终以静默、隐忍的姿态，肩负着国家尊严和利益不受觊觎和侵犯！这种“绝密”的人生状态与工作思维，甚至已经浸入他的日常表达之中。剧中有这样一个细节：中国第一艘核潜艇顺利下水之际（1970年12月26日），黄旭华向爱人提议在家里喝酒庆祝，面对妻子的询问，随口说了一句："酒喝多了话就多，有些话只能在家里说。"这固然是那一特殊年代的应激反应，但我理解，更是人物的生活常态：国家安危寄予这一批人身上，他们将永远忍辱克制、负重前行。平静的水面之下，多少深海激流汹涌。这是核潜艇的深海，也是人的深海！编剧正是抽取了这一基本人物形态并且不断强化，使人物的行业属性、专业背景显得格外准确和立体，从而，是可信的。

其次，以独特的结构开掘人物形象的深度与广度。该剧最为人称道的是三重空间架构：一重为现实空间，即开场时已经92岁

高龄的黄旭华老人与已经退役、即将收藏进博物馆的09型核潜艇告别。拆卸的叮咣之声让他陷入回忆：即第二重空间——1988年4月，核潜艇第一次下探至极限的300米。下潜300米，标志着世界核潜艇领先水平，却也意味着“每平方米承受着300吨重压”的机舱随时可能爆炸、舱毁人亡。在此之前，美国核潜艇下沉到一百多米就出事，造成了一百多人死亡。坚持以总设计师身份跟随下潜的黄旭华，在生死面前，走向了对一生的回忆：即第三重空间，这也是整个戏剧最重要的结构线：280、290、295、300米，分别对应的是少年、青年和人生遭遇低谷的中年时期与终于试验成功的动人时刻。与其对应的各个时间轴上，我们看到1939年，因日本轰炸家乡，母子分离、同伴遇难，黄旭华发下的誓愿：“阿妈，我不学医了，我要学航空，我要学造船。我要制造飞机，保卫我们国家的蓝天；我要制造军舰，抵御外敌的海上侵略。从今天起我不叫黄绍强，我叫黄旭华，旭日东升，荣耀中华！”；看到1958—1966年间，新婚不久、带着妻子隐姓埋名，面对苏联专家带着所有资料撤走，一点一点靠着算盘计算，“三步并作一步走”试验水滴型核潜艇的青年黄旭华；看到1967年遭到人身攻击、信仰质疑，一边养猪一边研究，忠诚如一的黄旭华：“如果组织需要我一次性把血流光，我就一次性把血流光，如果组织需要我一滴一滴把血流光，我就一滴一滴的把血流光！”；看到下潜前夜，与妻子之间激烈而深情告别，将生死举重若轻的黄旭华；最后的结尾处，又回到现实空间：核潜艇展览馆的揭牌仪式上，黄旭华深情地凝望着深海之下，诉说着对亲人、对祖国的眷眷深情，与开篇形成完整呼应。编剧正是用俄罗

斯套娃式的结构，以“现实—回忆—再回忆”讲述方式的自由、灵动，叙述体与情节体的有效衔接，勾勒出一个科学家一生最重要的瞬间，以及他的性格、气韵、情感、思想、精神。三重空间和与空间并行的时间轴，纵横交错，经纬互织，疏密有致，建构起一个磅礴、丰盈、生动的戏剧场。这种建构，十分考量编剧解读素材、选取素材和运用素材的能力，需要编剧像一个技艺高超的建筑师在舞台上纵横捭阖，进退有度。

同时，对情感多层次的深刻描写，让人物呈现出高度的艺术真实。对于创作而言，艺术真实比生活真实更为重要。能打动人、感染人的，正是艺术真实。很多真人真事在聆听现场报告时催人泪下，写成戏却总觉得假，原因就在于创作者未能真正地将生活真实通过提炼、放大、想象，幻化为艺术真实，未能挖掘出人物的真情实感并将其转化为让观众感同身受、同频共振的戏剧情感。话剧《深海》在此方面为人称道，它牢牢地把握住人物的心路历程、情感脉络。黄旭华对于核潜艇的执着，对于祖国强大的渴盼，首先来源于其少年时期与母亲痛苦的分离：在侵略者飞机大炮的轰炸下，母亲只够买一张机票，兄弟姐妹只能在家里等着被炸死的命运，以及逃亡路上瞬间命丧的伙伴“十六岁”都深深地刺痛着他，让他意识到：没有强大的祖国，个人只能沦为“家没了”的无根漂萍……正是带着长大后保护母亲的誓言，促使他在每一个难熬的日日夜夜挺了过来，哪怕父亲去世不能奔丧，哪怕三十年没能见上母亲一面，哪怕因为无法尽孝的巨大遗憾对着当年母亲留下的银梳子下跪、落泪！带着愧疚与思念忍耐与坚持，这对于黄旭华来说是一种炼狱般的、刻入骨髓的疼痛，也是观众产生强烈代入、认同的命运痛点。随着剧情演进，对血缘母体的承诺，上升为对祖国母亲的责任。“长大了保护母亲”升华为为共和国打造坚强防御铠甲！当离别三十年后的第一次见面，母亲抚摸着儿子满头的白发，说出的那句：“这为国尽忠，就是最大的尽孝啊！”时，这种疼痛瞬间得到了抚慰与理解，令人动容。而结尾处，当黄旭华饱含深情地说出那句：“若有人问我如何评价这一生，我们这个打造中国核潜艇的团队，把这一生都奉献给了祖国的核潜艇事业，此生无悔！我爱我的父母，我爱我的妻子，我爱我的女儿们，但我更爱我的祖国！！”，该剧完成了对家国同构的主题传达。

比之对母亲的绵长思念，黄旭华与妻子李世英的情感描写，层次要更为丰富，角度也更为多元。她是他的追慕者、跟随者，是他的伴侣，更是他的同志、战友。她陪他共同经历着隐姓埋名的“深海”人生，共同面对国家使命的驱动与安排。他们的婚姻誓词在全剧中先后出现了三次：新婚不久的选择跟随，受到不公平待遇时的彼此支撑，下潜前夜对未知风险的泰然面对。三次重复，在三个关键情节点上出现，不断地丰满和坚实着这对灵魂伴侣的情感世界和人格基石。下潜前夜是全剧最为动人的情感高潮部分。在这一段中，编剧放弃了常用的女性哭哭啼啼阻拦的一般化描写，而是以掷地有声的语言，描写出一个同样经过理想主义熏陶，经历暴风骤雨，拥有同样开阔心胸和高贵人格的女性知识分子形象。这段戏中，李世英诘问丈夫的，恰恰不是安全与否的问题，而是为什么剥夺一个相濡以沫、走过一生的妻子的“知情权”？进而，坦然地说：“你应该去，作为总设计师，在这么一个危险的过程中，你在，所有人心里都安稳。”当婚姻誓词被再次念起，既是重申，更是肝胆相照的临别赠言。妻子的形象也像诗人舒婷在作品《致橡树》中吟唱的那样：“我必须是你近旁的一株木棉，作为树的形象和你站在一起“根，紧握在地下；叶，相触在云里”，身躯矮小，人格伟岸。

二度创作中，封闭的、具有科技质感的冷峻舞台，与人物丰富的情感世界形成鲜明对比，并在对比中强化着人物形象。该剧的舞美很有特点，静态部分以核潜艇横切面的封闭空间作为主要形象，以不断变化的坐标值和十字支撑，来营造不断下潜的压迫感；而动态部分则是黄旭华的想象空间，以光影视觉与相对写实的装置为主：一出场就先声夺人、提示危险的美国核潜艇爆炸画面，回忆中战火纷飞的车站、火车车轮碾过的瞬间、试验基地上

下两层的分割，以及显眼的带有提示性语言的立柱……现实与回忆，写意与写实，很好地并置在一起。此外，导演手法的洗练、内敛、克制，音效对于紧张情境的营造、人物内心的外化，准确和从容，给人以审美的愉悦。

话剧《深海》的创作，让我有两点感受：一是，题材与创作者的适配度越高，作品成功率越高。选择合适的、能高度把握的创作团队，就能让题材更快地转化为优秀艺术作品。二是，不能一般性地反对思想领先、题材先行，潜下心去，把握时代人物的精神高度、思想高度，将其转化为艺术思维和艺术呈现，才是创作者必须跨过的门槛。一旦跨过，许多具有时代引领、时代气质的中国故事，就将在舞台上绽放异彩！

载于《广东艺术》杂志2022年第3期

# 杨俊蕾

复旦大学中文系教授。

出版专著《中国当代文论话语转型研究》《诗学经典的在体化面向》，编著《西方文论选读（中英文对照）》，译著《十八世纪法国室内艺术》等，曾获上海市第十五届哲学社会科学优秀成果奖论文二等奖，上海市第十四届哲学社会科学优秀成果奖论文二等奖，第十一届上海市决策咨询研究成果三等奖，首届网络文艺评论大赛二等奖等。在《文艺研究》《中国文艺评论》《电影艺术》《当代电影》《艺术百家》《探索与争鸣》《人民论坛》《学术论坛》等重要期刊发表学术论文70多篇，在《人民日报》《中国艺术报》《文汇报》《中国电影报》等报刊发表评论文章数十篇。

# 《深海》：理解同时代精神征候与粒子水墨的技术路径

杨俊蕾

动画电影《深海》的视觉段落第一次映入观众视野，是在2020年国庆档动画电影《姜子牙》的彩蛋里。经过此前110分钟激烈反抗暗黑神界的压抑和角力，大银幕上突然飞升起奇光异彩、烂漫炫丽的超视觉流体影像，相信很多观众在那一时刻忍不住赞叹，同时在内心为《深海》的上映埋下一颗期待的种子。

培育这颗种子的艺术根源还可以追溯到更早。在2015年暑期档意外收获票房丰收与观众高赞的二维动画电影《西游记之大圣归来》(以下简称《大圣归来》)，片末播放出长长的众筹名单，表现出人们对于共同文化抉择的集体意愿。在影院涌现的热情自发观影大潮中，很多戏称是“自来水”的观众大都携儿带女，两代人的童年经验在优秀的中华传统故事中得到有效而牢固的续接，同时也对导演田晓鹏酝酿已久的《深海》愈加期待。

上述记忆包含着简单却热烈的精神愉悦。尽管上映时间一再延迟，大众的观影意愿却没有减弱消磨，反而延伸出更为旺盛的好奇，冀望在新的视景技术的盛筵中重获心灵深处的感动。关于“深海”可能有什么样的想象，终于在2023年的春节档揭晓了谜底，同时也带来幽深复杂的心理探寻。

## 一、“后西游”迷思中的“救孩子”主题

要全面理解《深海》，只看一遍是不够的。它的内涵就像罗兰·巴特对于文本的区分：有一种文本是用以阅读的“可读的”（le lisible），有阅读价值，却不能让人获得更深的体味；另一种文本则是“可写的”（le scriptible），是“能够被重新写作”的可写文本，值得细读。[①]基于多次细读，我们会发现，《深海》在人物塑造、故事走向、情节动力等内在因素上有硬转折的痕迹。同时，在使用粒子系统对传统水墨效果进行仿真制作的外在形式上，也有待完善，包括色彩贴片如何与纷繁的深海物像相匹配、3D立体空间中的场面调度如何吸取二维动画的优点等。然而，如果以结构主义视角，将《深海》放入田晓鹏作品序列加以考察，将眼光调整得更加宏观，对隐现在作品深处的叙事原型、经典主题和精神原动力一一分辨，或许可以通过分层细读来发现作品包含的同时代精神征候。这些关于当下心绪的辗转表达，集中呈现出一代人的思想境况：一边在百转千回的梦境营造中曲折地诉说，随之又很快地自我拆解，用笑容掩饰悲戚。如此绵延多层的精神指向，可以被概述为“后西游”迷思。

作为中华四大名著中唯一的非现实性神魔小说，《西游记》最适宜被改编为玄幻、奇幻、魔幻类影视作品。近年来的事实也印证了这一点，连续多年的贺岁档都有一只猴子陪伴国人庆祝佳节，其中既有真人电影，也有相当数量的动画片。真人电影中的西游叙事多倾向于“魔改”，《西游·降魔篇》（2013）、《西游

① 罗兰·巴特：《S/Z》，屠有祥译，上海人民出版社，2000，第56页。

记之大闹天宫》（2013）、《西游记之孙悟空三打白骨精》（2016）、《西游·伏妖篇》（2017）、《西游记之女儿国》（2018）等，多用反转的人物关系搭配精彩的视觉特效技术。反而在动画电影的脉络中，关于孙悟空的形象重塑表现出更丰富也更深刻的文化自觉。《西游记之大圣归来》（2015）、《新神榜：哪吒重生》（2020）、《西游记之再世妖王》（2021）、《西游记之七十二变》（2022）以及更早的《宝莲灯》（1999）等，孙悟空的形象正经历着由神界向人间的变化，时而改穿现代服装，性格中增加人性弱点。从神格到人格的振幅虽有所扩大，不变的核心在于，孙悟空的形象总是影片中最可信赖的支点。无论他将面对哪些匪夷所思的危机劫难，最终奉献自我、拯救他人的力量始终是他的必然选择。被救的孩子有神话谱系中的沉香、哪吒，也有“西游”故事经过二次创编后的小精灵果子，和长安城里被山妖追捕的傻丫头。这些自身没有任何过错，只是因为弱小无力就遭遇到欺凌、灾祸的孩童形象回应了传统叙事中的一个重要主题：救救孩子。

鲁迅先生在《狂人日记》《风筝》等篇目中都提到救救孩子、善待童年。身处危险当中的孩子架构起故事主题的正义属性，为拯救者实现英雄叙事提供了必要且充分的前提条件。在获得一众喜爱的《西游记之大圣归来》中，没有具体姓名、只被含糊称为傻丫头的小女孩，是事实上贯穿影片始终的核心人物。江流儿与她素昧平生，仅仅因为山妖到处抓小孩，他出于朴素的佛门善念去救孩子；孙悟空加入救孩子的行列，是因为他在成为真正英雄之前，先在江流儿的执意崇拜和话语建构中被牢牢标记为英雄的身份。在成功营救孩子的行为链上，山妖抓傻丫头，傻丫头偶然落在江流儿的背篓里，江流儿向孙悟空求助，孙悟空翦除山妖（见图1）。

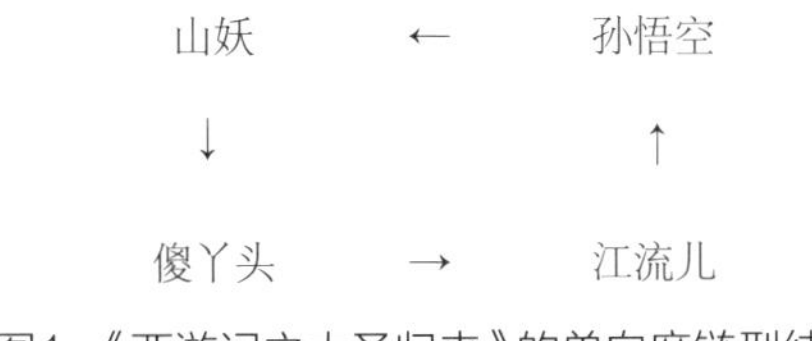


图1 《西游记之大圣归来》的单向度链型结构

借助图1可以清晰看出：四个角色构成衔接紧密的连环逻辑，单向度运动，不存在掉头反制的任何可能，由此成功达成情节的流畅叙述和英雄形象的完整塑造。拨开炫目迷彩的外在形式，《深海》的实质是又一次拯救孩子。只不过这一次的傻丫头有了姓名，叫参宿，那个舍命救她的角色被命名为南河。

## 二、癫狂躁郁，“叔系”伪神

按照导演田晓鹏的创作阐述，参宿与南河同为北半球冬夜最亮的星，与天狼星一起构成冬季大三角。影片中的邮轮因而被命名为“天狼星号”，像红超巨星一样具有不稳定性的角色则得名参宿。[①]她携带的红色元素在现实影像上是一件寄寓思母之情的红外套，在非现实层面则幻化为海水深处纠结袭来的丧气鬼，映射出苦闷、压抑、郁郁寡欢的精神状态。对作品进行延展性细读就会发现，《深海》中的红色还是功能性的纽带，一方面连结起参宿与南河的海上营救状态，另一方面呈现出南河与原型间的实际关联。

① 龚丹韵：《能不断创造是幸福的——专访〈深海〉导演田晓鹏》，《解放日报》2023年2月17日。

在《深海》映后真正出版为实体书的《深海大饭店传说》的绘本中，曾在影片彩蛋中一闪而过的南河正装形象与七年前载誉归来的大圣先撞脸、再撞衫（见图2、图3）。[1]曾经猎猎舞动

图2　绘本《深海大饭店的传说》中的南河造型

图3　《西游记之大圣归来》中的大圣造型

① 南河：《深海大饭店的传说》，中信出版社，2023。

在观众面前的大圣红披风，经过粒子动画技术加持后显得更加醒目、鲜艳。南河犹如真人平民版的大圣，从神位走向凡人。南河拯救参宿是长久以来救孩子主题的再次延续，之所以非救不可、别无选择，并不在于他们是互相守望的两颗冬日寒星，而是南河肉身中寓居着一个无法让自己假装满足于庸碌日常的大圣灵魂。

由图像细读得出的心理分析能够解决人物行为的动机，回答了始于萍水相逢的偶然施救为什么到最终必须转化为舍己为人的“一死一活”结局。但这依旧不能解答，为什么这一次的救孩子戏份显得节奏拖沓、空洞冗长。此时需要对照表1中的流畅叙事结构，分析《深海》中因果嵌套、形象堆叠造成的叙事阻力。

在导演的创作阐释中，《深海》分为现实和梦境两个层面。现实中的故事是承受了原生家庭变故的少女参宿受扰于抑郁症，在邮轮上失足落海。邮轮上的职业小丑恰巧目睹，主动施救并让出唯一的救生圈，自己沉入深海，换来少女生命的获救，并以分享梦境的方式进行精神疗愈，实现全方位拯救。梦境部分的现实时间段介于落海与被救之间，但在影片的真实时长中占据着绝对优势的比例，填充其间的影像数量更是远远超出作为镜像对应的现实界。将二者的对应关系进行列表分析可以发现，《深海》的故事结构不再重复《西游记之大圣归来》那样的单向度链型流畅运转，而是意图构建体量更大的多层级设置。现实界的可见人物对应梦境中的具象，不可见的现实成为梦境中的象征。交叠的层级对位和配比失重导致了接受维度上的阻滞，以及更深渊薮中的精神征候被遮蔽，用视觉化的思绪弥漫代替了明确的语言表达和本应彰显主体性的行动表示。

表1 《深海》的多层级对位结构

<table>
<tr><th>不可见的现实</th><th>可见的现实</th><th colspan="2">拯救</th><th>梦境中的具象</th><th>梦境中的象征</th></tr>
<tr><td rowspan="2">A.离去的母亲</td><td>1. 父亲</td><td rowspan="4">参宿</td><td rowspan="4">南河</td><td>1. 海象舵手老金</td><td rowspan="2">A.海精灵（黑）对应母亲的黑长发。开头出现，作为意外落水后的情节驱动，结尾不再提及</td></tr>
<tr><td>2. 继母</td><td>2. 海豹阿花阿姨</td></tr>
<tr><td>B.被思念的母亲</td><td>3. 同父异母的弟弟</td><td>3. 小水獭糖球儿</td><td>B.丧气鬼（红）对应母亲的红外套。中间出现，一度加强并升格为反面力量，结尾不再提及</td></tr>
<tr><td>C.突然入画的母亲声音</td><td>4.学校</td><td>4. 深海大饭店</td><td>C.纤化薄膜（白）。最终以自伤为代价，冲破阻隔。身体恢复生命指征的同时，心理上也克服了母亲缺席造成的童年创伤</td></tr>
</table>

失重的结构压缩了参宿在现实界的活动空间。与她有关的段落数量虽多，却都局限于一个行动回合，尝试—受挫—停，参宿的主体性并没有因为被摆放在主人公的位置上而有所增加。在此意义上，就像南河是大圣的肉身化凡人翻版一样，参宿其实是年龄空长的“傻丫头”，位置从背篓里换到了救生圈上，出于主体意志的行为进步依旧付之阙如。结尾处的生命复活和踏足南河所描述的家乡草原，细思场面调度的性质，会发现仍然是静态的画面象征，其中的写意成分多过行为的实质意义。既然参宿并不是《深海》的第一主人公，围绕南河的精神状态展开阐释更接近作品的真意。

南河是梦境里的英雄，也是现实界的实际失败者。参宿的精神状态表现为长期以来的郁郁不得开解，南河则是间歇性的癫狂躁郁，在豪情万丈与落魄失意之间反复横跳。他的精神振幅在轨迹上类同于活泼好动的美猴王，恣意跨跃于山林自然中，但在现实得不能再现实的邮轮环境里，潜意识深处的英雄情结只能默默覆盖在小丑的厚重油彩下。

参宿与南河的年龄梯度再现了电影中发生在陌生人之间的“叔系”救赎，比如《这个杀手不太冷》（1994）、《小萝莉和他的猴神大叔》（2015）以及作为南河表演参照的《东京教父》（2003）。“南河的表演达到了三维动画中比较罕见的夸张程度：他亢奋的性格和夸张的肢体语言非常适合这种表演风格。田晓鹏导演推荐动画部门去观看今敏的二维动画电影《东京教父》。”[①]

《深海》虽然对多部日系动漫有所借鉴，却在两个关键点上保留了本土制作的原创意义。其一是南河的形象内核：一半是真实世间的失意者，一半是拯救人命的大英雄。影片的创作在精神征候上表现出重寻信仰的神系建构。如果现有的意义系统不能继续给生命提供价值保证，那么就从凡人的舍身瞬间，逆向制造出

图4 《深海》剧照

① 於水：《视觉的奇观构建与风格创新——与〈深海〉主创谈影片的动画制作》，《电影艺术》2023年第2期。

可以相信并流传的奇迹。其二是基于粒子系统的水墨技术创新。在第一部水墨动画片《小蝌蚪找妈妈》（1960）之后，《深海》又一次将东方美感韵味的水之画面置于动画的技术范式中。

## 三、粒子水墨：似新实旧的技术基础与破除惯性后的无痕创新

就视觉色彩的饱满程度来说，《深海》的每一帧画面都有高技术含量，标志着中国动画从传统美术片向三维制作的迈进。技术方面创下惊艳表现的是粒子系统应用于海洋内外景观时的水墨效果。存在的问题则是：除了梦境心象的贴片式浮现之外，粒子技术能不能和人物本身取得关联，可否与片中的动作叙事结合得再紧密一些，进而发展为无痕创新的恰切贴合状态。

粒子水墨的技术基础是计算机图形仿真学中的粒子系统。1982年，卢卡斯影业公司（Lucasfilm Ltd）投拍《星际迷航II：可汗之怒》，片中需要拍摄出行星边缘火墙的燃烧效果，时长约一分钟。威廉·里维斯（William Reeves）带领“创世效应”编程团队（Genesis Demo），利用分形生成景观的方法，开发并命名了“粒子系统”（particle systems）。“粒子系统是一种对火、云和水等模糊物体进行建模的方法。粒子系统将对象建模为定义其体积的原始粒子云。”①

从1982年至今，基于粒子技术进行特效制作的影片数不胜数，不仅包括真人电影，也有大量的动画片。《冰雪奇缘》（2013）使用粒子系统实现了模拟冰雪特效的技术跃迁，“数字化

① William Reeves, “Particle Systems—A Technique for Modeling a Class of Fuzzy Objects,” *ACM Transactions on Graphics*, Vol.2, No.2, April(1983): 91–108.

的冰雪粒子在被赋予了一定的参数后，其运动方向、速度、颜色、形状以及出生和消亡都配合着音乐和剧情的节奏，不仅视效迷人，而且配合背景音乐的律动细腻展现出艾尔莎从压抑到奔放的情感变化，给观众带来迷人的视觉体验和心理感受”。[①]包括《深海》导演田晓鹏本人，也曾经别出心裁地在《西游记之大圣归来》中使用粒子技术。观众们应该都还记得一个名为“山神”的反派角色，囚困大圣并一再追杀打斗。它的形象建模就是基于粒子系统，不规则石块叠加起它的身形，被大圣的神力一拳打散，散落一地的碎石块叽里咕噜地一次次反向聚拢成形。类似的技术使用还有很多，但是并没有被专门赋名为粒子冰雪、粒子石块等。原因在于技术的使用不喧宾夺主，是根据剧情的具体需要来选择粒子的物理仿真性质，合理而适度地把控粒子系统所擅长模拟的“快速移动”“混叠效应”等。

《深海》制作团队多次谈到粒子水墨的开发过程如何耗时、耗力、耗资，既要把高度绘画感的手绘贴图贴到模型表面，获得流光溢彩的渲染效果，又要将彩色水墨贴图进一步以投影的方式投射在粒子模型上，以获得粒子在系统的模糊运动中生成的色彩拖拽效果。以上技术思路固然制造出了流动飘逸的斑斓视景，却还有一些短板有待补充。

其一，水墨画之所以不容易在粒子系统中开发出仿真模型，根本原因是介质的反应不同。“水墨画的水墨主要是在纸的内部进行扩散和渗化，因此水的流动不单单靠重力作用，更主要的是纸纤维的吸水作用和墨粒子的粘附作用，进而产生扩散纹理。”[②]《深海》中的建模整体是水底世界，海水和海中的各种生物是水

① 许乐、张喻亭:《论“粒子系统”在电影特效中的应用——以火焰、海浪、冰雪为例》,《北京电影学院学报》2019年第3期。

② 石永鑫、孙济洲、张海江、贾文丽:《基于粒子系统的中国水墨画仿真算法》,《计算机辅助设计与图形学学报》2003年第6期。

墨色彩附加其上的介质，因此在叠层处理上的单一化手法未能兼顾物种繁多与物像各异之间的矛盾。

其二，三维动画的建构重点在于Z轴纵深方向的拟真感，深海的深度不能仅仅依靠缤纷变幻的色彩来意会，而是需要视觉空间中的运动感知，以及更加具有层级差异的异质呈现。处处炫彩、笔笔相似的平面渲染过度，反而导致深海不深的表意矛盾。

其三，尤为重要的是，《深海》中由粒子水墨贴片叠加出来的色彩纷呈在全片的内部叙事意义上与人物行为不构成直接的因果关联。不像冰雪粒子那样作为人物的专属魔法，和人物每一次境遇变化互为因果，息息相关。如果做到了技术的无痕使用，亦即“技术使用是隐性的，表层看不出来计算机图像的痕迹”[①]，观众的注意力就会集中投射在粒子技术参与制造的人物命运变化中，而不是视效奇观本身。反之，当粒子水墨迟迟不能与人物及其行为建立实际相关的动态关联，而是主要分担着环境背景的彩饰美化功能，就与梦境营造所要求的主体意识流动形成彼此疏离的矛盾。然而，“日新月异的技术是握在创作者手中的新型画笔，边使用边更替”，无痕创新的技术路径最终指向“澄明而自知自觉的文化精神”。[②]

## 结　语

再次回到癸卯年春节档的语境，联系同期上映的另一部动画片《熊出没・伴我“熊芯”》，不免另外生出遐思。《深海》历经五十天的稳定放映后，票房累计九亿多元，按照出品公司对外发

① 张之益、周雯、朱小枫：《计算机技术驱动下的影视工业之变》，《当代电影》2022年第11期。

② 杨俊蕾：《〈小门神〉：精神尚未澄明，如何奢谈技术》，《文汇报》2016年1月15日。

布的经济成本规模和创作团队投入的七年时间成本来说，很难视之为亮眼的成绩。相较而言，没有采用创新性技术，也没有引起映后争论的《熊出没·伴我“熊芯”》却按部就班地收获了近十五亿元的票房成绩。该片制作出2D、3D不同制式，精细服务于亲子向动画的分众市场。在3D版的狗熊岭风景中，贪吃的熊二快乐觅食，一只红通通的苹果冲出银幕边框，直奔观众席而来。与此同时，同样鲜红似血的红色元素正在隔墙放映的《深海》银幕上低回涌流。

载于《当代动画》2023年第2期

# 屈健

西安美术学院党委委员、副院长、教授。国家“万人计划”哲学社会科学领军人才，全国文化名家暨“四个一批”人才，“百千万人才工程”国家级人选暨“国家有突出贡献的中青年专家”。

作品《20世纪“长安画派”及其影响研究》获高等学校科学研究（人文社会科学）优秀成果二等奖，《20世纪中国革命叙事中的延安图景》获陕西省高等学校人文社科优秀成果一等奖，《融合传统文化与科技创新的数字艺术创意设计人才培养模式改革与实践》获陕西省高等学校优秀教学成果一等奖，《“五位一体”大学生信息设计创新能力分类培养模式改革与实践》获国家级教学成果二等奖等。

# 新中国美术中的黄河图景及其文化表征*

屈健

作为中华民族的母亲河，黄河以其博大的气势、宽广的心胸，汇纳百川、兼收并蓄，形成了一个极具包容性的文化系统。《汉书》中记载："中国川原以百数，莫著于四渎，而河为宗。"[①]几千年以来，黄河以一泻千里之势，从青海三江源一路奔腾，锻造了雄伟苍莽的山川景观，积淀了悠久浑厚的历史记忆，融汇了百川入海的壮阔气势，成为一种独特的文化象征，深层地联结着中华民族过去、未来的情感走向，也决定了民族文化和民族审美意识的厚度。

## 一、新中国美术中的黄河图景

在中国美术史上，中华儿女对黄河的深沉情感凝结在马家窑文化、仰韶文化、大汶口文化的彩陶纹饰中，流淌在顾恺之的《洛神赋图》、傅抱石的《黄河清》、杨立舟和王迎春的《黄河在咆哮》等图像叙事中，定格在石鲁的《东渡》、周韶华的《黄河魂》、何鄂的《黄河母亲》等经典形象中。这些艺术作品，以多样的视觉表现力传达了中华民族对黄河的质朴情感和根性文

* 本文为文化名家暨"四个一批"人才自主选题资助项目、陕西省"三秦学者"创新团队支持项目阶段性成果。

① 班固：《汉书·卷二九·沟洫志》，中华书局，2007，第323页。

化，共同绘制出了新中国美术创作中的黄河图景，丰富了黄河文化的精神内涵。

1. 黄河治理图景

在新中国美术创作中，黄河作为一条精神纽带，将普通民众的忧患意识与悲悯心理上升为一种披荆斩棘的精神象征与和衷共济的家国情怀。艺术家将中华儿女改变个体命运的努力、维系精神共同体的自觉，以及实现民族复兴的理想，以图像叙事的方式进行了多维度的呈现和阐释。20世纪中后期，美术作品中主要表现的是通过现代化建设来治理黄河的图景，如吴作人的《三门峡工地》（油画，1956）、李桦的《征服黄河》（版画，1959）、何海霞的《驯服黄河》（中国画，1959）、傅抱石的《黄河清》（中国画，1960）、关山月的《龙羊峡》（中国画，1979）、苗重安的《龙羊峡的黎明》（中国画，1984）等作品。进入新时代后，艺术家们聚焦黄河的视角发生了很大的改变，由征服黄河水患的治理工程转向了对黄河生态建设的关注和描绘。王克举的组画《黄河》（油画，2016—2019）将写意性与写实性相结合，生动地再现了黄河流域的生态之美和生生不息的生命力。此外，许江的《黄河黄》（油画，2020）、范迪安的《黄河激浪》（油画，2021）、冯远的《黄河写生组画》（中国画，2021）等作品，均以独特的视角和鲜明的态度，诗意地融入艺术家对主体生命意识的体验，在“人—自然—社会”的复合维度中，将黄河生态和黄河精神升华为对人类命运的整体观照与思考。

值得注意的是，在新中国美术史上，出现了大量以三门峡水利枢纽工程为主题的美术作品。三门峡水利枢纽工程的建设结束

图1　王克举《黄河》(局部）油画

了黄河“三年两决口”的历史，为世界多泥沙河流综合治理提供了一份充满智慧的中国方案。为了展现三门峡水利枢纽工程的建设场景，反映中华儿女在治理黄河水患中的决心和勇气，描绘激情澎湃的奋斗画卷，一大批文艺工作者纷纷将艺术创作的焦点汇聚于三门峡。吴作人于1955年前往三门峡采风，回京后仅用一周时间就创作了《黄河三门峡·中流砥柱》(油画，1956)。画面中，粗犷雄浑的山水与正在钻探施工的建设者们形成了惊心动魄的对比，强调了修建三门峡黄河水利枢纽工程的艰难，更显示了新中国建设者们不畏险阻、披荆斩棘的奋斗精神。1958年，黎雄才来到三门峡，以图像语言详细记录了三脚架、起吊机、运送工具和建设者们的劳动过程，创作了全景式构图的《黄河三门峡》（中国画，1958），在一堵一放之间，不仅勾画出波涛汹涌的大河景观，而且彰显了人民力量的强大和坚定。钱松喦曾惊叹于三门峡建设的宏大场景，创作了《三门峡工地》（中国画，1960）；谢瑞阶用黄河的壮阔气势反衬出勘探工人的奋斗精神，创作了《黄河三门峡地质勘探工程》（中国画，1955）；赵望云以其惯用的“旅行写生”之笔，深入工地，完成了系列水墨写生作品，创作了具有浓厚生活气息和强烈时代精神的《三门峡写生》（中国画，1959）。可以说，20世纪五六十年代，三门峡水利枢纽工程因其重要性、迫切性和艰巨性，成为黄河主题美术创作中不可或缺的表现对象。一大批艺术家深入建设一线展开近距离体验

图2　吴作人《黄河三门峡·中流砥柱》油画

和多角度观察，以图像的方式描绘了黄河汹涌湍急、乘风破浪的水势，烘托出中华儿女团结一致、以集体的力量战胜困难的进取精神。

九曲黄河奔腾向前，其百折不挠的磅礴气势，塑造了中华民族勇往直前、坚韧不拔的民族品格。在与黄河水患的上千次搏斗中，中华儿女以顽强不屈的生命力，形成了不惧艰险、敢于斗争、勇往直前的主体精神。因此，以黄河治理和生态建设为主题的美术创作既包含着对黄河本体的歌颂，又渗透出对中华儿女奋斗精神的褒扬，是黄河文化的重要组成部分。

2. 黄河革命图景

黄河不仅见证了各民族之间的碰撞融合，而且点燃了中国革命的星星之火。在革命战争年代，以延安为中心诞生的红色文化，在黄河文明史上写下了浓墨重彩的一笔。尤其是20世纪中叶，党中央率领革命战士东渡黄河、挺进太行、纵横华北，以运筹帷幄、决胜千里的战略擘画，谱写了宏伟壮丽的革命历史。

在黄河文化的丰富内涵中，英勇奋发的抗争精神常常会在民众长期的压迫中形成巨大的力量，尤其会在寇深祸亟的危局中、在国家民族处于生死存亡的关键时刻得到彰显和强化。杨力舟和王迎春的《黄河三联画》（中国画，1980）通过“黄河怨”“黄河在咆哮”“黄河愤”的层层推进，将汤汤大河的桀骜不驯与中华儿女的自强不息融汇成一首悲壮的民族精神史诗。詹建俊和叶南的《黄河大合唱——流亡·奋起·抗争》（油画，2009）与《黄河三联画》有异曲同工之妙，“流亡”中的黄河水怨而不怒、待时而发，“奋起”中的壶口瀑布峥嵘激越、铿锵磅礴，“抗争”中的大河波涛澎湃、势不可当，艺术家以黄河水的不同动势展现了在苦难和挫折面前，人民大众由忧患到反抗的觉醒历程。杜键的《在激流中前进》（油画，1962—1963）以雄健有力的笔触，通过激荡汹涌的河水与沉着坚定的人物对比，表现了黄河浊浪之中船工奋力抗争的场景，赞扬了人的力量和精神。

新中国美术中的黄河图景往往与革命、抗争联系在一起。领袖的飒爽英姿、战士的浴血奋战、民众的同仇敌忾，为黄河图景注入了带有英雄主义色彩的抗争精神。在中国革命战争中，东渡黄河这一具有标志性的历史事件，不仅是一种战略战术，而且蕴含着强大的精神力量。1936年2月，为开辟抗日前进道路、扩大根据地，毛泽东由陕北东渡黄河进入山西，有感而发写下了著名的《沁园春·雪》，隐含着中国共产党带领人民走向胜利的决心和信心。1947年6月，刘伯承、邓小平率领12万大军，强渡黄河，挺进大别山，成为中国革命战争史上的一个伟大转折点。1948

图3　杨力舟、王迎春《黄河三联画》中国画

年3月，在中国革命由战略防御转向战略反攻的重要时刻，毛泽东、周恩来、任弼时率领中央机关东渡黄河，迎来了中国革命胜利的曙光。

由此可见，东渡黄河因其重要的历史意义而成为艺术创作中的经典题材。正如李惠子所言，在美术创作中，"'渡黄河'背后镌刻着中华民族、人民大众和革命的价值观，它直接地与国族象征、革命主义联系在一起"①。石鲁的《东渡》（中国画，1964）选取毛泽东1948年率领中央机关从陕北东渡黄河进入华北的重要历史瞬间，以剧烈动荡的墨彩交响、汹涌磅礴的笔法气势和震撼人心的视觉张力，将毛泽东领导中国革命走向胜利的重要事件生动地表现了出来。艾中信的《东渡黄河》（油画，1959）以"直指黄河问渡津"为突破点，通过奔涌不息的黄河水与势不可当的革命大军之间的互相映衬，形成了一种强大的视觉紧迫感，反映了箭在弦上的高涨士气与英勇杀敌的不屈精神。高泉的《东渡黄河》以雕塑般的造型、大刀阔斧的用笔、单纯有力的色彩，展现了朱德、左权、任弼时、邓小平等革命领袖整装待发、气度非凡的神韵，将黄河水的浑厚平静与领袖的气定神闲、胜利在握巧妙地结合在了一起。此外，彦涵的《八路军东渡黄河深入敌后》（油画，1957）、艾中信的《夜渡黄河》（油画，1961）、钟涵的《东渡黄河》（油画，1978）、赵益超和张明堂的《东渡黄河》（中国画，1978）等作品，均以独特的图像叙事和震撼人心的画面，描绘了英勇抗争的民族史诗。在美术作品中，无论是场景性刻画，还是领袖特写，艺术家在尊重历史真实的前提下进行了大胆的探索，将不畏艰险、英勇奋发的抗争精神与"东渡黄河"这

① 李惠子:《民族·革命·记忆——20世纪"渡黄河"的图像策略与内涵表征》,《美术》2020年第7期，第89页。

图4　高泉《东渡黄河》油画

一中国革命历程中的关键事件融会成宏大的图像叙事，展现了恢弘壮阔的黄河革命图景。

3. 黄河家园图景

“黄河落天走东海，万里写入胸怀间。”黄河绕高山、穿峡谷、走戈壁、越平原、汇溪涧、纳百川，纵横奔腾五千里，以雷霆万钧的气势、兼收并蓄的胸怀，哺育了中华民族。黄河流域自古以来就是农耕文明与游牧文明、中原文化与草原文化交融交锋的中心，不仅滋养了汉民族的形成，而且见证了匈奴、鲜卑、羯、氐、羌等多民族的统一，产生了关中文化、河洛文化、齐鲁文化等内涵丰富的文明形态。

为了表现黄河文化的包容性和厚重性，艺术家们常常在作品的思想内涵、主题凝练和图像语言等方面展开探索与创新。何鄂的大型雕塑《黄河母亲》（雕塑，1986）由母亲、幼儿及波浪形水纹构成，塑造了一位侧卧于黄河岸边、神态娴雅的母亲形象，象征着安详和蔼的黄河母亲；她怀中嬉戏的幼儿形象，象征着茁壮成长的华夏子孙；母亲哺乳孩子的情节表现了黄河汇纳百川的胸怀和厚德载物的品德。尚扬的《爷爷的河》（油画，1984）中爷爷白色的头发胡须和古铜色的身躯诉说着历史的厚重沧桑，他用饱经风霜的粗壮四肢为儿孙撑起一个安然舒适的家园；不谙世事的孩子无忧无虑，听着爷爷用深沉沙哑的声音讲述黄河的故事，脖子上的长命锁凝聚了几代人用心血和汗水浇铸而成的希望，也暗示了这条古老的“爷爷的河”永葆奔腾不息的生命力。该画具有深刻的文化内涵，滚滚黄河奔流不息，从爷爷流向儿孙，从过去流向未来，是祖祖辈辈延续至今的精神源泉。此外，傅抱石、关山月的《江山如此多娇》（中国画，1959）、石鲁的《赤崖映碧流》（中国画，1961）、陈忠志的《黄河儿女》（中国画，1977）、周韶华的《黄河魂》（中国画，1981）、方济众的《黄河远上图》（中国画，1983）、王旭东的《黄河源》（中国画，2004）、王西京的《黄河，母亲河》（中国画，2013）等作品把黄河的性格与民族精神融为一体，以宽厚博大的母亲河喻指华夏儿女的精神归宿和情感寄托。

此外，还有一部分作品以写实的手法描绘了世世代代生长在黄河岸边的劳苦大众，用勤劳的双手建设家园的现实图景。石鲁的《黄河两岸度春秋》（中国画，1971）山势横陈，水流湍急，劳动人民用勤劳的双手让厚重的土地焕发出无限的生机。刘文西的《黄河子孙》（中国画，2004）以恢弘磅礴的气势、摄人心魄的力量，颂扬了黄河船工守护家园的不懈努力和坚强意志。赵望云的《黄河系列·从高山俯视黄河》（中国画，1959）、钟涵的《黄河初醒》（油画，1982）、力群的《黄河人家》（版画，2003）、段正渠的《撒网》（油画，2012）、李岩的《搬新家》（中国画，2020）等作品，在立意、构图、内容等方面进行了积极的探索，以敏锐的艺术感知力挖掘黄河文化蕴含的时代精神，从不同的角度描绘了黄河两岸人民生机盎然的新生活，反映了黄河家园的新面貌，谱写了黄河故事的新篇章。

由此可见，在新中国美术创作中，黄河不仅承载着祖辈的记忆，也蕴藏着新生的希望。记忆回望过去，希望走向未来，在过去与未来的双重张力中，艺术家建构起了中华儿女心中亘古不变的精神家园。

图5　何鄂《黄河母亲》雕塑

## 二、黄河图景的文化表征

为了全面深入地展现黄河文化的深沉厚重、博大精深及其汇纳百川的包容精神，几代艺术家孜孜不倦地探索图像语言对视觉形象的升华与拓展空间、对主题思想的凝练和塑造方式，或以全视角描绘宏大场景，或以具体物象承载深厚历史，谱写了恢弘壮丽的黄河家园图景，形成了极具符号表征和多重叙述建构的“集体记忆”，并在对这一记忆的不断甄选、重构和思考中，完形黄河图像与时代精神的共情，使得黄河图像具备了民族身份认同和情感结构建构的双层文化表征。

帕特里克·格里认为，“我们的身份认同取决于我们对过去的认知，即我们的个人记忆、集体记忆和历史”①。无论是伏羲氏作网罟、仓颉创文字、神农氏制耒耜、嫘祖始蚕丝等文献记载的故事传说，还是马家窑文化、仰韶文化、龙山文化等新石器时代遗址考古发现的器物标本；无论是儒释道的百家争鸣，还是诗文词赋的百花齐放，每一项文明成果的出现都是黄河儿女不断探索、集体创造的结晶。黄河治理图景中凝聚着华夏儿女披荆斩棘的奋斗精神，黄河革命图景中彰显了人民群众英勇奋发的抗争精神，黄河家园图景隐喻着中华民族汇纳百川的包容精神。可以说，在中华文明数千年的发展进程中，黄河文化已经深深地镌刻在华夏儿女的记忆中，融会于民族精神的内涵中，成为中华民族复兴的不竭动力。

在漫长的历史时期，黄河流域不同族群和观念间的反复碰撞

① 帕特里克·格里:《历史、记忆与书写》，罗新译，北京大学出版社，2018，第2页。

融合逐渐形成了中华民族独特的精神标识和情感特征。黄河流域作为陆上丝绸之路的起点和重要组成部分，在东西方文明的交流互鉴中，将西域文化中的优秀因子进行整合融汇，丰富了中华民族的文化视野和精神内涵。尤其是在革命年代，黄河蕴含了民族抗争的精神之光，凝聚着中国共产党的初心和使命，是民族英雄和革命先烈们用生命和鲜血捍卫的精魂。从这个角度而言，新中国美术中的黄河图景为我们提供了一个回望历史和观察现实的独特视角，在对黄河记忆的图像叙述中凝聚民族精神的核心力量，在对黄河文化表征的阐释中涵育家国情怀的深厚根基。

习近平总书记非常重视黄河生态的保护和发展，多次赴甘肃、陕西、河南、山西、宁夏等地进行视察。2019年9月，习近平在黄河流域生态保护和高质量发展座谈会上将保护、传承、弘扬黄河文化作为黄河流域生态保护和高质量发展的重要目标任务。2020年8月，习近平主持召开中共中央政治局会议审议《黄河流域生态保护和高质量发展规划纲要》，将黄河流域生态保护和高质量发展作为事关中华民族伟大复兴的千秋大计，再次强调了黄河文化的重要性，让黄河成为造福人民的幸福河。因此，我们对黄河文化的理解就不能停留在人与水的博弈层面，还需要进一步深挖其精神内涵、文化表征与价值体系。在美术创作中，艺术家们不仅用图像的语言展现了丰富多彩的黄河图景，而且以典型聚焦的方式凝练和升华了黄河文化，形成了一种人与河、物与艺的精神共同体，蕴含着民族认同和家国情怀的深刻内涵。

# 第三章

# 与学科对话

# 李凤亮

华南农业大学党委书记、教授。国家“万人计划”哲学社会科学领军人才，全国文化名家暨“四个一批”人才，“百千万人才工程”国家级人选暨“国家有突出贡献的中青年专家”。

独立主持国家级、省部级课题十余项（其中国家社科基金重大项目3项），出版《诗·思·史：冲突与融合》《移动的诗学》《彼岸的现代性》等各类著作近30部，发表学术论文100余篇、文化评论近200篇，主编《文化科技蓝皮书：文化科技创新发展报告》等，主持完成政府及产业园区文化规划数十份。曾获得中国文化产业20年学术贡献奖、霍英东教育基金会高校青年教师奖、广东省哲学社会科学优秀成果奖、广东省文学评论奖、鹏城杰出人才奖等。

# 话语体系建设是构建中国特色哲学社会科学的关键*

**李凤亮**

党的二十大报告明确指出："加快构建中国特色哲学社会科学学科体系、学术体系、话语体系，培育壮大哲学社会科学人才队伍。"①关于"构建中国特色哲学社会科学"这一战略任务，习近平总书记立足于中国现实与西方话语霸权的时代背景，早在2016年哲学社会科学工作座谈会上就重点提出该论断，并在2022年4月对中国人民大学进行考察时进一步指出，"加快构建中国特色哲学社会科学，归根结底是建构中国自主的知识体系"②。学科体系、学术体系和话语体系是构建中国特色哲学社会科学的重要内容，"三大体系"相互作用，相互联系，形成辩证统一的有机整体。学科体系是基础，学术体系是动力，话语体系是核心与关键，学术体系围绕学科体系展开，并通过话语体系的创新呈现出来。③

当前，在加快构建中国特色哲学社会科学进程中，"三大体系"建设取得了显著成效，相关的研究也在逐步增加，但有关"三大体系"的评价问题正处于探索阶段，尚未形成具有统一标准的评价体系。2018年习近平总书记在全国教育大会上就提出克服"唯分数、唯升学、唯文凭、唯论文、唯帽子"的"破五唯"要求。多年来"五唯"评价体系一直作为我国学术评价的

* 本文系研究阐释党的二十大精神国家社科基金重大项目"推进文化自信自强的时代背景与现实途径研究"（23ZDA081）的阶段性成果。

① 习近平：《高举中国特色社会主义伟大旗帜　为全面建设社会主义现代化国家而团结奋斗——在中国共产党第二十次全国代表大会上的报告》，《人民日报》2022年10月26日。

② 《坚持党的领导传承红色基因扎根中国大地　走出一条建设中国特色世界一流大学新路》，《人民日报》2022年4月26日。

③ 潘玥斐：《"三大体系"建设引领哲学社会科学迈向未来》，《中国社会科学报》2019年2月22日。

标准，它是在西方评价标准的驱动下逐步形成的，以定量评价为标准，严重冲击着我国的办学道路、教育评价体系和学科分类体系，不利于中国特色哲学社会科学的发展。[①]因此，建立定量与定性方法相结合，扎根于本土实践的科学的哲学社会科学评价体系是破除我国长期以来所面临的学科专业边缘化、学术体系不完善、话语解释力不足这三重困境的有力武器，能够及时发现学科体系、学术体系和话语体系中存在的问题，并通过相应的评价指标获得有针对性的解决方案，不断提高中国哲学社会科学在国际上的话语权和影响力。[②]

话语体系作为“三大体系”的组成部分，不仅是中国特色哲学社会科学评价体系建设的重要内容，更是构建中国自主知识体系的核心。一方面，话语体系涉及整个学术体系的建构，决定了学术体系的质量和水平，也体现了学术体系的创新性与合理性；另一方面，话语体系关系着人才的培养，在话语权上处于弱势地位的国家，其课程体系的设置和研究领域的设定必然会存在不均衡性问题，严重阻碍国际人才的培养。没有话语体系，学术体系和学科体系就没有生命力，强化话语质量更是成为构建中国特色哲学社会科学的关键。立足新时代，构建中国特色哲学社会科学应当在面向传统、面向时代、面向未来中坚持古为今用，强化问题意识，加强创新驱动。

## 一、不忘本来：坚持古为今用

话语体系是基于实践，以特定符号来表达某种观点、思想、

① 周光礼：《破“五唯”立新标：建构中国特色哲学社会科学评价体系》，《中国人民大学学报》2022年第3期。

② 中国社会科学院科研局“三大体系”建设研究课题组、崔建民、王子豪等：《中国特色哲学社会科学“三大体系”建设进程评价：理论与实践探析》，《中国社会科学评价》2022年第1期。

理论和知识的概念、术语、语言等，是思想体系和知识体系的外在表现形式。借用布尔迪厄所言，“专门化的话语能够从社会空间的结构与社会阶层场域的结构之间所暗藏着的对应中获得其效验”①。构建中国特色哲学社会科学话语体系，重点在于“中国特色”。何为中国特色？其内在的基因密码就是中华优秀传统文化。中华优秀传统文化是中国几千年文明史的智慧结晶和精华所在，是中华民族的文化根脉和精神内核，也是我们在世界文化激荡中依旧保持中国特色的因由。党的十八大以来，习近平总书记关于中华优秀传统文化发表了一系列重要论述，2023年6月在文化传承发展座谈会上更是强调，“中国文化源远流长，中华文明博大精深。只有全面深入了解中华文明的历史，才能更有效地推动中华优秀传统文化创造性转化、创新性发展，更有力地推进中国特色社会主义文化建设，建设中华民族现代文明”②。另外，在阐述中国特色哲学社会科学时，习近平总书记指出，“绵延几千年的中华文化，是中国特色哲学社会科学成长发展的深厚基础”③。可见，继承中华优秀传统文化对于构建中国特色哲学社会科学话语体系是何等重要。十几年前，笔者在访谈美籍华裔学者王德威教授时，他曾这样说道：“过去我对于文学跟历史的讨论更集中在20世纪文学和20世纪历史之间错综复杂、相互印证的过程的话，那么过去五年中，我越来越认识到视野应该投向一个更广大的历史语境中。这个历史既是一个生活经验不断累积的历史，但是更重要的是我们的本行——文学史。”④他强调在谈论中国现代性、后现代性的时候，不能忘掉历史性，也就不能忘记传统。

① 皮埃尔·布尔迪厄：《言语意味着什么——语言交换的经济》，褚思真、刘晖译，商务印书馆，2005，第12页。

② 习近平：《担负起新的文化使命　努力建设中华民族现代文明》，《人民日报》2023年6月3日。

③ 习近平：《在哲学社会科学工作座谈会上的讲话》，《人民日报》2016年5月19日。

④ 李凤亮：《彼岸的现代性：美国华人批评家访谈录》，广西师范大学出版社，2011，第61页。

毫无疑问，构建中国特色哲学社会科学话语体系不能脱离传统。那么在面对内容丰富的传统文化时，要继承和弘扬的是什么？对于这一问题，费孝通先生提出要“文化自觉”，也就是说对于文化要有自知之明，能够对文化有充分的认识。例如，要识别中国传统文化的精华与糟粕，不能全盘否定，也不能全盘肯定，既不能全面“复旧”，更不能全面“西化”。一方面要继承传统，汲取传统文化的深沉智慧；另一方面也要积极对传统的概念、术语进行创造性转化和创新性发展，避免简单地照搬照抄。换言之，话语体系的建设应把继承中华优秀传统文化与时代发展要求紧密结合起来，坚持在继承与发展中展现中华文化的永久魅力，增强中华文明传播力与影响力。20世纪90年代末，“中国古代文论的现代转换”这一学术命题的出现在一定程度上就体现了在学术研究中继承优秀传统文化的重大意义。虽然学界关于该命题持有不同观点，但从中国文论或者文艺学的发展来说，当代中国文论的创新与建构必须继承中国古代文论的优秀成分，注入时代精神，建设符合现实且具有强大阐释力的新文论。另外，中国文论失语症出现的根源也正是对中国古代文论传统继承和创造性发展的忽视，将中国文化与现代化二者对立起来。继承传统是中国文论发展的重要源泉，例如现代文论中“文学为政治服务”的观念，则是对古代文论中儒家“文以载道”思想的继承、延伸与发展。[①]总的来说，话语体系是国家在国际上取得话语权的根基，继承本国优秀文化是构建话语体系的基础。构建中国特色哲学社会科学要不忘本来，坚持古为今用，将话语继承与话语创新相结合，在吸收借鉴中华文化精髓中实现创新。

① 朱立元：《关于中国古代文论现代转换的再思考》，《中国社会科学》2015年第4期。

## 二、驻足时代：强化问题意识

问题意识是马克思主义的鲜明品格，贯穿其发展始终。马克思曾指出，“问题就是公开的、无畏的、左右一切个人的时代声音。问题就是时代的口号，它是表现自己精神状态的最实际的呼声”[①]。这一论述充分阐释了问题与时代的关系，认为问题的提出来源于时代的发展和变化，具有现实的紧迫性和时代的必然性。[②]这也就是说，任何一门科学的产生是时代变化与社会实践的产物，其发展要立足时代与实践需要，具有问题意识。坚持问题意识是对马克思主义矛盾观的继承与发展，也是习近平新时代中国特色社会主义思想的鲜明特质，更是党治国理政的突出特点。党的十八大以来，习近平总书记就“问题的实质是什么”“问题的重要性如何”“如何解决问题”[③]这三个核心问题发表了一系列重要论断，并反复强调要增强问题意识、坚持问题导向。在党的二十大报告中谈及世界观和方法论时，习近平总书记明确提出“六个坚持”，其中第四个就是“必须坚持问题导向”，指出“问题是时代的声音，回答并指导解决问题是理论的根本任务”[④]。中国特色哲学社会科学建设应以中国为关切，以时代为观照，立足当代现实，坚持问题导向，在时代变化中以“中国问题”为中心来推进话语内容及表达方式的转变和创新。如前所言，构建中国特色哲学社会科学应面向传统，其实面向传统、继承中华优秀传统文化也是为了解决当下的问题，它是从传统文化中去寻找解决问题的方法。著名科学家袁隆平就曾说

① 《马克思恩格斯全集（第40卷）》，人民出版社，1982，第289–290页。

② 苑申成：《马克思主义问题意识的逻辑理路》，《思想教育研究》2020年第7期。

③ 关锋：《习近平新时代中国特色社会主义思想对“问题”的科学理解和求解》，《福建师范大学学报（哲学社会科学版）》2022年第3期。

④ 习近平：《高举中国特色社会主义伟大旗帜　为全面建设社会主义现代化国家而团结奋斗——在中国共产党第二十次全国代表大会上的报告》，《人民日报》2022年10月26日。

过，“传统文化不能丢掉的，很多问题可以从传统文化里寻找智慧和答案”。同样，问题是话语体系创新的源头与内在动力。

构建中国特色哲学社会科学首先应全面了解当前我国话语体系建设所处的发展阶段、面临的主要困境，从问题中寻找解决办法。例如，在学术评价体系方面，我国一直受西方话语体系影响，并且一直依赖于西方标准体系，“五唯”评价体系就是很好的例证。同时，在治理评估体系上，许多的指标体系虽然强调价值中立，但仍然尚未跳出以西方发展模式为标准的治理评价。这种不客观、不公平、不科学的评价严重制约了我国国际话语权的提升。印度学者杜赞奇就曾说过：“对于欧美以外地区的解释必须奠基在其自身历史发展的经验、轨迹当中，不能够简化地、错误地以欧美经验来丈量、解释自身。”[①]这就要求我们应以全球眼光，探索立足于本国实际的理论评价体系。其次，坚持问题意识要求中国特色哲学社会科学建设要立足于中国实践，提炼出中国话语，克服“有实践没概念”的现象。改革开放40余年来，我国的经济、政治、文化和社会发生了重大变化，创造了人类发展史上的“中国奇迹”。纵观改革开放发展历程，人民群众的实践探索是改革开放不断发展的制胜法宝。我们要加强对改革开放实践经验的系统总结，概括和提炼出具有中国特色和世界影响的新模式、新理论，推出能够解决人类问题的新方案、新路径。特别要注重把我们党创造的马克思主义中国化的理论创新成果转化为学术话语体系[②]，突出话语的大众化特征，打造易于被国际社会所理解和接受的新概念、新范畴、新表述。“人类命运共同体”就是在总结中国共产党百年奋斗重要成就和历史经验的基础上，

① 杜赞奇：《历史意识与国族认同》，世纪出版集团，上海人民出版社，2013，第8页。

② 靳诺：《加快构建中国特色哲学社会科学话语体系》，《红旗文稿》2019年第23期。

为解决当今世界和平与发展而提出的中国方案，它是对西方价值观的超越，着眼于全人类共同利益，具有普遍性的全球价值观。最后，要进一步强化学理共识，寻求思想共约。要从实践中深入挖掘目标共识、思想共识、价值共识、表达共识[①]，围绕"以人民为中心""民族复兴"等核心理念，提炼出具有标识性、世界性、大众性且具有学理性的新表述，增强我国在国际上的学术自信和理论自信。

## 三、面向未来：致力话语创新

创新是理论永葆强大生命力的源泉，也是构建中国特色哲学社会科学的内在动力。加强话语创新是习近平总书记在中国特色哲学社会科学话语建设中反复强调的重要内容，围绕因何创新、以何为新、何为创新三个基本问题，习近平总书记发表了一系列观点。如总书记所言，"我们的哲学社会科学有没有中国特色，归根到底要看有没有主体性、原创性"。原创性是构建中国特色哲学社会科学的基本要求。同时，在世界多极化、经济全球化、文化多样化、社会信息化的时代背景下，国际话语体系仍然存在"西强我弱"的现象。西方国家在国际话语权中占主导地位，我国话语体系建设和话语主权捍卫面临着巨大的外部压力，内部更是存在话语原创性不足、创新性不够等问题，话语体系构建还无法与中国综合国力、战略全局、国际地位相匹配。

因此，构建中国特色哲学社会科学应着眼于创新，通过思想创新、内容创新、传播方法创新等实现话语体系新飞跃。

① 韩庆祥、陈远章：《建构当代中国话语体系的核心要义》，《光明日报》2017年5月16日。

一是毫不动摇地坚持马克思主义在中国特色哲学社会科学话语体系建设中的指导地位，充分发挥它在话语体系建设中的思想引领作用。面对西方的意识形态渗透，要以马克思主义理论武装头脑，树立马克思主义的世界观、人生观和价值观。同时，坚持马克思主义的“人民主体思想”，树立以人民为中心的研究导向，增强中国哲学社会科学话语的吸引力和感染力。二是吸收借鉴世界各国哲学社会科学有益的理论观点和学术成果，面向未来持续丰富中国哲学社会科学建设的内容，激发中国话语的创新潜力。创新总是在吸收借鉴中不断向前发展，也就是说善于借鉴才能善于创新。这就要求我们要以平等谦虚的态度广泛吸收世界各国哲学社会科学的有益成果与实践经验，在吸收借鉴的基础上通过创新打造出更具有世界性的话语体系。三是不断强化话语体系的传播能力，提高中国话语的影响力。一方面，注重话语的大众化和国际化表达，用通俗易懂且贴合西方受众的表达方式来进行国际传播，为强化话语传播工作提供表述支撑，也有利于讲好中国故事，传递好中国声音。例如，在对中国式现代化和人类文明新形态等内容进行传播时，应通过“讲故事、摆事实、举例子”的方式，应用具有穿透力和解释力的话语向国际社会阐释中国式现代化的深刻内涵，实现政治话语的大众化表达。另一方面，创新对外宣传方式，运用新技术、新媒体平台加强中国特色哲学社会科学的对外传播，特别是注重新技术对于话语传播的作用。ChatGPT作为一项基于人工智能技术的自然语言处理工具，由于它的训练数据主要来源于西方数据库，其思维运行模式更符合西方受众的喜好。[①]

① 郭晓科、刘俊、王瑾：《全球话语竞争下的中国对外话语体系建构新思维》，《对外传播》2023年第5期。

我们要深刻认识到这些传播工具的巨大影响力和渗透力，“借船出海”厚植理论话语，以更具共情性和国际表达性的方式全方位加强国际传播。

载于《探索与争鸣》2023年第9期

# 胡智锋

北京师范大学艺术与传媒学院教授，中国传媒大学传媒艺术与文化研究中心主任，中国电视艺术家协会副主席。

主持国家级、省部级科研项目30余项，包括“面向未来电影关键人才培养模式创新研究”“中国电影金鸡奖、大众电影百花奖评奖研究”“中国主流媒体内容生产研究”等，出版学术专著30余部，发表学术论文400余篇。多次获得中国高校人文社科成果奖、北京市哲学社会科学成果奖。国家社科基金评审专家。曾担任“五个一工程”奖、中国新闻奖、中国广播影视大奖等国家级奖项的评委。参与数百个电视频道、栏目、大型节目的策划和主创工作，是国内著名电视节目策划人。

# 新文科建设背景下戏剧与影视学科创新发展的若干思考*

**胡智锋**

2020年11月3日，教育部召开新文科建设工作会议，研究部署新时代中国高等文科教育创新发展举措，正式发布《新文科建设宣言》，明确新文科建设的共识、遵循与任务。这次会议的召开标志着新文科建设进入了全面启动阶段。研究面对新文科建设的使命召唤，于2011年正式定名的戏剧与影视学学科经过十年的探索前进，如何在新的历史阶段实现高质量创新发展；面向未来，中国戏剧与影视学学科将以一种什么样的状态与面貌迎接下一个十年，不但要分析其所处的新环境和产生的新需求，而且还要正视其面对的新问题和新挑战，更要深入思考戏剧与影视学科创新发展的新思路和新理念。

## 一、戏剧与影视学学科创新发展的新环境与新需求

准确把握新文科建设的时代环境和社会背景，深刻认识当前学科发展面临的新环境与新需求，对丰富和拓展戏剧与影视学学科内涵及推动戏剧与影视学学科创新发展而言具有重要意义。从宏观形势来看，当前中国戏剧与影视学学科创新发展面临着两种

* 本文系教育部人文社会科学重点研究基地重大项目“中国主流媒体内容生产研究”（项目编号：19JJD860002）的研究成果。

新环境和三种新需求。

### （一）新环境：新全球化与融合发展

在笔者看来，当前中国戏剧与影视学学科创新发展主要面临两种新环境，即新全球化格局与融合发展潮流。

一是新全球化。习近平总书记在2018年6月中央外事工作会议上提出了一个重大论断，即“当前中国处于近代以来最好的发展时期，世界处于百年未有之大变局”。深刻认识这一“大变局”的丰富内涵，牢牢把握“大变局”给中华民族伟大复兴带来的重大机遇，是新时期开辟拓广发展空间、实现“两个一百年”奋斗目标的现实要求。百年未有之大变局就是由中美关系的变化引起的，而新冠疫情加速了这种变化。[①]当前以美国为主导的旧全球化已经引发了世界各国的诟病，“美国至上”和“美国中心”的理念已发展到一定程度，逐渐成为一种阻碍世界发展的阻力。近年来，美国更是将中国视为“战略竞争者”，不断将矛头指向崛起的中国，美国对中国发起的贸易战和技术围堵在国际上搅起层层波澜。传统西方强国在日新月异的发展中大国面前感到种种不适，戒惧倍增。全球化遭遇逆流，但求合作、谋发展仍是世界的共同愿望。2010年中国GDP规模超过日本，开始跃居全球第二大经济体，迅速成为世界经济发展的“火车头”、全球最大的成长性市场、最被看好的主要投资目的地等。[②]即使遭受新冠疫情的严重冲击，2020年度中国GDP仍然首超百万亿人民币，并成为世界唯一正增长的主要经济体。[③]尤其近年来随着中国经济地位的提升，全世界都将目光投注到中国，中国国家力量的一举

① 刘栋：《郑永年：特朗普走了“遗产”仍在，拜登上台依然美国优先》，https://www.thepaper.cn/news Detail_forward_10873369，访问日期：2021年1月22日。

② 黄君芝：《再超美国！中国逆势而上成2020年全球最大外资流入国》，https://www.cls.cn/detail/670974，访问日期：2021年1月25日。

③ 祝嫣然：《2020年中国GDP超百万亿，三大原因成就“全球唯一正增长”》，https://www.yicai.com/news/100917510.html，访问日期：2021年1月18日。

一动、一言一行都对世界运行规则产生着越来越重要的影响，世界经济、政治、文化秩序的深刻调整正聆听着中国声音、汲取着中国智慧、感受着中国力量。近年来，中国政府陆续推出的“一带一路”倡议、“金砖五国”构架、“人类命运共同体”理念等，都可视作中国为推进新全球化而提供的“中国方案”。当下，单边主义的思路实际上已经很难为继，但是新全球化的引领也是困难重重，毕竟世界已经经历了近百年的西方文明主导的过程。尤其在2020年新冠疫情肆虐全球的背景下，有学者已经断言，全球化时代已经进入第二阶段——全球共同体时代。[①]当然在这个过程中，以中国为主导的新全球化难免与以美国为主导的旧全球化发生激烈的冲突，这种冲突不仅体现在军事、经济和政治领域，也体现在文化、传播、影视等领域。如何面对这样的冲突环境，如何在危中寻机找到最恰当和最理想的发展通途，这是中国面向未来不得不面对的新环境、新问题。中国戏剧与影视学学科的创新发展也不可能脱离这种新环境，尤其要重视这种新环境给学科创新发展带来的巨大挑战。

二是融合发展。融合发展作为新文科建设中一个极为重要的理念，不仅体现在学科的跨越性与交叉性上，而且也是对当前技术环境、媒介环境及文化环境融合趋势的一种学科回应。这种融合发展至少有三个层面：第一是技术融合，第二是媒介融合，第三是文化融合。

首先是技术融合。融合发展的底层逻辑首先是技术融合，从机械时代到工业时代再到数字时代，每一次时代更迭都是技术进步的结果，尤其是传统技术与新兴技术的融合创新发挥着决

① 李怀亮：《从全球化时代到全球共同体时代》，《现代传播》2020年第6期，第1页。

定性作用。技术融合是不可阻挡的大趋势。聚焦在文科专业的发展上，虽然不同专业有各自的专业需求，但技术的融合将打破过去传统、单一的专业束缚，将以往精细的专业切分多向混合、打通，技术的融合会把传统意义上的单科专业，重构形成复合型专业。[①]今天，传统技术和新兴技术正在融合，这种融合既有原来处于不同领域的技术之间的横向融合，又有传统与新兴技术之间的纵向融合，比如广播电视和新媒体的融合、电影和新媒体的融合、三网融合、台网融合等等。还有一些非常重要的新技术，比如5G、人工智能、云计算、大数据、区块链等新技术的融入，将会不断打破传统的技术边界，产生新的技术红利。无论是横向融合，还是纵向融合，还是新技术的催生与融入，都将对戏剧与影视学学科创新发展产生深远的影响。

其次是媒介融合。媒介融合作为媒体融合的逻辑起点，其核心是以互联网为代表的新兴媒体与以广播电视为代表的传统媒体之间的深度整合构建。从某种意义来说，互联网等新兴技术与新兴媒体的高速发展对戏剧与影视学学科发展的影响是颠覆性的。在前互联网时代，媒体内容生产和传播的介质是纯粹而独特的，报纸对应报社、杂志对应杂志社、广播对应电台、电视对应电视台，各个专业都独自发展了各自的理论和实践体系，而今媒介融合已成不可阻挡之势，单一介质的内容生产和传播早已无法应对和适应纷繁复杂的技术设定与现实需求。原来的报纸指的是纸质的报纸，但是今天绝大多数的报社都已经互联网化，已把音频、视频和文字打通，变成了全媒体平台。原来的电台和电视台只做广播电视，而今它也在向文字和新媒体领域拓展。新兴媒体更是

① 胡智锋、徐梁:《新文科背景下“戏剧与影视学”专业建设的理念与路径》,《戏剧》(中央戏剧学院学报)2020年第3期，第3页。

如此，它吸纳了各种传统媒体变成更新的介质，这种媒介融合形成了你中有我、我中有你的局面，这也是当前戏剧与影视学学科创新发展面临的重要新环境。

最后是文化融合。过去一段时间，中国和西方发达国家在政治、经济、文化等各个领域的差异是明显的，甚至是对立的。自从新世纪尤其是新时代以来，中国在对外交流合作、全球重大决策、突发公共事件处理中向世界提供的中国方案和中国经验，展现的中国智慧和中国实力，充分诠释了中国传统文化“和”的独特价值理念，这种价值理念可助推中国进入走向世界、融入世界乃至引领世界的潮流中，并更紧密地与其他国家在观念、价值方面互相认同、融合发展。李子柒短视频出海成为全球瞩目的文化现象，这一文化现象在过去是难以想象的，借助移动互联网李子柒可以凭借一己之力跨越国家、语言、种族、文化等诸多障碍，这为中华优秀传统文化的对外传播增添了不少信心。

技术融合、媒介融合和文化融合很大程度上影响着戏剧与影视学学科的内涵延展与规划设计，融合发展理念将进一步打破单一专业、单一技术、单一媒介、单一国度的闭合式、循环式、主观式的专业发展瓶颈，新文科建设也将因为技术、媒介、文化等层面的互动，逐步从单一、狭窄过渡到复合、融合的发展态势。

### （二）新需求：国家需求、行业需求与自身需求

从目前面临的新需求来看，至少有三种需求是显性的：一是国家需求，二是行业需求，三是自身需求。

1. 国家需求

当前中国戏剧与影视学学科创新发展所面临的国家需求突出体现在改变世界舆论格局、缓和意识形态对立和提升文化价值认同上。

第一是改变世界舆论格局。当前中国虽然正在引领新全球化进程，但也饱受争议，并在舆论战中处于被动境地。陷于被动的原因有很多，包括历史的、制度的、文化的、宗教的、传媒自身的等。与世界上大多数国家相比，中国在历史、制度、文化、传媒、宗教等各个方面都有独特之处。中国拥有五千年历史和灿烂的文明文化，信奉无神论，坚持社会主义制度、坚持共产党领导，这与世界上大多数国家都存在很大的差异。中国传媒的整体实力还比较薄弱，尤其还没有形成强大的国际传播能力，世界舆论“西强我弱”的格局一直没有得到有效改善，中国不断被西方“妖魔化”的现状依然没有改变。在西方国家仍然主导世界格局的现实背景下，中国作为东方大国是否在责任担当、民族心理、软硬实力等方面已经做好了和平崛起的充分准备，这些都是值得我们深刻思考的问题。我们看到，世界舆论“西强我弱”的局面仍将长期存在，中国迫切需要正视这种格局并努力改变这种格局，这种需求是迫切而现实的。

第二是缓和意识形态对峙。无论是政党制度，还是政治制度，中国都拥有一整套完整而独特的体系，我们经常称之为“中国特色”，这套制度体系和西方发达国家完全不同，而这种制度之争将在意识形态领域长期存在，并激烈对峙。在2020年新冠肺炎疫情抗击与防控整体战中，中国通过行之有效的国家管制、霹雳手段有效遏制住来势汹汹的新冠疫情，极大地提升了国人的“四个自信”。中国抗击疫情的巨大成功，让西方不得不赞叹中国共产党的执政能力[①]，不得不信服中国特色社会主义制度的巨大力量。[②]这些是东西方意识形态争执和博弈当中很重要的问题。中国特色社会主义与资本主义的制度差异，及其背后意识形态的对立与纷争将长期存在，如何减缓这种对立是国家的迫切需求，也是新文科建设过程中需要认清和明确的重要形势之一。

第三是提升文化价值认同。文化价值是深层次的问题，中国几千年积淀的文化价值体系和西方文化价值体系迥然不同。中国价值体系是以集体主义为基础的话语体系，这与西方以个人主义为核心的价值体系不同，中西方之间不同的历史发展阶段和文化积累，导致了深层次的文化价值区别，而价值体系的不同则会演化成文化的冲突。如何减缓这种文化冲突带来的偏见、对立与纷争，如何向世界传达中国“和而不同”的价值理念，同样是国家的一个突出需求。在新文科建设过程中，语言、教育、外交、影视、传播等各个人文类学科专业，不单单要靠提升中国文化的世界认知与认同，展现中华文明的感染力与亲和力，还需要在文化自信的基础之上，探索中国文化国际传播、中国文明世界融合等的宏观命题，将学科发展融入国家需求，为学科发展注入文化动力。

2. 行业需求

随着城镇化的大规模拓展，城镇生活和小区生活逐渐成为主流，戏剧将成为一种日常化的生活方式，对于戏剧人才的需求在未来也将会大量增长。从电影行业来讲，现在中国电影产业有

① 董玉振：《国际观察：中国共产党是最重要的信心来源》，http://world.people.com.cn/n1/2020/0303/c1002-31614828.Html，访问日期：2020年3月3日。

② 刘旭霞：《“中国共产党执政能力令人钦佩”——访多米尼加左派团结运动总书记梅希亚》，《人民日报》2020年7月7日，第3版。

三个重要特征：一是中国拥有全球最多的银幕数量和观影人数；二是中国拥有超高的票房；三是中国的创作能力较强。2019年中国银幕数和观影人数全球第一，票房位居全球第二，生产电影数量全球第三，而这个“一、二、三”的体量在2020年又都有所提升，这些使得中国电影产业对人才有很大的需求。再看电视行业，尽管大家都在唱衰电视，但实际上它也面临着新技术的挑战和转型升级的要求，未来电视行业应该还有很大前景。当然，电视需要经历一个艰难的转型升级过程，在这个过程中行业对于新型电视人才也有迫切的需求。

3. 自身需求

“双一流”建设和新文科建设是当今中国高等教育的重要主题。作为当下中国高等教育中各个高校竞争的一个标杆，“双一流”作为教育部主导的全新的评价体系，正在改变着中国高等教育的发展生态，也必将对中国高等教育产生深远影响，这已成为中国高等教育尤其是学科建设的一个标志性的重大政策语境。至于新文科建设，在当今时代，新文科建设正当其时，笔者认为它有两个要点值得高度重视：一是注重中国价值，二是强调学科交叉融合。由于新技术的发展，专业、学科、门类面临着调整，前不久刚刚明确将交叉学科变成一个独立的学科门类，成为第14个学科门类。这实际上传递出新文科建设的一个核心理念，未来的学科发展应该是交叉融合的状态。在戏剧与影视学学科中，传统的工种分设包括的电视的采、编、播，电影的编、导、演、摄、录、美，在未来都面临着重新调整，当然，如何进行调整是一个考验我们的难题。在这个新的发展背景下，戏剧与影视学学科和专业发展都面临着全新的需求，这就要求我们不断探索新模式、新路径。

## 二、戏剧与影视学学科创新发展的新问题与新挑战

在新环境和新需求之下，我们必须要看到中国戏剧与影视学学科创新发展还存在着诸多新问题、面临着诸多新挑战。从国家和行业层面而言，戏剧与影视学科无论是人才培养的贡献度、学术研究的贡献度，还是社会服务的贡献度、文化传承创新的贡献度，从更高的要求来看都还面临着相当大的不足和缺憾，而这些都是其创新发展过程要突破的难题。

### （一）人才培养的贡献度

目前，戏剧与影视学学科在人才培养方面存在着体量不足、质量不够的问题。当前中国影视产业体量越来越大，高校每年能够培养出的合格的专业人才，无论是从数量上，还是质量上看，离真正的行业所要求的、能达到精良制作的水准还是有差距的；更确切地说，不是高校培养的人才不够多，而是培养的人才不达标。

从人才培养的类型来看，除了传统的工种类型，当前特别需要国际型、复合型人才和新工种的精专型人才。国际型不仅是指语言上的国际化，而且需要熟悉国际市场规则；复合型指的是一专多能；新工种的精专型就是在新兴工种的某一方面有比较优势。比如，最近北京电影学院未来影像高精尖创新中心正在开发

一套虚拟预演系统，这一预演系统的作用在于将影视创作的未来景观提前做一个预设，这种预设将大大降低成本，因此这一虚拟预演系统未来的工程师、设计师一定是抢手的工种和专业。现在我们还没有针对这种人才类型的成熟培养经验，但这些都是未来影视传媒业界可能非常需要的人才类型。

针对人才培养需求，高校的课程体系、专业设置、教学方法、师资队伍等是否能够满足培养这样人才的需求？毫无疑问，这是当前面临的一个重要挑战。新世纪以来，戏剧与影视学学科师资队伍在数量和质量上有了一定提升，但提升速度还相对较慢。现在我国开设戏剧与影视学相关专业的高等院校，无论是应用型还是学术型，其师资数量大部分都远远不足。在师资质量上，一方面，大多师资是从传统的文史学科等转过来的，学历层次以本硕较多，教授和拥有博士学位的师资占比相对较低；另一方面，很多学位点存在着从相关学科“借人”的拼凑状况，高端知名专家更是相当紧缺。[①]与起步差不多的新闻传播学学科相比，戏剧与影视学科的师资队伍发展速度相对较为缓慢，这就更需要我们发力追赶。

### （二）学术研究的贡献度

近些年来戏剧与影视学学术研究取得了很大的进步，项目、著作、论文的数量增长很快，但是真正产生较大学术影响乃至国际影响的学术成果却不多，戏剧与影视学学术研究落后于创作实践的局面一直没有得到改善，特别是戏剧与影视学科满足国家、行业的服务能力仍然有限，相对有价值的战略性咨询、有作用的

① 胡智锋：《“双一流”语境下中国戏剧与影视学学科发展的新机遇、新挑战与新对策》，《浙江传媒学院学报》2018年第5期，第8页。

应用性对策、有意义的实践性创新等仍屈指可数。特别是在新全球化环境的当下，戏剧与影视学科具备中国特色的同时又面临具有国际影响力的学术成果相对短缺的现状，以实践替代科研学术、脱离学科实际做空泛的一般性学理研究等现象比较普遍，学术不端等行为有待进一步规范。[①]一个学科的学者在中组部“万人计划”、教育部“长江学者奖励计划”等国家级人才项目中的入选数量是这个学科学术研究贡献度的重要标志，到目前为止戏剧与影视学学科学者的整体入选状况应该是令人汗颜的。从这些我们都可以看出戏剧与影视学科与其他学科相比，差距还是比较大的，这是当前面临的重要挑战。

### （三）社会服务的贡献度

戏剧与影视行业迫切需要学界为其提供科学的决策咨询和专业的社会服务，但现在看来戏剧与影视学学科在这方面仍然存在着不全面、不充分的问题，还存在较大的提升空间。不全面体现在高校对于一些新工种完全不懂，也无法为行业提供相应的专业人才。不充分则体现于在提供社会服务的过程中，到一定程度就无法继续深入，面对行业需要解决的深层次问题，我们还很难完全提供深入的咨询服务。当前戏剧与影视学学科无论是在理念上还是在实践上，对整个戏剧影视行业的影响都是非常有限的。在影视策划、论证、咨询等领域，包括影视创作方面，戏剧与影视学学科的影响力都相对不足，虽然也有一些专家学者有机会参与到重大影视作品的策划和创作当中去，但这些都还属于个案，从整体上来看，戏剧与影视学界尚未与业界形成一个良性的互动局面。

① 胡智锋、周星、郝戎:《传承优秀传统，扎根时代现实，积极面向未来努力构建具有中国特色的“戏剧与影视学”学科体系——“戏剧与影视学”学科建设三人谈》,《戏剧》(中央戏剧学院学报）2019年第6期，第15页。

### （四）文化传承创新的贡献度

近年来，高校的文化传承创新功能越发凸显。在文化传承创新方面，戏剧与影视学学科能否有效服务于文化传承创新，能对整个国家文化竞争力、原创力、传播力、影响力、引领力的提升做出多少贡献？目前，戏剧与影视学科还未形成完备的知识体系，其学术体系、话语体系还不足以支撑戏剧与影视的优质内容生产与全球化传播为主，也不能凝练传承优秀的传统文化，并创造出当代的文化价值，尤其是创造代表中国的世界级的影像。例如，功夫是中国的，熊猫是中国的，可是《功夫熊猫》却是美国的，这是一个令人深思的问题。中国有非常丰厚的自然、历史、文化资源，但是能否将这些资源凝练并创造出高价值、高质量的影像作品，需要我们不断思考和努力。《西游记之大圣归来》《哪吒之魔童降世》《姜子牙》等在这一方面做出了很宝贵的探索。

## 三、戏剧与影视学学科创新发展的新思路与新理念

面对新环境与新需求，针对新问题与新挑战，未来戏剧与影视学学科将如何实现创新发展？笔者认为至少有三种思路和理念可供探讨：第一是中国特色，第二是高质量，第三是传承与创新。

### （一）中国特色

中国特色主要涉及中国价值、中国理念、中国模式等关键

词。中国要引领新全球化进程，就戏剧与影视学而言，首先要用中国价值来统领，现在高校的专业教科书的话语体系、核心理念、深层次的价值都仍以西方为主。比如在影视领域，大批量的电视综艺节目都是引进的西方节目模式，电影产业中最核心的模式还是好莱坞模式，在价值层面上许多影视作品都是偏西方的。因此，我们需要加强对中国戏剧与影视学的传统经验的进一步梳理、总结和提升，在融会贯通世界各国戏剧与影视学发展经验的基础上提炼出更具中国特色的价值体系。其次是中国理念，中国戏剧与影视学学科发展的土壤不同于西方，其价值功能和运营方式都体现出中国特色的理念，这些理念需要我们不断梳理、总结和提升。最后是中国模式，中国地域辽阔、产业层级众多、作品类型丰富，戏剧与影视发展可以梳理出不同区域、不同层级、不同类型的模式。将中国价值、中国理念、中国模式整合起来就是对于中国特色的提炼和提升，这是当前戏剧与影视学科迫切需要解决的问题。如果在戏剧与影视学学科上能够提炼出中国特色，那么它就能够在世界舞台上形成中国戏剧与影视学的价值和影响力。

### （二）高质量

推动学科高质量发展，是新文科建设的题中应有之义与内在要求。当前，戏剧与影视学学科在人才培养、学术研究、社会服务、文化传承创新等方面还不适应高质量发展的要求。高质量的人才培养是学科高质量发展的重要目标，如果戏剧与影视学学科的师资队伍能够像文学、历史学、哲学等传统学科那样形成更高端的人才聚集，如果高校能多培养出一些像中国电影“第五代”“第六代”导演那样的杰出人才，那么戏剧与影视学科就离高质量发展的目标更进一步了。高质量的学术研究是学科高质量发展的理论诉求，当前戏剧与影视学学科在学术研究方面存在“有数量、缺质量，有高原、缺高峰”的问题，未来相关学术成果在保持量的合理增长的同时，更需要保障质的稳步提升，这样戏剧与影视学学术研究才能从“高原”向“高峰”迈进。高质量的社会服务是学科高质量发展的实践诉求，未来应着力解决戏剧与影视学学科在社会服务方面存在的不全面和不充分问题，加快推进供给侧结构性改革，实现业界需求与学界供给的有效对接。高质量的文化传承创新是学科高质量发展的能力体现，未来戏剧与影视学学科需要在提升国家文化竞争力、原创力、传播力、影响力、引领力等方面进一步助力，更好地服务于国家文化软实力的提升。

### （三）传承与创新

传承与创新作为学科建设最具动力和活力的重要理念，根植学科历史发展脉络，依托学科现实发展状况，指向学科发展未来。在笔者看来，有三种类型的传承与创新对戏剧与影视学学科发展非常重要：

首先自主创新。自主创新体现在各高校根据自身的特点，推出原创性的专业学科。如戏剧戏曲学领域中京剧表演、导演专业就属于自主创新范畴，电影学领域中编、导、演、摄、录、美等专业也充分体现了自主创新。自主创新体现得最突出的是广播电视艺术学领域，从最早的文艺编辑、播音等专业，到20世纪80年代创新出了文艺编导、电视编辑等新专业，再到20世纪90年代整合出了广播电视编导等顺应传媒行业发展的新专业。再如20世纪90年代北京师范大学所创立的影视学专业，则是依托其人文性、综合性、复合性的人才培养特点，作出了综合性的专业自主创新。在本次学科评估和新的学位点申报中，许多学科点和学位点结合自身的区域特点和学校特点，提炼出了一些独特的学科方向，这是特别值得鼓励和推广的。

其次融合创新。融合创新旨在不同学科、不同专业之间进行大胆嫁接，形成优势互补，进而构成新的专业面向与知识结构。融合创新的举措往往产生“1+1>2”的效能，跨越式的融合创新产生了巨大的“化学反应”，其针对性和适应性更加符合社会与时代之需。融合创新也就是学科之间的交叉，不同门类学科的交叉形成全新的学科方向。如将技术与艺术进行有机结合而诞生的数字媒体艺术专业，影视学与教育学融合产生的影视教育专业……跨学科、跨领域、跨语种、跨功能的融合创新为戏剧与影视学学科的可持续发展提供了强大动力，同时在一定程度上也激发了迭代创新的启蒙与想象，形成可持续创新的良性循环。

最后是延伸创新。延伸创新则是在学科自身已有的特色基础上做拓展和延伸，以调动和激活专业创新能力。延伸创新贴近社会发展潮流、紧跟业界发展趋势，是对原有专业的进一步丰富和延伸。比如，广播电视艺术学就是广播电视文艺编辑延伸到文艺编导，广播电视编导、再提升到广播电视艺术学的结果，从而实现从专业到学科的缓慢的延伸性创新。同样，传媒艺术学实际上是在广播电视艺术学和电视传播艺术的基础上杂糅拓展的一个新的方向领域。这些新兴专业不仅是对已有专业领域和范畴的有效补充，同时也是适应自身发展规律的延伸创新，这些都是未来戏剧与影视学学科创新发展所需要的新的可能性。

## 结语

当前中国戏剧与影视学学科创新发展不仅是为了增强学科自身影响力，而且是为了提高行业市场竞争力，更是为了提升国家文化软实力。戏剧与影视学学科创新发展的活力和动力不仅影响到学科自身的发展，也会影响到相关联的多个层面的需求。当前中国戏剧与影视学学科的创新发展充满了各种挑战和压力，但是总地说来面临的机遇更多，空间更大。不忘本来、吸收外来、面向未来，在新文科建设的时代背景下，我们需要直面新挑战、抓住新机遇，齐心协力，共同把中国戏剧与影视学学科推向一个新的高度。

载于《现代传播》2021年第2期

# 郝戎

中央戏剧学院院长、党委副书记、教授。

曾主持研究阐释党的十九届五中全会精神国家社科基金重大项目，当代中国戏剧影视“高峰”作品创作建设研究。代表性论著、论文包括《创造最新最美的戏剧艺术——谈“中国演剧体系”构建》《关于“新文科”背景下“戏剧与影视学”建设之破题与破局》《中国演剧体系构想》《“一流学科”建设为艺术专业学位教育注入学术动力——中央戏剧学院艺术专业学位建设15年回顾》等。获中国话剧“金狮”导演奖，国际大学生戏剧节“最佳剧目奖”“最佳表演奖”，北京市教育教学成果一等奖等奖项。

# 融合互鉴　美美与共
## ——曲艺学科建设与中国演剧体系的构建设想

郝戎

习近平总书记在2023年6月2日文化传承发展座谈会上的重要讲话中指出："中国文化源远流长，中华文明博大精深。只有全面深入了解中华文明的历史，才能更有效地推动中华优秀传统文化创造性转化、创新性发展，更有力地推进中国特色社会主义文化建设，建设中华民族现代文明。"①曲艺是中华优秀传统文化的重要组成和重要载体，在讲好中国故事、弘扬传统美德、激发民族精神、弘扬中华美学精神等方面具有不可替代的作用。

2022年9月13日，国务院学位委员会、教育部印发《研究生教育学科专业目录（2022年）》《研究生教育学科专业目录管理办法》，"戏曲与曲艺"被纳入教育部本科专业目录，并纳入研究生教育学科目录。②曲艺不仅获得了本科层次人才培养的发展机遇，也获得了硕博高层次人才培养和学位授予的"户籍"，可以成建制地发展曲艺专业和学科，这无疑是前所未有的一件大事。从专业设置和学科建制来说，曲艺成为与戏曲并列的专业，并同"戏剧与影视"一起构成艺术学学科的重要板块。

曲艺进入大学专业目录和学科建制，可以说是几代曲艺人的梦想。借助现代化的艺术教学手段，培养高素质的曲艺人才，传

① 习近平：《在文化传承发展座谈会上的讲话》，《求是》2023年第17期，第5页。

② 参见《国务院学位委员会教育部关于印发〈研究生教育学科专业目录（2022年）〉〈研究生教育学科专业目录管理办法〉的通知》，http://www.gov.cn/zhengce/zhengceku/2022-09/14/content_5709785.htm。

承非物质文化遗产，弘扬中华优秀传统文化，对于高等艺术院校来说，可以汲取戏曲曲艺的精髓，丰富戏剧影视学科的内涵，构建艺术学的现代版图；培养具有传统素养并且符合新时代要求的复合型曲艺人才，形成人才培养机制和现代化教学体系。在此基础上，将戏曲与曲艺的传统予以现代化的发扬，将戏剧与影视艺术予以民族化的转化，借鉴融合、美美与共，有助于构建话剧、戏曲、曲艺三位一体的表演体系，构建具有中国特色、中国风格、中国气派的演剧体系。

## 一、曲艺专业设置完善了艺术学学科版图

对于艺术学学科来说，曲艺专业的设置，丰富并完善了“戏剧与影视”学科的内涵。“戏剧与影视”学科由原来的戏剧、戏曲、影视（戏剧戏曲学、戏剧影视学）的三足鼎立，发展成为戏曲与曲艺、戏剧与影视的四方联动。戏曲与曲艺传统艺术的现代化、戏剧与影视现代艺术的民族化就可以熔铸起来，无论是在形式呈现上，还是内容表达上，都会融通无碍，形成完整的现代艺术学学科版图。

作为一门具有两千多年历史的艺术形态和艺术门类，具有重要文化价值和传承意义的“绝学”、冷门学科，曲艺长久缺席艺术专业目录和学科建制，确实极为遗憾。党的十八大以来，以习近平同志为核心的党中央高度重视中华传统优秀文化。曲艺是中华民族传统说唱艺术的统称，刻录着中华民族传统艺术的基因，发展曲艺事业既响应了党和国家关于文艺工作的战略部署，符合

马克思主义文艺观，又继承和发展了中华优秀传统文化，涵养了社会主义核心价值观；既满足了人民精神文化需求，同时也体现了中国智慧和中国创造；既具有主体性，也具有原创性。正如习近平总书记在2021年3月6日看望参加全国政协十三届四次会议的医药卫生界、教育界委员时强调的："要从我国改革发展实践中提出新观点、构建新理论，努力构建具有中国特色、中国风格、中国气派的学科体系、学术体系、话语体系。"①曲艺与戏曲并列，强调的正是民族故事的表演艺术特性，而曲艺的独特在于说唱艺术。

传统说唱艺术虽然源远流长，但是直到在1949年7月召开的中华全国文学艺术工作者代表大会上，"曲艺"作为独立的艺术门类才正式得名。自中华人民共和国成立以来，对这门古老的艺术进行挖掘整理、继承发展，逐步剥离了晚清以来杂耍因素而用来专指说唱艺术，并用社会主义文化的标准整合传统曲艺，推动传统曲艺的现代转型，借助民间文化的资源，重新塑造国家文化。截至目前，对于起源于民间和大众的曲艺认识逐步深化，对于曲艺作为一门艺术的特性，包括曲艺的文学性与音乐性、表演性、剧场性等都有了新的认知；对于曲艺作为一门艺术的概念、种类、与姊妹艺术的关系等都有了更新的阐发。可以说，我们正在对这门不断嬗变的古老艺术进行新的表述。

曲艺以前没有被纳入学科专业目录，概括起来，不外如下几种原因：曲艺曲种丰富多元、形式多样，没有像戏曲一样形成整一的体系；曲艺的表演具有综合性的特点；在传授的过程中，仅仅依靠传统口传心授的方式；更因为行业和专业没有对曲艺的民

① 《习近平在看望参加政协会议的医药卫生界教育界委员时强调 把保障人民健康放在优先发展的战略位置 着力构建优质均衡的基本公共教育服务体系》，《人民日报》2021年3月7日，第1版。

族特性有自信的阐述。因此，曲艺长期以来得不到重视，艺术学学科版图独独缺少这一板块是不完整的，增添曲艺这个板块，无疑将丰富和完善艺术学学科版图。

曲种的多元性体现了民间艺术的丰富，曲艺有“说”的、有“唱”的、有“说唱兼有”的[①]，种类繁多、形式多样。回溯历史，唐代有市井间的市人小说、寺院的俗讲以及变文；宋代有陶真、涯词、鼓子词、诸宫调、覆赚；元代有词话、驭说、货郎儿；元明还有道情、莲花落；明清有弹词、鼓词、宝卷等；清代则有各种大鼓、弹词、子弟书、牌子曲、坠子、琴书、渔鼓、道情、清音、小曲等。晚清的西河大鼓、京韵大鼓，都产生过灿烂辉煌的曲艺精品和说唱艺术家。清代晚期形成的相声，不但名家辈出，而且已经成为演出行业中的生力军。当代中国，相声、评书、快板书、弹词、鼓词、二人转等曲艺品种依然保有五百余个，具有广泛的覆盖力和深远的影响力，是广大人民群众喜闻乐见的演艺文化精粹之一。

曲艺素有“口头文学”之称、“百戏之母”之誉，在中华传统文化发展史上具有重大的影响，与戏曲、文学中的史诗、诗歌、小说等都有很深的渊源。在戏曲艺术发展史上，曲艺相伴而生，不仅从源头上影响戏曲，也从戏曲中不断汲取养料。《玛纳斯》《格萨尔王传》《江格尔》等民族史诗都是以说唱艺术形式得以传唱至今。《诗经》、《楚辞》、汉乐府、宋词、元曲等诗歌都基本经历了从民歌到说唱再到经典的发展之路。《三国演义》《水浒传》《西游记》等小说都是在说书基础上整理而成。曲艺的丰富性体现在与文学、民俗学、戏曲、戏剧、音乐、影视等学科都有

① 参见侯宝林、汪景寿、薛宝琨：《曲艺概论》，北京大学出版社，1980，第2页。

千丝万缕的联系，而说唱元素在一切表演艺术形式中都有体现。

曲艺表演艺术具有综合性，每一个曲种虽小，但却能融合各种艺术因素为一体，既有曲本文学，也有曲唱音乐；既有舞台表演，也包含舞台美术等方面。从舞台表演来说，"'说唱'及与之配合的'做舞'和'摹学'"[①]，是三个主要的构成因素。从创作表演一体的时间流程和先后顺序来说，又可以分为写成脚本的一度创作；表演将文本"立起来"的二度创作；演员（或者导演）根据观众、演出空间的不同，进行排练演出以及即兴表演、与观众交流，从而形成观演关系的三度创作。可以说曲艺创作表演过程融合了文本性、表演性、剧场性等不同阶段的特性。

随着现代的工业革命和信息革命的发展，传媒手段革新融合、娱乐方式愈加多元、艺术样式融合发展，曲艺因其轻灵短小、容易制作、方便接受等特点，迅速传播。比如在喜马拉雅平台，一部书的收听人次常常达几千万甚至上亿，最多达到20亿；在抖音、快手等短视频平台，曲艺的说唱段子、"包袱"是传播最快、影响较大的一种类型，无疑是与时代共进、与传媒共生的艺术形式。

毫无疑问，曲艺专业的设置可以丰富"戏剧与影视"的学科内涵，完善艺术学学科的现代版图，因为曲艺深深植根于民族戏剧（表演）艺术的源头，并能迅速适应当今的融媒体时代，将曲艺纳入高校专业和学科体系，无疑具有深远的意义。从"中国演剧体系"的根基——人才培养入手，将使现有的"戏剧与影视"学科体系更加牢固和完善。

① 吴文科：《中国曲艺通论》，山西教育出版社，2004，第349页。

## 二、曲艺专业教学形成独特的表演人才培养模式

曲艺专业设置和学科建制的完善，其目的是为了培养更多的表演人才，尤其是127种非物质文化遗产的曲种。表演人才的培养要尊重和依循曲艺艺术的特点，在传统“口传心授”的特色上，逐步依托已经成型的现代艺术教育体系，构建独特的曲艺表演人才培养模式，并与其他表演艺术融会贯通，构建具有中国特色的表演体系。

曲艺艺术样式繁多、形式灵活、短小精悍，具有广泛的群众基础，被周恩来同志誉为“文艺轻骑兵”。曲艺之所以能源远流长、长盛不衰，正得益于它能快速反映社会生活。因此，曲艺艺术既古老，又鲜活，不仅是非物质文化遗产，还与时代同步。曲艺艺术要在传承中创新、在继承中发展，不是将之作为博物馆的封存艺术，而是作为活态的当代艺术。专业教育体系的培育，可以以人才为中心，反过来对教学体系提出要求。随着社会分工的多样化、社会发展的信息化和艺术样式的融合化，社会需要表演、科研、传播、管理、经营等多方面、多层次的人才。曲艺人才既包括适应高层次表演实践的人才，也包括繁荣各种基层展演的表演人才；既需要曲艺普及的专业人才，也需要进行曲艺美育的教育人才；既包括传统文化（曲艺）进校园的教育者，也包括非物质文化遗产的传承人；既需要高校表演实践的教师，也需要教学和理论研究人才；既包括融媒体的内容传播和评论的创新人才，也包括具有专业知识和能力的综合管理人才。

曲艺是“一门用口语说唱叙事的表演艺术”[①]。说唱是曲艺的主要表现手段，通过语言来叙述故事、塑造人物、表达感情和反映社会生活。说唱所使用的语言是口语，而且是带有节奏、旋律的音乐性和文学性的说唱一体的表现形式。说唱在表演艺术中极为独特，戏剧、影视等相关表演艺术一直以来都注重借鉴和吸收曲艺的精髓。以话剧为例，培养话剧演员，台词和形体是两项重要的基本功。解决形体的可塑性和表现力，戏曲的表现技巧和曲艺的模拟性表演都可资借鉴。台词训练的问题，可以借鉴戏曲的韵白，更应该借鉴专攻嘴上功夫的曲艺。中央戏剧学院首任院长欧阳予倩就比较重视表演教学中的嘴上功夫，他曾说过，话剧话剧，台词是基础。在中央戏剧学院建院初始就有向曲艺艺术家学习的传统，著名曲艺表演艺术家侯宝林、骆玉笙等都曾在学院授课。在谈及话剧演员训练尤其是台词训练时，欧阳予倩就要求演员要认识到汉语的独特性，并强调指出这方面尤其应该向戏曲曲艺学习：“话剧演员的练声方法，应用西洋练声方法是一方面，还有就是跟中国的音韵——吐字归音结合起来，适当地学习些民间唱法很有必要。中国的民间曲调和中国的语言结合得很紧而富于表现力，如大鼓、单弦、相声，我们就可以向他们学习咬字发音的声音表情和技术，我们要老老实实向优秀的民间艺人学习。”[②]可见，曲艺的吐字归音等说唱艺术特性是人才培养和教学体系的基础。

说唱艺术的表演和戏剧（话剧、戏曲）的表演不同，戏剧表演强调进入角色的代言体扮演，而曲艺说唱则多是一人模拟多角的叙述性表演。因曲艺的表演讲究观演一体互动的即兴

① 姜昆、戴宏森:《中国曲艺概论》，人民文学出版社，2005，第5页。

② 欧阳予倩：《欧阳予倩全集》（第四卷），上海文艺出版社，1990，第202页。

交流和开放式的观演关系。这些特性的形成恰恰是因为曲艺可资利用的表演工具或媒介较少，全凭演员的一张嘴，因此曲艺演员“在演唱时要聆听听者的反应，甚至可以说与听众一起进行艺术实践”[①]。近代以来的镜框式舞台以及体验式表演要求演员与角色的合一，逐步剔除了叙述性的因素，但这却是曲艺的说唱叙述性表演的优长所在。以相声为例，既可以灵活借鉴“学”“模仿”等各种表演形式，更可以迅捷地从纷纭复杂的社会生活中找寻素材和内容，进行创作和表演。如果说戏剧影视表演追求代言体审美化的精致，曲艺表演则秉承一种叙述体大众化的鲜活。从表现形式来说，以曲艺（相声）表演为例，讲究“说、学、逗、唱”四门功课，说话的技巧、模仿各种声音和艺术、唱各种歌词和小调，关键是抓哏逗趣，将语言运用到了极致。这与话剧、影视表演运用演员身体的“声、台、形、表”以及戏曲演员运用“唱、念、做、打”来塑造人物的要求截然不同。从容量来说，曲艺是片段化的叙事，短小精悍，但是最为根本的是表演体式的不同。

说唱规约着曲艺的特性，虽然曲种多元，但各有“门道”。曲种众多的特点，表面看来是形成曲艺表演体系的障碍，实则正是构建独特表演体系的基石。关键在于，可以以代表性曲种为主，寻找到代表性曲种的基本元素或基本能力，比如戏曲曲艺音韵基础的“十三辙”、说的吐字归音、唱的依字行腔、做的点到为止的模拟等。曲艺专业所形成的独特的表演人才培养模式，以代表性曲种为中心，一专而多能，既有主要曲种的教学训练，也有相关的曲艺能力的拓展。专业教学可在此基础上，寻找普适性

① 陶钝、沈彭年：《中国曲艺》，载中国大百科全书总编辑委员会《戏曲曲艺》编辑委员会、中国大百科全书出版社编辑部编《中国大百科全书（戏曲曲艺）》，中国大百科全书出版社，1983，第13页。

的教育规律，建立以创作、表演为主的课程体系，并以鉴赏、概论为辅助，培养学生的复合型素质和高水平的艺术素养。曲艺的理论研究要以表演实践为中心，而不能仅是其他专业的横向比较和移植，将曲艺作为文学、美学和艺术类型的陪衬，而忽视了曲艺的说唱性的特点。同时，将曲艺表演放置到当代世界表演艺术的发展潮流中，寻找到与戏剧、戏曲、影视等学科的相关之处，充分共享表演训练和演剧的成熟体系，形成曲艺人才培养的特色。近年来，曲艺表演越来越受到研究者关注，借鉴话剧培养的“声、台、形、表”，戏曲的“唱、念、做、打”，有的研究者将曲艺表演归纳为“说功、唱功、做功及身手技艺”[①]，有的则归纳为“说、表、唱、学、做”[②]等全部演出环节。如何培养曲艺表演人才，可以在基本元素的训练上进行提炼，找到话剧、戏曲、曲艺的各自特点，既要着重培养曲艺说唱艺术的独特性，更要注重三者的结合。当然，培养表演人才的教学体系不是简单的表象嫁接，不仅是提出三者的形式技巧问题，更重要的是以中西方表演、演剧的观念和方法互为借鉴、融会贯通，形成曲艺别具特色的教学体系。

## 三、曲艺表演体式是中国演剧体系构建的重要组成部分

中国演剧体系的构建，从根本上来说，要从演员能力训练入手，打造表演与导演一体、文本创作和舞美设计并重、剧种多元、媒介融合、管理突出的现代教学体系。

① 卢昌五：《曲艺表演论》，载姜昆、戴宏森主编《中国曲艺概论》，人民文学出版社，2005，第423页。

② 吴文科：《曲艺综论》，北京时代华文书局，2015，第25页。

演剧以演员的表演为中心，表演体系是演剧体系的中心。人们一谈到表演体系，马上想到的是坊间流传的三大体系：斯坦尼斯拉夫斯基体系、梅兰芳体系、布莱希特体系。这三大体系最早是黄佐临在1962年3月间在广州召开的“全国话剧、歌剧、儿童剧创作座谈会”上提出的三种不同的戏剧观，他指出：“为了便于讨论，我想围绕着三个截然不同的戏剧观来谈一谈，那就是：斯坦尼斯拉夫斯基戏剧观、梅兰芳戏剧观和布莱希特戏剧观——目的是想找出他们的共同点和根本差别，探索一下三者之间的相互影响，相互借鉴，推陈出新的作用，以便打开我们目前话剧创作只认定一种戏剧观的狭隘局面。”[1]三大表演体系，是20世纪60年代以来逐步形成的一种认识，并不是一种严密的理论表述，而是在当时的历史和艺术环境下，适合时代和中苏政治背景的一种具有现实意义的表述。斯坦尼斯拉夫斯基体系一家独大，无疑引起很多戏剧家的反思，就连最初倡导的焦菊隐也有所保留，更不用说许多苏俄专家对于中国戏曲的排斥，因此引起当时戏剧界对盲目搬用苏俄戏剧体系的反感。黄佐临的发言向中国戏剧界引入了布莱希特体系，并指出了布莱希特学习梅兰芳的表演，更因为对于以梅兰芳为代表的中国戏曲表演体系的民族性的强调而引起了极大的反响，于是三大体系的称呼不胫而走。

从欧美戏剧传统来说，古希腊演剧以来一直遵循的是以“动作—摹仿”为中心的发展道路。亚里士多德强调“悲剧是对于一个严肃、完整、有一定长度的行动的摹仿”[2]，新古典主义归纳的时间、地点、事件的三整一律，启蒙主义强调的情境、真实性等莫不如此。近现代以来形成可称之为表演体系的无疑是斯坦尼

① 黄佐临：《漫谈“戏剧观”》，《人民日报》1962年4月25日，第5版。

② 亚里士多德、贺拉斯：《诗学·诗艺》，罗念生、杨周翰译，人民文学出版社，1997，第19页。

斯拉夫斯基的体验派、阿尔托的残酷戏剧和布莱希特的叙述体戏剧。演员与角色的关系是判断表演的试金石，演员与观众之间形成的观演关系，则是演剧风格的风向标。话剧承袭的是西方传统，角色和演员合一可以称为体验派（以斯坦尼为代表），演员找到固定的形式来表现角色可以称为表现派（以梅耶荷德为代表），演员意识到和角色之间的不同一是间离派（以布莱希特为代表）。20世纪60年代以来，阿尔托残酷戏剧的影响日隆，以格洛托夫斯基为代表的戏剧艺术家承接阿尔托关于剧场空间和不同的观演关系的探讨，逐步影响了其后的戏剧探索，从文本、表演、观演关系、声音、舞美、媒介等不同的角度，形成了雷曼所言的“后戏剧剧场”。

三大体系的提出实则指向了一个根本问题，就是中国演剧体系的发展方向。戏曲的现代化和话剧的民族化，是一个问题的两个方面，可以归结为建立民族化的演剧体系。话剧引入将近一个世纪了，戏剧艺术家焦灼地寻找中国身份表达。众多的戏剧先贤做过许多尝试和总结，其中比较有代表性的，比如焦菊隐先生的“心象说”强调内在体验的同时，更要将内在的情绪体现为外在的“象”；比如黄佐临提出的“写意”的戏剧观，向国内介绍布莱希特的“间离”式表演和叙述体戏剧，这和布莱希特借鉴中国戏曲阐述叙述体可谓一脉相通。

溯源中西方的表演体式，归根结底为史诗（叙述体）和戏剧（代言体）的分野和融合。古希腊时代，亚里士多德就在《诗学》中区分了戏剧和史诗的不同并讨论了各自的优长。黑格尔延续了“诗学”的探讨，区分为史诗、抒情诗、戏剧体诗，认为“戏剧无论在内容上还是形式上都要形成最完美的整体，所以应该看作诗乃至一般艺术的最高层”[①]。从“精神现象学”的哲学基点出发，黑格尔认为戏剧是融合抒情诗的主观和叙事诗的客观、内容和形式一体、感性理性合一的“美的理念的感性显现”，并将理念化生的一般世界情况、情境、情致，归结为动作在世界、事件、人中逐步展开的美学体系。不过，黑格尔也是在诗学的范围里谈论，对于表演则讨论较少。如果说亚里士多德是剔除叙述性而推崇戏剧性，那么布莱希特叙述体戏剧的“反亚里士多德”实则是在现代条件下重新唤回被久已遗忘的叙述性体式。

参照西方，反观传统，构建中国演剧体系，一方面要吸收外来，更要不忘本来。以戏曲曲艺为代表的表演体系，伏根于民族表演艺术的源头，一般都依循从民歌到说唱再到戏曲的发展路径。话剧的传入无疑打开了一个窗口，百年探索也积累了丰富的经验。两相参照，人们逐渐认识到中国戏曲表演的诸多特点，不仅追求生活真实，更焕发出强烈的艺术感染力；不仅是体验，更重要的是找到人物外化的体现方式；同时简化了繁琐的写实布景，充分利用舞台的假定性，以演员表演为核心，以演员身体为载体，“时空观念的超脱带来了艺术表现的自由”[②]。演员则通过自身掌握的基本功对人物进行解读，塑造个性化的艺术形象，这种自由时空表演体系显然来源于曲艺。

曲艺虽未像戏曲一样形成体系化的表演，但依然具有可以辨识的表演特征。“曲艺演员以自身的本来面貌同观众直接交流感情，这就决定了叙述性是其艺术表现的基本特征。”[③]相对于戏曲

① 黑格尔：《美学》（第三卷下册），朱光潜译，商务印书馆，2011，第240页。

② 黄克保：《戏曲表演研究》，中国戏剧出版社，1992，第11页。

③ 薛宝琨：《论曲艺的本质和特征》，载《曲艺特征论》，中国曲艺出版社，1989，第19页。

和话剧的代言体的扮演来说，曲艺说唱则是一种叙述体表演。“说唱是中华民族表演艺术的重要元素，长久以来，曲艺表演深刻影响着中国戏剧的创新发展。曲艺讲究‘观演一体互动、相生相长’，‘化入化出、一人多角’，‘不实当做实、非真认作真’。”[①]那么，作为一种叙述体表演的艺术，如何和已经形成体系化训练的话剧、戏曲融合，需要找到共同的基本训练元素，区别不同的无法转换的特性，区别哪些是体验的、哪些是表现的、哪些是间离的，区别斯坦尼体系、布莱希特方法、以梅兰芳为代表的中国戏曲表演体系，只要是合乎表演的规律，利于塑造人物形象，能形成好的作品，都可以为我所用、不拘一格。

曲艺与戏曲具有民族亲缘性，戏曲要求体验进入角色，演员作为角色整体进入情境，是“以身演事”；曲艺则既作为角色模拟演事，也作为演员或叙事人与观众交流，是独特的“说法中现身”。“书与戏不同何也？盖现身中之说法，戏所以宜观也。说法中之现身，书所以宜听也。”[②]曲艺和戏曲的不同在于曲艺没有戏曲的程式化表演，而是及时与观众交流，更多了民间艺术的灵动。

话剧和戏曲都属于戏剧（代言）体，两者都追求艺术的真实，但体现为“话”和“曲”的表现方式不尽相同。话剧向传统戏曲学习，必须解决“程式化”的问题。戏曲艺术所遵循的“生活的逻辑、艺术的真实”是中国话剧彻底摆脱僵化的自然主义和写实主义创作观念的有效手段。戏曲来源于曲艺，还保留着许多叙述性的特点，并与曲艺一起形成丰富的民族性表演元素。这和以“动作—摹仿”为中心、以对话为主要表达手段的欧

① 郝戎：《中国演剧体系构想》，《戏剧》（中央戏剧学院学报）2021年第2期，第8页。

② 此段为清代弹词名家马如飞所编《出道录》中引用沈沧州的一句话。转引自周良编著：《苏州评弹旧闻钞》，江苏人民出版社，1983，第113页。

美戏剧逐步形成“三一律”、镜框式舞台的固定的舞台形式迥然不同。布莱希特的叙述体戏剧在这一点上和中国曲艺、戏曲中的叙述性表演不谋而合。

作为叙述体的曲艺，表演方法体现为：多是一人多角、虚拟表演、多用语言、及时跟观众交流；运用语言、音乐和形体诸多元素；化入化出，同时具有即兴性。在表演中，摹拟与叙述兼备，跳进跳出（情境和角色）。以相声、评书为例，表演是一种“半假真”的表演，就是演员在表演的过程中，既要真实地扮演角色，也要意识到这种扮演带有虚拟性和假定性，是作为演员自身在表演；既扮演角色，又意识到演员自身的存在，在角色和演员、在描摹和叙述中不停转换。既有演员的本我，也有叙述者和角色的三种身份。演员既要以角色的本色出现，也要真实地模拟角色，以叙述人的身份说话，同时在三种身份之间不停转换，在本我和角色之间、在故事情境和当下情境之间不停切换。

曲艺表演虚实相生、真假杂糅，最大限度地发挥了艺术的假定性特点。既有对人物的体验，也有在情境中对角色的刻画，更重要的是跳出角色和情境，以语言引导叙事，与观众进行交流，形成独特的表演形式。曲艺是说唱艺术，唱的形式更多来自民间的太平歌词、大鼓书、快书等，这和歌剧、音乐剧等形式更是大相径庭，现有的音乐表演形式无法容纳曲艺艺术的音乐表演。曲艺也包含文学的因素，但曲艺文学更多是腔词，强调文本和音乐的结合，一般的文学也无法容纳其特有的音乐文学形式。曲艺表演形式独特，现有的戏剧影视表演、戏曲表演、歌剧、音乐剧表演也无法类同曲艺的表演形式。只有遵循其独特性、另辟专业，才能发挥这门传统说唱艺术的优长。因此应以曲艺为一脉，汲取戏曲曲艺演剧的精髓，熔铸话剧的百年探索，逐步形成民族化的演剧体系。在这其中不仅要对演出元素的基本功训练有比较清楚的认识，形成民族化的表演学派，更要在此基础上探索，构建中国演剧体系。

中国演剧体系的构建，应在话剧、戏曲、曲艺三位一体的彼此借鉴中融合，逐步形成独特的民族风格：围绕“在假定情境中人物心理如何外化”这一中心命题进行，继承斯氏体系“心理现实主义”的创作方法，并以表现和间离的方法作为拓展；要在心理外化、思想体现、形式表现上向传统的曲艺、戏曲借鉴、学习；发扬传统曲艺说唱兼具、本我与角色兼容的叙述性表演方式；融合戏曲以“唱、念、做、打”为基础的程式体系，形成具有民族特色的演剧体系。

话剧的民族化和戏曲的现代化探索已经近一个世纪了，曲艺专业的加入，可以使我们更全面地理解中国传统演剧的特性。话剧应与传统戏曲、曲艺在互鉴中融合、在融合中互鉴，才能保持各自的艺术特性，借鉴而不替代、融合而不消融。这样，我们才可以传承传统、守正创新，立足当代、面向未来，构建具有中国特色、中国风格和中国气派的演剧体系。

载于《中国文艺评论》2023年第10期

张　尧

# 张尧

国家大剧院党组成员、副院长。著名京剧表演艺术家叶少兰先生入室弟子，京剧叶派小生第三代传人，中国戏曲学院张火丁京剧程派艺术传承中心主任。

担任文化和旅游部部级社科研究课题“戏曲教育现状与发展对策研究”、国家社科基金艺术学重大项目“戏曲人才培养体系研究——戏曲人才培养现状调查研究”、国家艺术基金传播交流推广资助项目“京剧电影《锁麟囊》”等项目负责人。曾发表数十篇论文，主编和编著《粉末氍毹·京剧经典剧目舞台规制纵览》《学京剧·老生·小生·青衣·花旦》系列丛书等。曾成功举办个人大型京昆专场演出，连续四年担任《新年戏曲晚会》执行总导演、副总导演，担任2019年北京庆祝新中国成立七十周年“普天同庆、共筑中国梦”大型戏曲演出总导演等。

# 高质量发展理念的戏曲教育新格局

**张尧**

“教育兴则国家兴，教育强则国家强”，办好高等教育事关国家发展，事关民族未来。习近平总书记提到高等教育要紧紧围绕实现“两个一百年”奋斗目标，实现中华民族伟大复兴的中国梦，源源不断地培养大批德才兼备的优秀人才。党的二十大报告要求办好人民满意的教育，戏曲教育是艺术教育中的重要内容。我们要立足戏曲教育，以高质量发展理念为原则，发展注重挖掘内在潜力，激发戏曲教育的内部活力，提升戏曲教育内部要素的效率，改革和优化原有戏曲教育的资源配置模式；注重内涵特色差异化发展，着力培养戏曲拔尖创新人才，形成新时代新征程的戏曲教育新格局。

## 一、政策支持：文化自信中的戏曲传承与发展

党的十八大以来，习近平总书记围绕文化自信作出了一系列重要论述，强调了坚定中国特色社会主义道路自信、理论自信、制度自信，最根本的是坚定文化自信。习近平总书记在党的二十大报告中对文化自信和教育重点阐述，作了新要求和新部

署。文化自信是更基础、更广泛、更深厚的自信，是更基本、更深沉、更持久的力量。文化自信内涵不仅渗透在经济、政治、社会各方面，还渗透在为人处世、待人接物等日常思想方式、行为方式、思维方式、审美追求等方面。文化最重要的功能是铸魂和赋能，高等教育的重要职能之一就是文化传承，美育的播种可以以文化人、以文育人。习近平总书记提到中华优秀传统文化不只给治国理政提供有益的启示，还给道德建设提供有益的启发。高等教育要坚定文化自信，办好新时代的教育，戏曲教育更应该踔厉奋发，勇毅前行。立足于新时代、新征程，正是文化自信的确立才是中国戏曲艺术发展迈向新时代的重要标志。习近平总书记指出“戏曲是中华文化的瑰宝”。戏曲是千百年来中国老百姓喜闻乐见的艺术大餐，戏曲通过“四功五法”的程式塑造不同的鲜活人物，向观众传递“礼义仁智信、温良恭俭让”，讲述中国道德故事。戏曲具有中国文化底蕴和艺术特色，是我们文化自信的主要载体，也是中国名片、中国气派、中国风格的集中代表。

党的十八大以来，国家出台了很多政策支持戏曲的传承发展，说明党中央国务院对作为传统文化载体的戏曲传承与发展充满了期许和要求。2013年7月，文化部印发了《地方戏曲剧种保护与扶持计划实施方案》。2014年10月15日，习近平总书记在文艺座谈会上发表重要讲话，强调要坚持以人民为中心的创作导向，努力创作更多无愧于时代的优秀作品。京剧表演艺术家尚长荣、叶少兰、李维康等五位戏曲界重要代表出席了座谈会。习近平总书记指出，中华优秀传统文化是中华民族的精神命脉，是涵养社会主义核心价值观的重要源泉，也是我们在世界文化激荡中站稳脚跟的坚实根基。要结合新的时代条件传承和弘扬中华优秀传统文化，传承和弘扬中华美学精神。2015年7月，国务院办公厅印发了《关于支持戏曲传承发展若干政策的通知》，这是新中国成立以来国家层面出台支持戏曲政策力度最大的纲领性文件。《通知》提出，力争在“十三五”期间，健全戏曲艺术保护传承工作体系、学校教育与戏曲艺术表演团体传习相结合的人才培养体系，完善戏曲艺术表演团体体制机制、戏曲工作者扎根基层潜心事业的保障激励机制，大幅提升戏曲艺术服务群众的综合能力和水平，培育有利于戏曲“活”起来、传下去、出精品、出名家的良好环境，形成全社会重视戏曲、关心支持戏曲艺术发展的生动局面。2015年10月3日，中共中央办公厅印发了《关于繁荣发展社会主义文艺的意见》，明确提出实施地方戏曲振兴计划，做好京剧“像音像”工作，挖掘整理优秀传统剧目，推进数字化保存和传播；推进基层国有文艺院团排练演出场所建设，政府采购戏曲项目，提供公共文化服务；推进戏曲进校园，扶持中华文化基因校园传承工作，建设一批中华优秀传统文化教育基地。2017年1月，中共中央办公厅和国务院办公厅印发了《关于实施中华优秀传统文化传承发展的意见》，明确指出丰富拓展校园文化，推进戏曲、书法、高雅艺术、传统体育等进校园，实施中华经典诵读工程，开设中华文化公开课，抓好传统文化教育成果展示活动。实施戏曲振兴工程，做好戏曲“像音像”工作，挖掘整理优秀传统剧目，推进数字化保存和传播。2017年4月28日，中宣部、文化部、财政部联合印发了《关于戏曲进乡村的实施方案》，要坚持以人民为中心，以社会主义核心价值观为引领，着眼于保障农民的基本文化权益，以县为基本单位，组织各级各类戏曲演出团体深入农村基层，为农民提供戏曲等多种形式的文艺演出，促进戏曲艺术在农村地区的传播普及和传承发展，促进文化资源向基层倾斜，增强广大农民群众对公共文化服务的获得感。2017年5月，中共中央办公厅和国务院办公厅印发的《“十三五”文化发展改革规划纲要》中特别强调传统戏曲振兴工程。2017年6月1日，中宣部、文化部、教育部、财政部印发《关于新形势下加强戏曲教育工作的意见》，要求戏曲教育工作必须认真贯彻党的十八大和十八届三中、四中、五中、六中全会精神，坚持以邓小平理论、“三个代表”重要思想、科学发展观为指导，深入学习贯彻习近平总书记重要讲话精神和治国理政新理念新思想新战略，坚持以社会主义核心价值观为引领，牢牢把握社会主义先进文化前进方向，以培养德艺双馨的戏曲专业人才为目标，注重职业道德与职业精神培育，力争在“十三五”期间，基本建立主要剧种与院校戏曲专业相对应、戏曲人才需求和戏曲教育培养相平衡、职前教育和职后教育相衔接、学校教育与戏曲艺术表演团体传习相结合的戏曲人才培养体系，健全戏曲专业优秀后备人才早期发现、选拔和培养机制及戏曲教育质量评估督查制度，统筹艺术院校戏曲专业教学和展示活动，着力支持基层戏曲院团发展，加强地方戏人才培养，推动形成符合戏曲艺术人才培育规律、适应戏曲行业发展需要的戏曲教育新模式，为戏曲传承发展提供有力的人才支撑。2017年8月3日，中宣部、教育部、财政部、文化部四部委印发了《关于戏曲进校园的实施意见》，要求全面落实党的教育方针，以立德树人为根本任务，坚守中华文化立场、传承中华文化基因，加强戏曲通识普及教育，增进学生对戏曲艺术的了解和体验，引领学生树立正确的审美观念、陶冶高尚的道德情操、培育深厚的民族情感，促进学生全面发展，营造戏曲传承发展的良好环境。2018年、2022年文旅部相继举办了第三届、第四届全国“梨花杯”青少年戏曲教育教学展示活动，这是文旅部在贯彻党中央部署要求引领戏曲传承与发展的具体举措。2020年10月23日，习近平总书记给中国戏曲学院师生重要回信中特别指出“戏曲是中华文化的瑰宝，繁荣发展戏曲事业关键在人”，这句话既明确了戏曲在中华文化中的地位，也指出了戏曲发展的关键所在。因此，这句话是文艺界、戏曲界和戏曲教育的根本遵循。

全国各省市贯彻中央的政策要求，把戏曲人才培养和戏曲院团的改革列在重要的位置，北京、天津、上海、吉林、湖北、湖南、广东、广西、山东、山西、四川、浙江等地相继出台了相关文件。另外，国家也举办了系列活动引导戏曲的传承与发展，如每年由中宣部、文旅部主办的新年戏曲晚会，是年度展示全国戏曲传承创新成果最重要的平台，晚会的名称原为“新年京剧晚会”，习近平总书记亲自调整命名，他希望这个重要晚会能够通过在首都国家大剧院舞台演出，展现出戏曲百花园的百花齐放，守正创新，创造性转化、创新性发展，把戏曲经典和新创成果都能展示出来。除此之外，中宣部还主办戏曲“像音像”工程和京剧电影工程，中国剧协举办少儿戏曲小“梅花奖”；第十三届中国艺术节有15部作品获得文化大奖，其中近一半获奖作品均是戏曲作品，体现出国家对戏曲艺术的高度重视。

## 二、教育探索：文化自信中的戏曲人才培养新模式

首先，新中国成立以来，戏曲教育领域做了70多年的不懈探索。1949年10月新中国刚刚建立，1950年1月就成立了中央人民政府文化部戏曲改进局戏曲实验学校（中国戏曲学校、中国戏曲学院前身），由国歌作者田汉同志担任首任校长。70多年来戏曲教育不断探索，在新中国的文艺政策和教育方针指导下，从中专教育发展到本科教育，再到研究生教育。新时代的发展对戏曲人才和院团用人提出了新要求，全国戏曲教育都在原有基础上进行新的尝试，如上海戏剧学院在2018年、2021年分别招收两届中本贯通的京剧表演专业实验班，探索贯通式戏曲人才培养新模式；2019年山东艺术学院和烟台艺术学校也在开始探索贯通式戏曲人才培养新模式。

其次，戏曲教育不断探索产教联合和校企合作的新模式。中国戏曲学院和兄弟戏曲院校在多剧种人才和订单式培养方面作了很多探索，中国戏曲教育联盟发挥行业院校抱团取暖到抱团发展的重要组织作用，师资共享，互通有无；长三角戏曲产教联盟是从行业到区域人才培养模式探索的代表，成果非常显著，值得其他院校学习；一些戏曲院校还探索与报业集团合作培养戏曲人才；浙江艺术职业学院、山西艺术职业学院在“现代学徒制”等方面都有很重要的探索成果，得到了用人单位的称赞；中国戏曲学院按照北京市教委要求首次尝试戏曲学分制，把教学实践与课堂授课有机结合，把学生的社会实践和自我选课贯穿在学分制当

中，发挥学生学习的自觉性；山东菏泽艺术院校采取戏曲、音乐、舞蹈混合培养人才模式，这是一个新型的按照市场要求的培养人才模式，以戏为主，一专多能，能适应一些院团的复合型人才需要。

另外，各个戏曲院校在戏曲进校园等方面发挥优势，在新时代美育教育中发挥了重要作用，涵养了戏曲生源，培育了戏曲观众。十年来，很多国家级的戏曲人才展演、省部级比赛、戏曲院校比赛、票友比赛等活动不断涌现，这都是新时代戏曲教育人才成果展示的新探索。

## 三、文化战略：构建戏曲教育新格局

1. 增强文化自信，以戏曲讲好中国故事

党的二十大报告提出推进文化自信自强，铸就社会主义文化新辉煌，彰显了高度的文化自觉和坚定的文化自信，强烈的文化担当和深沉的文化情怀，给新时代新征程做好文化工作提出了根本遵循。习近平总书记指出要坚持中国特色社会主义文化发展道路，要繁荣发展文化事业和文化产业，坚持以人民为中心的创作导向，推出更多增强人民精神力量的优秀作品，还要提升文化软实力和中华文化影响力。而要达到这些目标，必须通过优秀人才群来实现，戏曲院校是培养戏曲人才的重要基地，必须加大培养行业拔尖创新人才力度，满足文化强国战略的需要。党的二十大报告提出实施重大文化产业项目带动战略，这是发展文化事业和文化产业的机遇和契机，戏曲教育也应借船出海、借梯登高。习近平总书记指出“戏曲是中华文化的瑰宝。繁荣发展戏曲事业关键在人”，戏曲具有中国特色的文化载体，戏曲教育应该抓住机遇，以坚守中华文化立场为根基，用戏曲讲好中国故事，传播好中国声音。

2. 立足新版学科目录，构建高质量戏曲教育体系

戏曲教育要抓住国务院学位委员会和教育部颁发的学科专业目录的机遇，以建设戏曲一级学科为契机，树立高质量发展理念，构建戏曲教育新发展格局和高质量戏曲教育体系，全面提高戏曲人才培养质量，着力造就戏曲拔尖人才，增强戏曲自信和审美自信。戏曲一级学科的首次确立，是国家增强文化自信的具体举措，要建构戏曲学科体系、戏曲理论体系和戏曲评价体系，同时，要注意戏曲教育的守正创新，坚守和提升戏曲人才培养规律，以高质量发展理念创新戏曲教育模式。

3. 建立戏曲教育行业标准，共探戏曲教育新形式

戏曲教育需要按照高质量发展理念尽快建立行业标准，包括课程标准、教学标准、教材标准、质量标准、评价标准等等，戏曲教育任重道远，需要不断地探索。新征程上戏曲教育将更加呈现多元化，发展戏曲教育要紧扣用人单位需求，开门办学，立足传统戏曲专业，开办新型专业，满足社会市场的不同需要。戏曲剧种百花园要想百花齐放、可持续发展，人才是不可或缺的重要支撑。戏曲教育要和地方政府、戏曲院团紧密结合，根据多剧种人才需求进行有针对性的人才培养。同时，拓宽戏曲多层次教育路径，包括职业教育、高等教育、学历教育和非学历教育等。此外，戏曲教育还要探索多形式的学习方法，包括线上线下结合、

现代学徒制、产教融合、校企合作等。戏曲人才培养重在质量，要把团校合作、校企合作用好，主动搭建全国戏曲师资库，通过高质量培训加强戏曲师资的专业化、规范化教学能力。要关注戏曲教育在全媒体环境下的传播与弘扬，全媒体时代戏曲传播需要各方共同努力，媒体人和戏曲人要多样化地创新戏曲传播方式，挖掘利用新媒体如抖音、快手、小红书等平台传播戏曲内容，为戏曲人才培养、戏曲知识普及助力。用戏曲讲好中国故事，传播好中国声音，充分挖掘戏曲的文化特质，以合乎戏曲艺术本体的新形式向国内外传播，这是当代戏曲人的责任与使命。

戏曲是富有中华文化特色的艺术载体，戏曲教育是戏曲传承发展的重要基础，为党育人、为国育才，培养戏曲拔尖创新人才，办好人民满意的戏曲教育，培养德智体美劳全面发展的戏曲接班人和建设者是文化强国不可或缺的重要人才支撑。

载于《吉林艺术学院学报》2022年第6期

# 孙媛媛

中央音乐学院声乐歌剧系副主任、教授，中央音乐学院首批教师党支部“双带头人”。

中宣部“文艺评价体系研究”课题舞台艺术组组长、首席专家，国家艺术基金“歌剧人才培养”项目负责人，“全国文艺队伍和人才培养”专题报告特聘专家，中国文联部级课题“新时代中国声乐拔尖人才培养研究”课题负责人，教育部“十四五”规划中职教材音乐课程主编。曾在CSSCI期刊发表文章多篇，其中《中西声乐艺术的融通与回归》获得中国文艺评论年度推优“啄木鸟杯”。担任首届黄河音乐节艺术总监、评委会主席。主演过多部歌剧，录制意大利语、德语、法语等多语种艺术歌曲专辑和中国作品声乐专辑。出版《法国艺术歌曲系列丛书》共八册。

# 从国际大赛看新时代中国声乐艺术拔尖人才的自主培养

孙媛媛

党的二十大报告中明确强调，要“加快建设教育强国、科技强国、人才强国”，“全面提高人才自主培养质量，着力造就拔尖创新人才”，“着力形成人才国际竞争的比较优势。加快建设国家战略人才力量，努力培养造就更多大师……高技能人才”。[①]声乐艺术作为具有高度专业要求、广泛群众基础和国际影响力的文艺形式，其拔尖人才的培养具有重要的文化战略和人才战略价值，对提高全社会的艺术审美素养、增强文化自信自强、铸就社会主义文化新辉煌具有显著的引领示范作用。

随着中华民族伟大复兴进程的推进，中国逐渐打通了与世界其他国家文化艺术交流的渠道，为我国声乐艺术人才的发展提供了更加广阔的视野和舞台。特别是改革开放以来，我国为数众多的青年歌唱家通过参与国际重大声乐赛事脱颖而出，跻身世界知名歌唱家行列，并在国际音乐艺术舞台上大放光彩。参加国内外重大声乐赛事已经成为我国青年歌唱家登上国际舞台、获得业界认可、扩大社会影响的重要方式之一，也是优化我国声乐艺术拔尖人才培养机制的重要参考和借鉴。本文拟对国内外重大声乐赛事进行较为全面深入的研究，以期对我国新时代新征程声乐艺术

① 习近平：《高举中国特色社会主义伟大旗帜 为全面建设社会主义现代化国家而团结奋斗——在中国共产党第二十次全国代表大会上的报告》，人民出版社，2022，第33、34、36页。

拔尖人才的培养有所裨益。

## 一、知名国际声乐赛事的设立和中国选手的表现

柴可夫斯基国际音乐比赛、BBC卡迪夫世界声乐大赛、法国图卢兹国际声乐大赛、芬兰赫尔辛基国际声乐比赛、德国“新声音”国际声乐比赛和中国哈尔滨音乐比赛等知名音乐赛事因历史悠久、评审权威、风格鲜明而得到世界业内人士的公认。国际上一些知名音乐节也设有比赛环节，比如萨尔斯堡国际音乐节、北京国际音乐节、英国爱丁堡国际音乐节、英国巴斯国际音乐节、BBC逍遥音乐节、德国拜鲁伊特音乐节、美国“中央公园”音乐节、瑞士琉森音乐节等。目前国际声乐比赛众多，大都隶属“国际音乐赛事联盟”。这些比赛很多以著名作曲家或歌唱家、国家或城市命名，也有以重要人物或歌剧作品人物名字来命名的。从设立的主要目的看，世界各地各类声乐比赛、音乐艺术节大体包括以下几类：1.纪念著名艺术家，例如亨德尔国际声乐比赛、威尔第国际声乐比赛、普契尼国际声乐比赛、柴可夫斯基国际音乐比赛、米利亚姆·海林国际声乐比赛、多明戈国际声乐比赛等。2.政府扶持艺术发展。这类比赛既是有关民族国家的文化名片，同时为本国音乐人才提供交流学习的机会，例如中国国际声乐比赛、中国哈尔滨音乐比赛、韩国首尔音乐大赛、波兰莫纽什科国际声乐比赛、日本东京国际声乐比赛、滨松国际音乐大赛等。3.以慈善方式支持音乐艺术发展。随着古典音乐的日臻成熟，举办与古典音乐赛事相关的

慈善活动在西方社会逐渐形成传统。一些具有专业水准的“有资”乐迷或以自己的名字或以所在城市名字成立基金会、创立音乐比赛，通过慈善方式把有关经费转化为扶持年轻音乐家发展的社会资金，例如比利时伊丽莎白女王音乐比赛、西班牙桑坦德国际钢琴大赛、英国利兹国际钢琴大赛等。

在一些世界声乐界公认的重大国际声乐赛事中，我国声乐艺术家积极参与、表现亮眼，在某种程度上成为国内声乐艺术发展的风向标，为国家发现和培养高端声乐艺术人才提供了很好的参考路径。创立于1958年的柴可夫斯基国际音乐比赛，每四年举办一届，是世界知名的古典音乐大赛，被誉为古典音乐界的“奥林匹克”，和肖邦音乐大赛、伊丽莎白女王音乐比赛并称为世界最权威的顶级三大古典音乐赛事，比赛设有钢琴、小提琴、大提琴、声乐四项，在全世界声望极高，是各国音乐家展示才华的最高平台之一。在首届比赛中，当时有三十几名在世界其他比赛中获得冠军的钢琴选手参赛，最终获得第一名的是美国选手范·克莱本，中国钢琴选手刘诗昆获得第二名。之后，我国著名男中音歌唱家袁晨野在1994年获得该赛事声乐比赛金奖，著名女高音歌唱家吴碧霞在2002年获得该赛事的第二名，青年歌唱家王传越2015年获得此赛事银奖。创立于1983年的BBC卡迪夫世界声乐大赛每两年举办一届，因大赛奖、观众评审奖和艺术歌曲奖三个奖项都“只设第一，没有第二”的鲜明主张，实行严格的淘汰制，所以奖项的含金量很高，且赛事十分注重比赛的宣传推广，比赛的音乐会都是在著名音乐厅里公开进行，BBC电视台和电台同步向全世界作实况转播，是目前世界上水平最高的声乐比赛之一。

1997年中国选手杨光（女中音）获得此项大赛金奖，2007年中国选手沈洋（男低音）作为当时最年轻的参赛者获得大赛金奖，2019年中国选手雷明杰（男高音）获得该赛事艺术歌曲金奖。由芬兰文化基金会创立于1984年的芬兰赫尔辛基国际声乐比赛每五年举办一届，以曲目要求广泛而闻名世界，是世界上最著名的声乐比赛之一。1984年，我国著名女中音歌唱家梁宁获该赛事女声组第一名，著名女高音歌唱家迪里拜尔获女声组第二名；1994年，我国著名男中音歌唱家袁晨野获男声组第一名。在法国，三大声乐比赛（包括法国巴黎国际声乐比赛和马尔芒德国际声乐比赛）中法国图卢兹国际声乐大赛历史最为悠久，其创设于1954年，分男女组别进行，每两年一届，在20世纪七八十年代，来自苏联、美国、罗马尼亚等国的大量其他声乐赛事获奖者都参加了该比赛。我国著名男中音歌唱家廖昌永、男中音歌唱家刘嵩虎、女高音歌唱家宋元明分别于1996年、2006年、2010年在该项比赛中获得各组别金奖。因著名音乐指挥家赫伯特·冯·卡拉扬呼吁而为歌剧领域年轻歌手设立的德国“新声音”国际声乐比赛创立于1987年，其宗旨是为了发现和扶持歌剧界的后起之秀，备受世界歌剧界青睐。1997年中国歌唱家（男低音）李晓良在该赛事中获奖，2003年刘嵩虎获得该赛事第三名，2011年夏侯金旭（男高音）获得该赛事第三名，2017年雷明杰获得该赛事第三名，2019年张龙（男高音）获得该赛事第一名。

由挪威国家歌剧院和芭蕾舞团、奥斯陆爱乐乐团、挪威音乐学院、挪威广播公司（NRK）、林德曼基金会和挪威音乐协会等联合发起的挪威宋雅皇后国际声乐比赛设立于1988年，其直接目的是在挪威创造一个国际音乐舞台，可以更多地展示挪威年轻音乐家的风采，让他们有机会得到国际高水平同行的检阅，并吸引更多国际知名音乐家关注挪威古典音乐界，很快获得国际同行认可并发展成国际声乐界最重要的赛事之一。1997年，我国著名男中音歌唱家廖昌永获得该赛事金奖。

以上几个声乐赛事在赛制上有一些共同点：一是比赛对选手的年龄要求大多在18至33岁之间，个别赛事年龄要求为19至30岁。二是各赛事对参赛选手的人数都没有要求，但对进入决赛的人数有要求。如，柴可夫斯基国际声乐比赛男女各选30人进入决赛，卡迪夫世界声乐大赛25人可进入决赛，挪威宋雅皇后国际声乐比赛选出50人进入决赛。三是评委组成专业而多元。这些国际声乐大赛的评委大多是具有丰富舞台经验的歌唱家和知名高等学府的资深声乐教授，也有具有较大社会影响力的指挥家、权威乐评人、剧院音乐总监以及专业的演艺经纪人等。

## 二、重大国际声乐赛事重点考察的几种能力

重大国际声乐赛事的权威性根本在于其对参赛者的考察是全面而专业的。赛事无论是对表演者在音乐技术水平、文化知识修养、艺术理解力、舞台驾驭能力，还是对表演者的整体艺术表现力、心理把控能力，都有严格的标准和要求，集中体现在艺术歌唱的基本功力、比赛作品的诠释能力、舞台表演的合作能力、比赛心理的把控能力等四个方面。

### （一）艺术歌唱的基本功力

从各大赛事安排看，虽然东西方在声乐艺术与审美的评价标准上因文化不同而存在差异，但是在歌唱的基本功要求方面还是比较一致的。歌唱的基本功标准一般由音质、音色、音域、音准、音量、共鸣、气息、发声、吐字和乐感来构成，所呈现出来的声响效果主要表现为通、实、圆、亮、纯、松、活、柔等。歌唱艺术或者说艺术歌唱，需要歌者循序渐进地掌握歌唱规律，从表达思想情感出发，运用歌唱技巧进行艺术表达，从而形成立体可感的音乐情感和音乐形象。各大声乐赛事都要求选手把握歌唱艺术的整体性，其实质是技术与艺术的统一，是人的心理、生理、性格、领悟力、文化素质等综合因素高度的“化学反应”。这就需要参赛者把发声技巧的灵活运用、歌唱语言的准确表达、思想情感的自然抒发和优美动听的音乐旋律融为一体，形成演唱者独特的舞台艺术气质。从严格的意义上讲，歌唱艺术没有绝对的标准，每个赛事评委的审美也千差万别，但是他们有一个共同的基准线，即独特的音乐技术标准，最根本的就是作曲家写出的乐谱。参赛者要通过作曲家的旋律音符，运用自身的文化素质与艺术创造力进入音符世界里去理解音乐作品。这就要求歌唱家的演唱需要锤炼歌唱技巧，包括在建立良好的呼吸能力的基础上，把准作品的音乐内容、艺术风格、速度、乐句、段落、作品的高潮等后以字行腔，同时还要通过阅读和思考不断提高自己的音乐理解力和艺术想象力，加以充分的舞台艺术创造，以便充分地诠释词曲作家所要表现的思想情感和音乐色彩。所以，对于歌唱者而言，除了具有读懂音符、理解歌词的基本能力外，还要有超越音符本身、读“无字之书”的能力，如此才能更好地在舞台上呈现音乐所要表达的内容和情感。这些歌唱艺术的基本功需要在平时训练时，熟练牢固掌握歌唱艺术自身的规律、原则和科学性。

### （二）比赛作品的诠释能力

对作品的诠释能力是各大声乐赛事考察的核心能力之一，它是参赛者的综合音乐素养和舞台能力的集中体现。几乎所有的声乐赛事都有指定作曲家或者指定曲目的表演要求。这就需要参赛选手在认真领会原作风格的基础上进行个性化的艺术表演创造。其实，每位表演者对乐曲都有自己的思考和理解，但一个优秀音乐表演者首先必须尊重原词作家、作曲家的创作意图、作品构思和艺术风格，然后通过深入的学习研究，用自己的艺术理解、声乐技术和思想情感来表现原作的艺术追求。作品分析和舞台表演的结合是比赛的一大难点，它不仅要求参赛者对作品有专业理性的音乐分析，更需要参赛者在舞台上有清醒的头脑，用充沛的表演热情和全神贯注的舞台投入，恰如其分地通过演唱艺术传递创作者和自己的情感与思想。参赛的每次舞台表演都是一次全新的艺术创造，都是一次“现场直播”，不能重来，表演者既要赋予表演以个性化的艺术想象，又要在规定的情境下调动感情和音乐灵感，让作品在舞台表演中充满创造力和艺术活力。在作品表现中充分展示表演者的艺术风格和演唱个性也是比赛中的一大难点。每位表演者的舞台呈现都是一次艺术的再创作，在把握住声乐作品词与曲之间的精准度的基础上，还必须利用音色、行腔、韵味、感情等声音技巧表现出个人的舞台表演气质，在个性化的表演中完成作品词曲音乐律动的奇妙融合。

### （三）舞台表演的合作能力

能与世界各地不同的钢琴家、乐队、指挥良好合作，是一位成熟演唱者的必修课。重大的声乐赛事对此的考察也是十分直观的。国际重大声乐比赛的最后一轮通常由乐队伴奏。它既体现了音乐的完整性，又验证了参赛选手的综合舞台素质。在舞台上能遇到一位知识渊博且有丰富艺术经验的钢琴伴奏或指挥对于表演者艺术审美的呈现、音乐表演的自如驾驭和综合舞台创造能力的激发极其重要。钢琴伴奏是声乐作品舞台呈现的重要组成部分之一，对演唱者在舞台上的表现效果有直接影响。一个优秀的钢琴伴奏会对作品不同声部的专业歌唱技巧、不同歌唱语言的发音特点以及对不同作曲家的音乐风格和曲目量都有较为充分的了解。通常长期合作的乐队指挥对于所有表演者都具有绝对权威性，他（她）对每一个乐器的最佳音色、演奏演唱者的表演能力极限都十分了解。很多指挥家自己就是钢琴家，有的甚至在成为指挥家之前就会演奏多种乐器，如著名男高音歌唱家多明戈同时也是一名指挥家。指挥家往往也是极具艺术个性的。他们不仅要具备广博的知识，还要有能在各种乐器交织的宏大音响中听出细微变化的灵敏双耳。同时，他们通过作曲家的阅历、思想、历史背景等诸多音乐线索，从总谱的速度、强弱对比、风格和音乐节奏律动中充分展现自己对作品的理解，形成自己的指挥风格和气质。有些指挥家的艺术标准极高，无论是歌唱者还是演奏者即使倾尽所有才能，有时也会因指挥家对作品细节和整体架构的严谨要求而调整改变。赛事中的乐队指挥或钢琴伴奏往往和参赛选手是初次合作，他们之间在很短的时间内要磨合至最终完美呈现，这是对指挥、钢琴伴奏，同样是对参赛选手丰富舞台经验的灵活应对考验。对参赛选手而言，对比赛伴奏、乐队和指挥的艺术标准的了解是良好合作的基础和前提。参赛选手要对赛事合作的乐团、指挥风格有充分了解，以便更好地熟悉和彼此适应。在国际声乐赛事中取得优秀成绩的选手都有一个共同的体会，那就是比赛开始前，比赛选手与伴奏者或指挥必须对作品的艺术规格、音乐的间奏和节拍、音乐情感的抑扬顿挫、作品的音乐理解和艺术处理的细腻严谨度，以及歌唱者的表演习惯和舞台艺术塑造能力达成高度共识，表演者才能够在舞台现场通过伴奏或指挥的动作幅度、眼神甚至呼吸感等身体语言形成与指挥、乐队的默契配合，最终顺利完成比赛演出。

### （四）比赛心理的把控能力

重大国际声乐赛事在考验选手专业能力的同时，也在考验参赛者的心理素质。声乐比赛本质上是一个“高燃”的创造性劳动过程，是表演者基于专业能力基础上的感知、思维、情绪、记忆、意志等因素综合而成的心理状态呈现。舞台歌唱的整个过程离不开表演者对心理感受、心理体验、心理适应和心理表现等因素的动态把控。演唱者的“乐器”（即身体）的外在表现状态也正是这些内在心理沉淀的艺术发挥。声乐里常说的“以声传情”“以情带声”来达到“声情并茂”,“声”指的就是身体乐器的生理表现，而“情”指的就是心理的情感表现。对艺术歌唱来说，没有情感的依托与抒发，声也不可能有灵魂和生命力。成熟的比赛选手不仅具有精湛的演唱技巧、真挚的情感表现，同时也要有丰富的舞台经验和较好的心理抗压能力。比赛结果显示，心理素质的好坏往往与表演者的性格密切相关。性格内向又敏感的演唱者大多比较羞涩，在舞台上不够自信、不敢充分地展现自己，大多在比赛中发挥不出应有的专业水平。外向型表演者往往活泼不拘谨，善于表现自己，有表演欲而毫无怯场之感，在舞台尤其与其他演员有对手戏时会特别抢眼，这类演唱者在比赛中经常能够超常发挥。此外，歌唱心理中“度的标准”差异对歌者的舞台表现力影响较大。参赛者在平时的训练中注重建立歌唱自信和表演自信对于比赛心理素质培养至关重要，需要有意识平衡自己的内力（扎实的专业技术和深厚的文化艺术积淀）和外力（不同形式的舞台经验和对表演者的艺术认可度），逐渐形成内外兼修、比较稳定的舞台心理状态。

不少重大国际声乐赛事的参赛者表示，在音乐比赛中，演唱选手较器乐演奏选手对时差和比赛环境更加敏感、更容易紧张，强大的心理素质、良好的歌唱情绪管理需要通过丰富的舞台实践去历练，在舞台训练中不断提升自己的舞台自信，才能自如去面对各种赛事舞台的竞技和考验，真正达到“胆大人艺高，艺高人胆大”的良性循环。正如我国著名女高音歌唱家迪里拜尔在接受笔者访谈时，回忆起多年前参加国际比赛和这些年在国外的艺术生涯时谈到的那样：“作为一名参赛选手一定要有一颗纯粹之心，在台上没有那么多的私心杂念，即使不可回避内心的紧张，也要集中精力在力所能及的范围去努力。同时在比赛中不要去想是否能得奖，不要有那么多的利益和心理压力，学生就是要单纯从学习角度出发，心中崇尚音乐，满怀对艺术的敬畏之心，原封不动地把所要求的内容表达出来，切莫急功近利。同时作为音乐家，要学会做人，因为你是诠释人类情感的工程师。”①

## 三、从曲目选择看国内外重大声乐赛事的特点

重大国际声乐比赛的权威性和专业度最直接体现在参赛曲目的选择上。它们多以曲目的创作时期（古典、浪漫、近现代、当代）、艺术风格（作品风格、作曲家风格、本民族音乐风格、时代风格等）、语言种类以及整体时长等要件组成。通常专业的国际声乐赛事都要求参赛选手准备一套三轮的比赛曲目（个别比赛因设立艺术歌曲和歌剧分类比赛，便于选手选择，会多设置一个比赛环节），并公示评委阵容，公示期大多在半年至十个月之间。

重大国际声乐赛事在曲目选择上除了适当注重本国本民族的特色外，大多具有世界眼光和国际视野，主要体现在三个方面：

一是曲目选择具有较大的包容性。在柴可夫斯基国际音乐比赛三轮角逐中，除了有一首柴可夫斯基的作品外，其他曲目都是世界知名作曲家的作品。芬兰赫尔辛基国际声乐比赛曲目选择除了要求参赛者在半决赛时演唱一首芬兰作曲家曲目外，其他曲目均没有国别或者民族的规定。日本静冈国际歌剧比赛除了对曲目类别和语言有明确规定外，对曲目作曲家的国别、民族等没有任

① 迪里拜尔接受采访的时间和地点为2022年10月15日于北京。

何特殊要求。中国音乐金钟奖声乐比赛美声组除了要求选手唱一首中国曲目外，其他绝大部分曲目没有国别和民族的要求。

二是曲目选择视野具有国际性。柴可夫斯基国际音乐比赛中除了歌曲和咏叹调的曲目类型规定外，指定的五十多名作曲家、作品分布十分广泛，对参赛者的歌唱能力、曲目积累的广度和不同风格作品的驾驭度都有较高要求，比赛的难度和强度都很大。日本静冈国际歌剧比赛除了规定选曲数量外，要求比赛演唱必须是钢琴或者乐队现场伴奏，所有参赛曲目必须用原文原调演唱。中国音乐金钟奖声乐比赛美声组决赛的曲目要求除了自选一首中国歌剧咏叹调或21世纪以来创作的中国作品外，还要自选一首外国歌剧咏叹调或外国艺术歌曲，要求必须用不同语言的原文演唱。

三是曲目选择注重歌唱语言的纯正性。柴可夫斯基国际音乐比赛除了柴可夫斯基的作品要求俄语演唱外，其他指定的音乐家作品无论是巴赫、莫扎特等作曲家的歌剧、康塔塔或者清唱剧中的咏叹调，还是舒伯特、贝多芬等指定作曲家的浪漫曲或者歌曲，都必须用原文演唱，不接受翻译版本。芬兰赫尔辛基国际声乐比赛要求作品选择必须包含至少三种语言，且不得重复，参赛者必须使用原文原调演唱，但芬兰作曲家作品可以演唱翻译版本。日本静冈国际歌剧比赛则要求咏叹调和自选角色必须至少包含两种不同语言，不接受清唱剧和音乐会咏叹调，选取的曲目必须提供作曲家、歌剧、咏叹调、角色名称和第一句歌词，并提供原文，同时注明音调和演唱时间，曲目提交后不得更改。中国音乐金钟奖声乐比赛美声组也明确规定，演唱外国古典作品（贝多芬及其以前的作曲家所创作的歌剧选段，包括清唱剧、康塔塔、弥撒、圣咏等）或外国艺术歌曲，必须用不同语言的原文演唱。

可见，各大国际声乐比赛曲目设置选择范围都比较广泛，对曲目选择十分包容和明确，对参赛者在作品内容、文化理解和风格把握上的准确性提出了很高要求。中国音乐金钟奖声乐比赛是国内最具权威性的专业赛事，其在资格要求、规格标准、作品风格、曲目选择等方面的追求丝毫不亚于其他国际重要声乐比赛。从金钟奖声乐比赛曲目的要求看，比赛不仅注重考察选手的综合演唱能力，还十分重视对中华优秀传统文化的弘扬和传承。如果要进一步扩大中国音乐金钟奖声乐比赛在国际同行中的影响力，除了在曲目选择范围上可以更加广泛外，在唱法分类和赛制设置上亦可增强兼容性，以增强参赛选手的国际竞争意识和能力，为国家拔尖声乐人才的培养提供难得的平台。

我国著名男中音歌唱家袁晨野曾获柴可夫斯基国际音乐比赛等国际顶级声乐赛事金奖。在接受笔者访谈时，袁晨野从自己参赛、国内外的演出活动以及担任柴可夫斯基国际音乐比赛和中国音乐金钟奖等多个比赛评委的角度，谈了比赛曲目设置对选手综合实力的考量。他认为："国内外重大声乐比赛尤其是令人瞩目的国际音乐大赛都是精英的较量，其评委都是领域内公认的权威。参赛曲目的选择能够反映选手的审美观、曲目理解和艺术表现能力。选手一定要从作曲家的视角去理解作品，因为作曲家在创作作品时是有感而发的，他并没有想着自己的作品是为了未来某某比赛而作。同时选手要对自己的演唱类型非常清楚，比如在国际上男高音分六种类型、女中音分六种类型等常识问题。虽然在中国我们没分那么多类型，但是在实际艺术实践中，仍然能从共性中找到比较清晰的区分。这种区分最大的好处就是能让选手在演唱的科学性、客观性和音乐审美、语言表达、曲目积累、舞台表现等方面把握得更加精准自如。”[①]

可见，从曲目选择来看，国内外重大音乐赛事对参赛选手的要求和标准都很高，选手必须在做好充分准备的基础上，把握住赛事的特点和要求，进行有意识的针对性训练，方可在比赛中取得优异成绩：第一是对艺术风格的把握，不同时期的音乐风格特点与作曲家的艺术审美理念以及人生经历密不可分。第二是对文化的理解力，这其中包括对语言的精准掌握、对作品艺术背景的掌握、对人文的深解和文化的了解。对作品是充分理解还是只凭热情去诠释，这其中差异甚大。第三是选手对作品的打磨程度是否精细严谨。俗话说，“台上一分钟，台下十年功”，台上的游刃有余是台下无数次的反复训练、反复思考、反复论证的结果。 比赛是竞技，不能有丝毫纰漏，每轮选手晋级都是有人数要求的，点滴不足都可能给评审不通过的理由。第四是音乐对选手（舞台表演者）而言是不是最真诚的。真诚就是用音乐打动评审、感动观众（很多大赛设最佳观众奖）。评委既是评审同时也是观众，表演者只有通过音乐展现自我、展现内心真实的感受，才能让观众感受得到，假使这样仍没有打动评审那另当别论。

## 四、优化新时代声乐艺术拔尖人才自主培养机制

习近平总书记强调，“我们社会主义文艺要繁荣发展起来，

① 袁晨野接受采访的时间和地点为2021年10月22日于成都。

必须认真学习借鉴世界各国人民创造的优秀文艺。只有坚持洋为中用、开拓创新，做到中西合璧、融会贯通，我国文艺才能更好发展繁荣起来”[①]。“拔尖人才计划”是教育部、中组部、财政部为回应“钱学森之问”，主要针对科技领域于2009年开始实施的一项基础学科拔尖创新人才培养试验计划，旨在培养相关基础学科领域的国际领军人才，并逐步跻身国际一流科学家队伍。这种人才培养理念在一定程度上也适合包括艺术在内的人文社会科学领域。从声乐艺术领域来说，重大国际赛事的目的指向性非常明确，就是通过比赛选拔世界各国的声乐艺术拔尖人才，为世界声乐艺术殿堂源源不断地发现和培养顶尖人才，推进人类艺术的进步和发展。在国内有专业影响力的声乐赛事主要有中国音乐金钟奖、中国戏剧梅花奖和全国青年歌手电视大奖赛等。

具体到声乐拔尖人才培养上，我们既要立足中华文化立场、自信自强，坚持和发展具有中国特色的社会主义文化艺术；又要遵循人类艺术发展规律和人才成长规律，秉持国际眼光，对标国际声乐艺术发展前沿，自主培养更多具有国际视野和对话交流能力的优秀人才。笔者认为应重点从以下几个方面完善我国声乐艺术拔尖人才的培养机制。

一是夯实基础研究，形成中西合璧、融会贯通的中国声乐艺术理论体系。自西洋美声唱法传入中国以来，民族唱法和美声唱法经过很长时间的相互认同过程，集中体现在中西唱法论争（“土洋之争”）上，本质上还是中西声乐理论体系的问题。唱法论争让声乐理论界就声乐艺术的本质、歌唱方法的科学性、民族唱法的风格样式、歌唱艺术的审美标准以及中高等声乐艺术专

① 习近平：《在文艺工作座谈会上的讲话》，人民出版社，2015，第26页。

业的学科建制等进行了长时间、大范围的深入讨论，对我国声乐基础理论建设起到了极其重要的推动作用，“食洋不化”“故步自封”的现象得到根本扭转，特别是在改革开放后，中西声乐艺术理论互鉴融合的局面得以最终形成。今后，推进我国声乐艺术拔尖人才的培养，还需要巩固这个良好局面，并从教育强国、文化强国的战略高度，以开放的胸襟、国际的视野、科学的方法，进一步强化声乐艺术理论体系基础研究，在中国式现代化的历史演进中，推进我国声乐艺术理论中国化时代化，逐步建立起“中西合璧、融会贯通”的声乐艺术体系。

二是优化教材编撰，建设具有新时代特征的现代声乐艺术学科体系。教材是艺术教育教学的关键要素、立德树人的基本载体。我国已经进入加快建设教育强国、科技强国、人才强国的重要历史时期，优化教材编撰和学科体系建设是全面提高人才培养质量、造就拔尖创新人才的核心基础建设。声乐艺术是由多种学科共同组成的一门综合性学科，有着自身独特的体系结构。所以，就声乐艺术拔尖人才教材编撰而言，既要抓基础，又要拔高度；既要充分体现党和国家的意志，坚定文化自信，贯彻习近平新时代中国特色社会主义思想，又要用中国声乐艺术理论解读中国声乐艺术实践，形成中国特色声乐艺术的话语体系、教材体系、学科体系。所以，在实际工作中我们要坚持统筹为主、统分结合，加强教材系统规划和建设，根据不同学段学科、不同类型教育的特点，推动相关大中小学教材、不同学科教材有机衔接，既要传承经典、保持课程内容相对稳定，也要与时俱进、体现新知识新思想新观念，通过加强艺术感知、审美判断、创意表达和文化理解，逐步提升对不同阶段的声乐艺术知识探索、艺术本体认知、艺术方法体认和创新思维培养。对拔尖声乐人才的培养，要按照国家“加强基础学科、新兴学科、交叉学科建设，加快建设中国特色、世界一流的大学和优势学科”[①]的明确要求，有意识用大历史观、大时代观、大艺术观探索现代声乐教学体系和学科体系，在保证高水平艺术技能训练的同时，有效促进学生思想境界和文化自信的提升，为新时代新征程培养一大批崇德尚艺的优秀声乐艺术人才，为拔尖人才的成长提供坚实基础。

三是完善评价标准，坚持服务国家需求和注重实际贡献的人才评价导向。声乐艺术表演是个体性显著的社会行为，其人才评价标准也具有显著的个体性、主观性。但是作为国家文化战略的重要组成部分，拔尖人才的评价导向应十分鲜明。对拔尖声乐人才的选拔和培养，毫无疑问应主动服务国家文化发展战略和经济社会发展需要，释放他们的专业影响力和社会正能量。对个体而言，声乐艺术人才需要长时间的专业训练和实践沉淀，对他们的评价应该注重社会效益，注重质量而不在数量。在实际工作中，要注意扭转重数量轻质量的艺术评价倾向，鼓励潜心创作、长期积累，遏制急功近利“爆红”等短期行为。应建立和完善同行专家评价机制，以及以“代表性成果”和实际贡献为主要内容的评价方式，将具有高度原创性的成果作为评价声乐人才的重要依据，努力改变过去一段时间过度依赖流量、票房、上座率、论文数等简单片面的量化指标的做法。同时，还应注重建立合理的评价周期和信息共享机制。声乐人才属于创作表演类人才，其表演成果具有一次性、不可重复的特征，对他们的评价周

① 习近平：《高举中国特色社会主义伟大旗帜　为全面建设社会主义现代化国家而团结奋斗——在中国共产党第二十次全国代表大会上的报告》，人民出版社，2022，第34页。

期不宜过短，在考核考察评价其艺术水准时，应倡导信息共享，聚焦锤炼业务水平、提升表演境界。

四是注重实践历练，建立产学研协同人才培养使用机制。从近年来声乐艺术交流活动特别是国际比赛看，我们可以发现外国学生的发声状态普遍不如中国学生，但是从语言、形体、表演等整体呈现看，中国学生不占优势。究其原因，主要是我国的声乐专业学生只注重教学训练，不够重视社会艺术实践。所以，在声乐拔尖人才培养过程中，特别是在高等教育阶段的本、硕、博一体化学习中，要注重相应阶段的学习能力、实践内容、人才培养方向与社会实践紧密结合。本科阶段建立专业基础学科的完整学习体系，包括对不同语言、不同艺术门类、不同艺术风格、不同时期中外音乐史的学习和歌剧舞台表演艺术中的台词、形体以及表演等诸多内容的学习，能够基本达到成为一名专业歌剧演员的水准。研究生阶段注重专业能力与理论学习、理论创新相结合，激发舞台表演实践的内生动力。学生根据自身的实际能力与专业方向，在参与社会艺术实践过程中逐渐确定未来专业发展方向，从而达到成为一名合格的专业歌剧人才的标准。博士学习阶段需要在专业深度发展的过程中融入理论知识与表演实践的广度思维及业务能力，结合专业特点，以多形式多角度进行创新式的艺术舞台实践与深度理论思索，为成为有实力的专业歌剧人才夯实基础。因此，在人才培养与实践锤炼的过程中如何通过不同的艺术合作、高素质人才培养与社会文化发展相结合，建立起符合新时代要求的拔尖声乐艺术人才产学研一体化培养体系尤为迫切。

习近平总书记指出，“新时代需要文艺大师，也完全能够造就文艺大师！”“要识才、爱才、敬才、用才，引导青年文艺工作者守正道、走大道，鼓励他们多创新、出精品，支持他们挑大梁、当主角，让当代中国文学家、艺术家像泉水一样奔涌而出，让中国文艺的天空更加群星灿烂。”[①]优化我国声乐拔尖人才的自主培养机制，通过鼓励支持他们参加重大声乐比赛等方式，不断提升思想境界、艺术技能和文化修养，争做一个对国家、对民族有更大价值和贡献的文艺工作者，是文化强国建设的迫切需要，更是新时代新征程人民团结奋斗的热切呼唤，需要得到社会各界的理解、关心和支持。

① 习近平：《在中国文联十一大、中国作协十大开幕式上的讲话》，人民出版社，2021，第18页。

载于《中国文艺评论》2023年第5期

# 第四章 与科技对话

# 肖向荣

北京师范大学艺术与传媒学院院长、教授，导演、编舞家。全国文化名家暨“四个一批”人才。

多次承担国家重大庆典创作执导任务，曾担任建党百年天安门广场活动总导演、文艺演出《伟大征程》执行导演、庆祝新中国成立70周年大会天安门广场群众游行总导演等。作品《长河吟》获“文华奖”金奖，《生死不离》获CCTV电视舞蹈大赛金奖，《失语者》获2006年意大利罗马国际舞蹈比赛现代舞金奖。策划举办“全球美育大会”“全国艺术院校长论坛”等学术论坛。承担北京市重大课题《新时代国家庆典文化与北京城市形象创新研究》。发表论文多篇，获中宣部、教育部授予的“最美教师”称号。

# 新质生产力开启艺术与科技融合的“共创美学”

肖向荣

继2023年9月新质生产力概念首次提出以来，在2024年全国两会上，习近平总书记在参加他所在的第十四届全国人大二次会议江苏代表团审议时再次就“发展新质生产力”作出重要论述；政府工作报告强调，“大力推进现代化产业体系建设，加快发展新质生产力”；“新质生产力”成为全国两会代表委员关注和海内外媒体报道热词。新质生产力概念的提出，标志着我国经济社会高质量发展进入了一个全新阶段。习近平总书记在2024年1月31日主持中共中央政治局第十一次集体学习时高屋建瓴地指出，新质生产力“由技术革命性突破、生产要素创新性配置、产业深度转型升级而催生，以劳动者、劳动资料、劳动对象及其优化组合的跃升为基本内涵，以全要素生产率大幅提升为核心标志，特点是创新，关键在质优，本质是先进生产力”。新质生产力理念的提出与近年来外部环境尤其是人工智能大模型的突飞猛进有着必然关联，是形势使然，更是时代必然。

在马克思主义基本原理中，经济基础决定上层建筑，作为上层建筑之一的文化艺术创作领域也面临着包括Sora在内的人工智能生成视频大模型技术带来的前所未有的改变。文艺工作者无法回避不断变革的AIGC技术席卷而来。面对科技的迭代，中国的新质生产力将迎来怎样的变化？中国的艺术创作与科技手段如何迭代升级？中国的文化创新发展如何应对新质生产力时代的诸多机遇和挑战？如何进一步厘清文化艺术创作中的生产关系从而释放出新质生产力，寻求一种艺术与科技相融合的共创美学新路径？以上这些问题，都是我们基于AIGC技术迭代根本性变革时期的紧迫性、时代性、必要性，在文化艺术创新领域要迅速回应的技术之问、文化之问、时代之问。

## 一、发展新质生产力，以艺科相融的新动能建立新的生产关系

强调发展新质生产力与当前人工智能的发展密不可分。自从2013年德国汉诺威工业博览会上正式推出以信息化技术促进产业变革的“工业4.0”概念以来，人类进入了“第四次工业革命”的智能化时代。2022年11月，人工智能研发公司Open AI发布了一个对话型大语言模型ChatGPT，采用预训练和生成式方式构建面向对话的大语言模型（LLM），标志着生成式人工智能（AI generated content，以下简称“AIGC”）时代的正式降临。2024年2月，Open AI又发布了一款名为“Sora”的人工智能生成视频大模型，能根据用户提供的文本提示生成最长60秒的逼真视频，模拟真实物理世界中的物体存在方式，并能创建包含多个角色、特定运动的复杂场景，标志着人工智能在理解真实世界场景并与之互动方面取得了重大进展。

新质生产力是对马克思主义生产力理论的创新和发展，其主要特征是“具有高科技，高效能，高质量”，符合新发展理念的先进生产力质态。新质生产力的崛起与生成式人工智能技术的飞速发展相辅相成，共同构建了一个全新的创作与生产格局，这需要作为上层建筑的艺术与文化工作者深刻认识到新质生产力所带来的生产关系全新变革，即如何正确看待并适应新质生产力在艺术新科技、文化新形态、审美新品质等方面所发挥的新动能。

1. 生产力的提高与生产关系的适应性问题

马克思主义基本原理中生产力的发展是推动社会变革的基础，而新质生产力的出现意味着生产力水平的提高，必然要求相应的生产关系与之相适应，否则就会出现矛盾和阻碍。新质生产力要求生产关系能够更加灵活、包容、适应多样化的生产方式和生产组织形式，以促进生产力的充分发挥。

技术哲学家吉尔伯特·西蒙栋根据技术社会的特征提出了“集合—分化—再集合”的理论，强调技术的发展是一个不断集成、分化和再集成的过程。在艺术与科技融合的背景下，新质生产力的涌现带来了各种技术和创新，这些技术和创新通过集合和分化的过程相互影响和衍生，最终必然形成新的艺术生产关系和生产方式。面临新质生产力时代的全面到来，亟须积极寻找新的技术美学形态来创造新的艺术表现形式，从而建立艺术与科技的新型生产关系。

从石器的打造开始，人类的艺术和技术的产生有着紧密的关联性。面对新质生产力时代的到来，艺术家们需要积极寻找新的技术美学形态来应对挑战并创造新的艺术表现形式。这意味着艺术家和科技工作者需要在新技术的基础上进行创作和实践，将技术元素与艺术创作有机结合，探索出符合时代潮流和审美需求的新型艺术形式，即通过艺术与科技的深度融合，建立起新型的艺术生产关系，主动研发AIGC新技术、打造跨界合作新业态、开辟跨领域协作新赛道，从而全面促进艺术生产方式的转型和升级，推动艺术领域朝着更加开放、创新和多元的方向发展，进而推动整个社会文化的进步和繁荣。

2. 新质生产力对生产关系的颠覆与重构问题

习近平总书记在主持中共中央政治局第十一次集体学习时强调："科技创新能够催生新产业、新模式、新动能，是发展新质生产力的核心要素。"新质生产力的到来也意味着新质生产力对原有生产关系的颠覆与重构，对于艺术工作者而言，技术和艺术是一体两面，技术的革新迭代意味着原有的创作模式被颠覆，甚至是创作工具的颠覆。

在艺术与科技融合的过程中，艺术家、设计师等人类主体的意识和选择发挥着重要作用，极大地促进了人类对技术的主体化和民主化，在重构生产关系和社会结构中发挥着独特作用。随着新质生产力的涌现，艺术创作领域也迎来了前所未有的机遇，科技的发展为艺术家提供了更广阔的创作空间和更丰富的表现形式。例如，通过虚拟现实、增强现实技术，艺术家可以创作出更具沉浸感和互动性的作品；通过人工智能技术，艺术家可以探索人机合作创作的可能性，让艺术作品更加智能化和个性化，同时也重新定义甚至创造了艺术家、技术、艺术作品三者之间的新型生产关系。

因此，艺术工作者需要不断学习和探索新技术，拓展自己的创作领域，创造出更加具有创新性和前瞻性的艺术作品。同时，社会也亟须形成新型生产关系，促进艺术与科技的深度融合，推动艺术产业的持续发展。

3. 新质生产力与新型生产关系的动态互促作用

新质生产力的动能体现在与新型生产关系的互动作用，需要充分发挥并进一步解放新质生产力，以创新驱动生产关系的根本变革。

在人类哲学思想史上，技术作为人类文明发展进程中重要的生产工具伴随始终。关于技术与人的关系思考，可以追溯至海德格尔在《技术的追问》中所提出来的关于技术时代的人类历史处境问题的探讨。法国哲学家、马克思主义者斯蒂格勒始终认为，在漫长的人类进化长河中，人的行动即是技术，人与技术始终协同发展，而现代社会对人造成的诸多异化问题，也需要置于技术为中心的政治经济学框架中寻找解决之道。在他看来，艺术提供了一条回应社会压力的美学革命道路，应建立一种艺术与技术的共生关系，21世纪的艺术家应肩负起重大责任，需要利用各种高级技术形式的艺术引导大众走向艺术精神高地。

AIGC技术的诞生，作为新质生产力为艺术创作和文化产业注入了新的活力，这种创新驱动着生产关系的变革，即原有的生产方式和组织形式可能无法适应新技术的发展，而数字化技术的应用则使得文化艺术创作和传播更加高效和便捷，同时也促进了生产关系的升级和优化，这需要我们以动态、辩证、发展的眼光去看待新质生产力与新型生产关系之间的互动作用。在笔者看来，遵从“美的创造”原则的艺术创作，尤其在东方美学立场上着眼艺术与科技相融合的互促互进关系，最终会建立起“技术、艺术与人”可持续发展的良性互动关系。

## 二、激活新质生产力，以人机协作新业态打造艺术创作的“共创美学”

习近平总书记在中国文联十一大、中国作协十大开幕式上的讲话中指出：“今天，各种艺术门类互融互通，各种表现形式交叉融合，互联网、大数据、人工智能等催生了文艺形式创新，拓宽了文艺空间。”新质生产力促进了文化艺术生产关系的重构，为文化艺术的繁荣发展注入了新的活力和动力。

面对AIGC的机遇与挑战，我国自然科学界、社会科学界与人文学科领域，应积极通过理论与实际行动落实习近平总书记对于新质生产力的最新指示和要求，根据中国科教文卫等方面的发展现状与现实问题，利用AIGC新技术、发挥AIGC的创新优势，主动抓住新一轮科技革命与产业变革机遇，努力开拓中国式现代化路径。

新质生产力作为先进生产力的具体表现形式，是科技创新交叉融合突破所产生的根本性成果，这是马克思主义生产力理论的创新和发展，凝聚了党领导推动经济社会发展的深邃理论洞见和丰富实践经验，也是人类艺术发展的必然历史语境。从新质生产力的角度来看，人类的艺术创作及其美学特征可以分为以人工美学为主要特点的艺术创作旧媒介时代、以数字美学为主要特点的艺术创作新媒体时代，以及新质生产力所提出的“共创美学”这一艺术创作的人机协作时代。

1. 人工美学：艺术创作1.0旧媒介时代

在艺术创作1.0的旧媒介时代，主要以人工美学为显著特征，体现在以人工制作为主、技术为辅，重在展现人类的主观能动性和创造性。

所谓旧媒介时代，指的是以人工美学为主，自史前文明到20世纪本雅明的“灵韵消失”的印刷媒介出现之后、计算机技术带来之前的时代。这一阶段最为漫长，例如传统书法艺术、手工绘画、文艺复兴时期的大理石雕塑等等，艺术家往往通过自己的技艺和感悟表达对世界的认知和情感体验，作品的价值始终与艺术家的个人能力和技巧的熟练掌握程度密切相关。

旧媒介时代的艺术创作强调了手工艺术的传统技艺和审美追求，但也深限于传统媒介的单一性。由于手工制作的过程受到时间、空间和技术等方面的限制，艺术作品的创作周期较长，传播范围和受众群体也相对有限，艺术家们往往需要花费大量的时间和精力在作品的制作上，而作品的传播和推广也需要依赖有限的传统渠道，因此很难实现大规模的传播和影响力。

2. 数字美学：艺术创作2.0新媒体时代

在艺术创作2.0的新媒体时代，主要以数字美学为显著特征，这一时代以数字技术为主导，计算机和互联网成为艺术创作的主要工具和媒介。

自计算机发明以来，数字时代的到来改变了艺术创作的形式，涌现出了诸如视像艺术、网络艺术、电子游戏艺术等新的艺术形态。在数字时代，艺术创作的主要特点是数字技术的广泛应用和计算机技术的辅助人工制作，艺术家们可以借助计算机软件和互联网平台，创作出更加丰富多样、形式多变的艺术作品。通过数字化的手段，艺术家们可以更加自由地表达自己的创意和想法，打破了传统媒介的局限性，拓展了艺术创作的空间和可能性。

数字美学的出现极大地丰富了艺术创作的形式和内容。视像艺术以视频、影像等数字媒体为载体，展现出前所未有的视觉冲击力和表现力；网络艺术利用互联网平台进行交互和展示，打破了传统艺术作品与观众之间的距离，实现了全球范围内的交流和分享；电子游戏艺术则将游戏与艺术相结合，通过互动性和沉浸感带给观众全新的艺术体验。

在数字时代，计算机技术不仅仅是艺术创作的工具，更成为艺术创作不可或缺的一部分，艺术家们可以更加高效地实现创意的表达和呈现，同时也激发了其对于艺术形式和媒介的不断探索和创新。数字美学开启的艺术创作2.0的新媒体时代，使得艺术创作变得更加多样化、自由化和开放化，同时也促进了艺术创作与科技、文化、社会等领域的深度融合和互动。

3. 共创美学：艺术创作3.0新质生产力时代

AIGC的到来，标志着艺术创作3.0的新质生产力时代，该时代主要以人机协作为新模式，这一时期以“共创美学”为主要特征，突破了传统艺术创作中人类独立创作的模式，而是将人类与人工智能算法作为平等合作者共同参与艺术创作的过程。

人机协作的共创美学时代，标志着新质生产力重构了艺术与科技相融合的新型生成关系的形成。这种人机协作的新型生产关系主要特点在于，人类不再是单独的艺术创作者，而是与人工智能算法共同完成创作。在2022年北京冬奥会开幕式上，《立春》这个仪式节目就是通过虚拟影像生成若干方案，最终由导演和组织者确定再交给执行导演去呈现，这是一个典型的人机协作的案例。人类可以基于算法技术进行调试和指导，让计算机自动生成艺术作品。在这种新的创作模式下，技术（人工智能）不再是简单的工具，而是作为一个具有自主性和创造性的合作者，与人类艺术家共同创作艺术作品。

在此，共创美学的出现使得艺术创作变得更加开放和多元化，通过人机共同创作，艺术作品可以融合人类的创意和想法，以及人工智能算法的计算能力和创造性，产生出全新的艺术形式和风格。人类与人工智能算法相互交流、相互学习，共同探索艺术的边界和可能性，从而产生出更加富有创意和想象力的作品，不仅促进了艺术创作的创新和发展，也为人类和人工智能之间的合作关系提供了全新的范例和思路。

在艺术创作3.0新质生产力时代，人机协作的共创美学主要体现在人类如何基于已有的知识背景和观念创造对AI进行投喂的训练机器、AI根据自主学习之后为人类生成其所需要的内容、人类如何在优化决策的层面进行精修与进一步调试，最终和AI共同创作出艺术作品。

例如，艺术家可以使用AIGC技术生成艺术品，如生成画作、音乐和电影，著名艺术家蔡国强用他自己的原始材料库，培育出他的人工智能“cAI™”来拓宽艺术家想象力的边界。2017

年起，张艺谋导演的观念演出《对话·寓言2047》完成了人与激光、人与机械臂、人与iPad的交互性尝试，为舞台艺术传统带来颠覆性的影响力。在伦敦上演、获得较高评价的音乐剧《超越藩篱》(*Beyond the Fence*)就是由算法创作而成；索尼计算机科学实验室人工智能程序创作的披头士音乐风格的歌曲《爸爸的车》(*Daddy's Car*)也颇受好评；美国艺术家萨蔓莎·基利·史密斯通过人机协作的方式与AIGC(Midjourney人工智能绘图软件)合作创作了一幅名为《敬畏的边缘》(*On the Edge of Awe*)的油画作品。

随着Sora生成视频技术的问世，在未来，或有越来越多的人可以利用AIGC完成人机协作来生产电影短片、广告营销、社交媒体展示，共创美学将覆盖人们的日常生活，例如智能化教学、语音识别技术、智能化作业批改、虚拟教师、虚拟教研室等，充分发挥AIGC作为新质生产力在政治经济、社会文化、艺术与教育等各领域具有的极大发展潜力，可以帮助学生更好地学习和掌握知识，提高学习效率和质量。

可见，AIGC作为新质生产力的全面到来标志着经济发展进入全新阶段，以科技创新和高效生产方式为核心的发展理念也大力推动着新技术革命语境下艺术创作3.0时代里人机协作“共创美学”时代的全面来临，艺术与科技相融合作为必然趋势，新质生产力将发挥越来越重要的作用，推动着人类文化和科技的共同进步。

## 三、解放新质生产力，以共创美学新模式探索文化强国中国式现代化路径

新时代以来，整个世界在政治经济、科学技术、文化教育等领域经历了翻天覆地的变化。新质生产力的形成，既标志着人类社会从此步入人工智能时代的新起点，又是新时代语境下的中国开启现代化发展新征程的科技机遇与挑战。这亟须社会各界不断调整新的生产关系，围绕创新驱动的体制与机制变革不断打造新型生产关系，以寻求中国式现代化的可持续发展道路。

习近平总书记在第十九届中央政治局第九次集体学习时指出，加快发展新一代人工智能是事关我国能否抓住新一轮科技革命和产业变革机遇的战略问题。面对新质生产力的时代语境，北京师范大学艺术科技融合创新中心多年来一直探索如何发挥全艺术学科优势，寻求艺术与科技相融合的各应用型术科专业协作发展，提出新质生产力时代的“共创美学”内涵：共生、共享、共融，旨在避免技术恐慌，提出中国应积极利用AIGC技术特点，进一步解放生产力，以共创美学新模式探索艺术创作与艺术教育领域的中国式现代化发展路径。

1. 赋权人民艺术创作，打造共生式媒介新生态

在新质生产力的语境中，人机协作新模式下的共创美学，首要内涵要素是“共生”概念，即如何有效利用AIGC技术，将艺术创作的权力“归还”人民、赋权大众，普遍提升人民艺术素养，进而打造共生式媒介生态，最终实现艺术创作的人民性

价值。

人民是文艺创作的源头活水，是文艺作品的鉴赏者和评判者。随着新技术的发展与社会普及，艺术不再是精英阶层的创作与品鉴特权，而是大众化普及教育的一种必要审美形式。在艺术创作1.0时代里，机器、技术是相当稀缺的艺术创作媒介，并且传统观念认知中的作者、受众、作品、评价者等艺术界机制也仅是高等教育背景的专业人员的专属。例如，最早只有影视技术的专业人员才拥有拍摄、剪辑的技术，只有高等院校或科研机构的文化工作者才有权评判文艺作品。但在艺术创作2.0时代里，随着便携式DV机、智能手机等新技术和艺术创作媒介的普及，几乎任何人都可以使用便捷的数字软件剪辑视频、记录上传自己的生活，也可以从自己的角度发表对大众文艺作品的看法，新技术的发明与普及使艺术创作逐渐赋权于普罗大众。

而到了艺术创作3.0时代，即AIGC全面到来的今天，人机协作艺术的共创美学可以实现概念和行为艺术家约瑟夫·博伊斯所说的“人人都是艺术家”的论断。技术哲学家斯蒂格勒也将希望寄托于数字新技术，认为技术的福利在普及后必然会消失，但人类应积极主动思考如何与技术共生，这需要每个人都使用技术并参与艺术创作，从而弥合艺术与生活之间的距离，也就释放了艺术创作的内驱力，使得任何人都有能力、有权力、有可能进行艺术创作，这是在艺术创作层面实现人民性文艺价值的重要技术基础。

我国艺术院校不仅不能墨守成规，相反，其教学方式和人才培养应大力引进AIGC的技术应用与美学理论建构。当AI可以胜任艺术家的常规技能工作时，则意味着一大部分平庸的艺术创作有可能、有必要被机器所取代，人类对于机器训练的主动性与自主性就变得尤为重要。

艺术创作的人民性价值，体现在恒定的艺术创造权力将从艺术家手中分权出来赋予人民，任何艺术创作将不是、也从来不是艺术家的专属，AIGC赋权大众突出了艺术创作3.0时代的共创美学特征的人民属性，并有助于大众艺术审美素养的普遍提升，实现整体艺术创作与素养的双向传播，打造“艺术家=人民⟸⟹艺术作品⟸⟹艺术素养”的动态、良性的媒介生态，借助AIGC实现人民性文艺的创作与审美价值。

2. 赋能教育公平，打造共享式智慧教育新模式

AIGC人机协作模式下的共创美学第二个内涵，在于赋能我国教育公平的“共享”概念，通过艺术、教育、科技三者有机融合，打造共享式教育的良好社会环境，积极发挥新质生产力的新优势，以提升全民教育质量，促进教育公平。

习近平总书记在北京市八一学校考察时指出：“教育公平是社会公平的重要基础，要不断促进教育发展成果更多更公平惠及全体人民，以教育公平促进社会公平正义。”AIGC时代的到来对于数字时代社会教育和经济发展具有较为可观的正面意义，可以有效赋能教育公平和社会发展。AIGC可以通过机器训练的方式“复活”梵高、毕加索、齐白石等中外艺术大师的作品，从而赋权人民艺术创作，同时也可以赋能出于各种客观条件限制而未能接受教育的群体。艺术创作3.0时代的共创美学应用，可以为缺乏优质师资、硬件设备和教学环境的我国老少边穷地区的学龄

儿童提供必要的艺术培养与训练，通用互联网与计算机技术的普及，再加上当地政府和教育机构自上而下的支持，从而使教育资源相对落后的地区也能够获得相应的教育资源。

与此同时，AIGC的技术发展与社会普及，也有助于进一步释放数字生产力，推动数字经济产业的优化升级，激发行业增长的内驱力与自主创新能力，以实现中国社会各行各业的数字化转型，促进社会和经济发展新质生产力的跃迁。

AIGC对教育行业的参与和融入，有助于赋能社会教育公平，打造一个“艺术+科技+教育”的艺、科、教相融合的中国式现代化发展链路，建设共享式教育的良好社会环境，以推动教育强国、科技强国、人才强国的全面发展。

3. 赋源中国文化样本，创建共融式人类命运共同体的新范式

AIGC人机协作模式下共创美学的第三个内涵，在于“共融”这一终极目标，即朝向AIGC海量数据库中大量投喂中国文化资源，以更开放、包容、自信的精神面貌回馈英语世界，从而创建共融式人类命运共同体。

由于目前AIGC资源池里的数据和样本大多来源于英语世界，不可避免地呈现出以西方文化为主体的单一文化与单向度的文化价值观念，因此亟须中国科技工作者、文化艺术与教育领域从业人员积极参与到AIGC的数据库训练之中，投入更多的中国文化资源，增加更多的中国不同领域的样本和数据，融入AIGC的大模块数据池中，体现东方文明成果的璀璨与辉煌。

在此意义上，中国应将自身定位为训练者、教育者、协作者，在西方国家的英语世界掀起的AIGC浪潮下，以更开放的姿

态积极应对挑战，将东方美学的中国文化样本以更开放的心胸开源于AIGC的数据库之中、汇入整个人类文明的大海，着眼于创建共融式人类命运共同体，因交流而互鉴，因互鉴而发展，从而实现“共同倡导尊重世界文明多样性”“共同倡导弘扬全人类共同价值”“共同倡导重视文明传承和创新”“共同倡导加强国际人文交流合作”的全球文明倡议，建立“美美与共，天下大同”新范式。

4. 大力发展新质生产力，建设社会主义现代化国家

党的二十大报告将教育、科技、人才放在第五部分进行统筹部署，既坚持了教育、科技、人才是全面建设社会主义现代化国家的基础性、战略性支撑，又强调了三者之间的有机联系，通过协同配合、系统集成，共同塑造发展的新动能新优势。

新质生产力代表一种生产力的跃迁，是科技创新在其中发挥主导作用的生产力。面对AIGC的机遇与挑战，根据中国式现代化发展路径的内在需求，我国有必要在理论与应用层面全方位落实党的二十大精神，深度理解新质生产力对文化艺术创新的重要指引，从而为建设中国式现代化的文化强国而努力。

“共创美学”的数字生产力结构化发展模式，不仅是基于艺术与科技相融合、教育与科技相融合的21世纪人工智能时代特征的描述，更是在AIGC来临之际，我国相关行业和国外科技公司相比具有一定差距的技术前提下，关于中国式现代化道路未来发展的设计。人机协作模式的共创美学，旨在共生、共享、共融的三大核心概念支撑下，建设社会主义现代化国家，为推动人类文明发展进步注入中国智慧和中国力量。

文化是一个国家、一个民族的灵魂。文化艺术创造力也是新质生产力不可或缺的组成部分。“共创美学”理念的提出将助力落实2035年建成文化强国、落实党的二十大精神。如何统筹部署教育、科技、人才，充分发挥艺术科技融合的“共创美学”新质生产力价值，深入实施科教兴国战略、人才强国战略、创新驱动发展战略，是新时代文艺创作者和教育者的时代命题。在全面建设社会主义现代化国家新征程上，要充分发挥、激活、发展新质生产力，利用AIGC开辟发展新领域新赛道，不断创造发展我国文艺新动能新优势，加快形成高质量、高效率、可持续发展的文化生产力格局，以推动向艺术高质量发展、文化高水平创新、人类高品质生活而迈进。

载于《中国艺术报》2024年3月20日

# 李舫

《人民日报海外版》副总编辑、高级记者，中国作协全委会委员，中国散文学会副会长，全国文化名家暨“四个一批”人才。

有作品、评论数百万字，散见于《人民日报》《光明日报》《人民文学》《十月》《钟山》等报刊。曾担任“五个一工程”奖、中国电影华表奖、中国电视金鹰奖、鲁迅文学奖、徐迟报告文学奖、丰子恺散文奖等评委。代表作《春秋时代的春与秋》《在火中生莲》《沉沦的圣殿》等。编、译、著作四十余部，出版著作有《魔鬼的契约》《在响雷中炸响》《纸上乾坤》等。担任中国文学“丝绸之路”大型名家精品文库主编；担任纪念改革开放四十年特辑《见证》主编；担任新世纪散文精品文库“观天下”主编。曾获鲁迅文学奖，多次获得中国新闻奖。

# “破圈”与“出圈”
## ——我看新媒体时代的文学与电影

李舫

我国电影对文学的改编由来已久。1956年，《祝福》作为新中国第一部由文学名著改编的电影作品登上了银幕，自此开启了文学与电影相互成就的辉煌之路。从1981年到1999年，共19届中国电影“金鸡奖”的评选中，就有12部获奖作品是根据小说改编的。

创造了中国电影辉煌的“第五代”导演作品几乎都是从文学作品改编起步的，比如张军钊以郭小川的同名诗歌为蓝本拍摄的《一个和八个》，陈凯歌改编自柯蓝小说《深谷回声》的《黄土地》。此后张艺谋定格“黄土”“高粱”、长空与河流，拍摄了《大红灯笼高高挂》《活着》《一个都不能少》等极具个人风格和象征意义的作品。陈凯歌延续“安塞腰鼓”、剪纸、窗花，交出了《孩子王》《边走边唱》《荆轲刺秦王》等一个个主题不同，却拥有相似精神内核，具备深沉人文关怀的作品。从“第五代”导演开始，中国电影面向普罗大众，面向复杂生活，面向可以戏剧化光影化传达的人间万物，面向奇异中有可能潜在的人性力量，面向人和人之间微妙且永恒的关系，从而表达复杂中国的丰富多彩、气象万千。

经得起时间和读者考验的文学作品，始终是电影创作灵感的不竭源泉。且不说经典文学作品比如四大名著，优质的文学作品可以优化电影题材的选择，促进市场繁荣。由严歌苓原著《陆犯焉识》改编的电影《归来》，一度刷新了国产文艺片票房纪录；冯小刚改编自刘震云原著的电影《一九四二》斩获诸多奖项，实现了灾难片、类型片的又一次突破。《2020—2022年文学改编影视作品蓝皮书》显示，在收录的264部文学改编剧集中，豆瓣评分7分以上的作品67部，占25.4%，文学改编剧集的平均评分人数达93054人次，远高于近三年国产剧在豆瓣的平均评分人数47331人次，由此可以窥见文学改编影视作品的热度。

文学以其对生活细节、个体心理和社会现象的深度关怀，提升着电影的生活品格和时代质感。着眼于盲人群体生活的毕飞宇原著小说《推拿》，以人性深处的尊严与梦想为切入点，其同名改编影片也唤起了银幕内外观众的共鸣。第十一届茅盾文学奖获奖作品——东西的《回响》被改编为网剧，该剧融入刑侦推理与心理推敲，原作独特的文艺气质使其成为别具一格的“悬疑剧”代表。

如今备受年轻人好评的热门“文学IP”，更是以其广博的受众基础，提升了影视作品的影响力，形成了广泛的网络话题度和讨论度。根据作家阿耐原著改编剧集《大江大河》，根据梁晓声原著改编同名电视剧《人世间》，根据紫金陈原著改编作品《隐秘的角落》，都成为历年的影视“爆款”，在观众中收获了高热度和好口碑。

以电影艺术的优质视听效果、快捷传播速度等属性为基础，也能推动形成影视与文学作品的优势互补格局，助力文学“破圈”。在网络和新媒体技术鼎盛发展的当下，改编电影可以帮助原著文学丰富传播渠道，拓展传播范围。2019年和2023年爆火的电影《流浪地球》《流浪地球2》，成功使得全国乃至全球观众的视线聚焦于刘慈欣的创作以及科幻文学，掀起了一股跨越各年龄层和社会面的“科幻热潮”，不仅开创了中国科幻电影的新纪元，更在文娱行业、商业生产、公共服务乃至国际影响力等方面产生深刻影响。

制作精良的电影作品，可以起到反哺文学作品的效果，以鲜活的场景复现、新颖的解读视角、深刻的价值表达，形成独具匠心的“二次创作”，丰富着文学作品本身的艺术表现力。

陈忠实同名小说改编电影《白鹿原》一经上映就饱受好评，电影由茅盾文学奖获奖小说改编而不失自己的风格，对演出画面的讲究、对叙述节奏的把控和对原著细节的恰当处理都得到了广泛赞誉。根据严歌苓的同名小说改编的电影《金陵十三钗》不仅呈现了宏大悲壮的战争场面，更在原著基础上添加了中国人民浴血抗争这一条故事线索，丰富了作品的精神内核。

近年来从电影作品“反向改编”成文学作品的现象同样值得关注。例如张艺谋导演的《英雄》《十面埋伏》热映后授权给作家李冯重新改写成小说，陈凯歌邀请年轻畅销书作家将电影《无极》重新编写创作成小说。文学与电影的关系在事实上变得更紧密，互动性也变得更强，读者和观众不再是两个分离的角色，而是更进一步形成融合。这在赋予广大受众多元审美体验的同时，也推动了作品艺术价值的提升。

为了更好推动文学与电影对话合作，促进文学与电影携手并行，我们需要秉持文艺创作的初心使命，抓住文学与电影发展的时代特征，对各环节加以优化。为实现文学与电影作品的双向内容升级，必然需要注重创作母本的质量打磨。电影创作可以从文学中寻找滋养，获得启迪与助益，但如果过于依赖文学原作，也可能出现人物空洞、情节老套、对原著照搬而缺乏创新等问题，还可能削弱广大编剧的创作热情，限制编剧行业的发展。在对文学进行影视化改编的过程中，既要坚持创作的严谨性，谨慎选择合适的原著，也要关注不同艺术表现方式的差异，进行合理改编。与此同时，应当继续加强对原创编剧的培养和支持力度，在文学改编蓬勃发展的同时不忘鼓励原创剧本创作，让文艺创作市场真正呈现百花齐放的繁荣气象。

在网络与新媒体技术蓬勃发展的当下，文学与电影作为传统文艺形式都受到了一定的冲击，但也在新变化中获得了新的腾飞契机。网络新媒体的高速发展提高了文学与电影作品的曝光度，显著提升了传播效益；与此同时，网络平台的即时反馈与交互机制也极大增强了大众的文化参与积极性，使得读者和观众在文艺创作的中心地位进一步凸显。我们应当让网络新媒体为文学与电影的推广赋能，充分发挥各大平台影响力，积极关注读者和观众群体中萌发的审美新取向，与时俱进地选取创作题材、打磨创作技艺，呈现给公众既有时代价值又经得起历史检验的优质文艺作品。

对历史最好的继承，就是创造新的历史；对人类文明最大的礼敬，就是创造人类文明新形态。今天，我们面对着世界之变、时代之变、历史之变，如何回答好世界之问、时代之问、历史之问，文学和电影不可缺席，而文学助力电影“破圈”与电影助力文学“出圈”，正是两种文艺样式在新媒体时代的相互成就的有效尝试。中国式现代化赋予中华文明以现代力量，中华文明赋予中国式现代化以深厚底蕴，文学和电影不能缺位。衷心期盼文学与影视工作者继续携手前行，把握文学与影视发展新机遇，关注文学与影视的交融、发展与共同进步，继续担负文艺工作者责任与使命，踔厉奋发，再续辉煌。

载于《中国艺术报》2023年12月1日

易继明

## 易继明

北京大学法学院教授，国际知识产权研究中心主任，北京市文化娱乐法学会会长，中国知识产权研究会副理事长。

出版学术著作与译著《私法精神与制度选择》《合同法理论》《侵权法的统一：因果关系》等10余部，参与编写法学教材3部，主编辞书《北京大学法学百科全书·科技法学》。发表学术论文及评论文章百余篇。论文《禁止权利滥用原则在知识产权领域中的适用》获得第二届“首都法学优秀成果奖”论文类一等奖。课题研究成果多次获得省部级以上奖励，智库报告《论地理标志保护模式》（合作）入选CTTI2022年度智库优秀成果特等奖，研究报告《后疫情时代全球治理体系中的知识产权博弈》获得国务院知识产权战略实施工作部际联席会议办公室2021年优秀知识产权战略信息三等奖等。

2020年11月30日，习近平总书记主持十九届中共中央政治局第二十五次集体学习，作为专家就加强我国知识产权保护工作进行讲解，提出了工作建议。

# 中国式现代化与版权产业发展

**易继明**

## 一、问题提出

党的二十大报告浓墨重彩地提出“中国式现代化”，在西方现代化模式之外“为人类实现现代化提供了新的选择”。中国式现代化的本质要求是，“坚持中国共产党领导，坚持中国特色社会主义，实现高质量发展，发展全过程人民民主，丰富人民精神世界，实现全体人民共同富裕，促进人与自然和谐共生，推动构建人类命运共同体，创造人类文明新形态”[①]。这一提法，是中国特色社会主义发展道路在新时代的表达，贯彻于中国经济社会发展的各个领域、各个方面。习近平总书记指出，“我国知识产权事业不断发展，走出了一条中国特色知识产权发展之路”[②]。版权制度作为知识产权的重要组成部分，与文化发展、产业技术革命紧密相关，伴随着人类文明新形态和法律制度的现代化发展而来。

事实上，文化发展与产业技术革新催生了现代版权制度，而版权制度又通过激励创作，推动人类优秀文化成果的不断涌现，为人们提供更加丰富的精神文化产品。[③]版权发展格局演变

① 习近平:《高举中国特色社会主义伟大旗帜，为全面建设社会主义现代化国家而团结奋斗——在中国共产党第二十次全国代表大会上的报告》,《求是》2022年第21期，第14–15页。

② 习近平:《全面加强知识产权保护工作，激发创新活力推动构建新发展格局》,《求是》2021年第3期，第8页。

③ 阎晓宏:《努力推进我国版权事业的发展——在中国知识产权研究会第五次全国代表大会暨学术报告会上的讲话》,《知识产权》2008年第4期，第8页。

中，凸显了技术迭代的引领作用：造纸术与印刷术的发明，推动传媒进入“纸与火”的平面媒体时代，也使得书籍以商品形式进入市场，进而催生出版权保护需求；工业革命后电讯技术的发展，又进一步推动“光与电”的立体媒体兴起；而20世纪90年代以来互联网领域发展出的连接、计算与交互三大技术集群，也为版权产业提供了新的生成、传播与消费方式[①]，迅速重塑传媒格局，推动当今世界进入“数与网”的全媒体时代。[②]

诚然，版权具有私权属性。但是，版权的复制与传播却具有产业性与社会性，其背后所代表的文化事业、媒体格局、舆论生态与文化实力等，都关涉公共利益与国家安全。因此，在版权创造、运用与保护等环节，天然地蕴含着市场机制与国家意志之间的制度张力。中国版权发展初期继受外来规则时，受到本土观念与传统文化的掣肘。在版权保护意识尚显落后的文化背景下，欲强化版权保护的行政执法，且与司法保护并存，由此呈现出的司法与行政之“双轨制”特征。而西方式现代化经典模式是司法主导下的权利保护体系，这与其社会制度设计中的“三权分立”相契合。尽管如此，随着社会资源日趋紧张、社会连带关系日益强化、社会责任不断加强，“社会化运动”改变了现代西方社会经典治理模式的发展方向：在司法保护之外，行政保护、行业自律、社会责任等多元参与的社会共治理念成为新的特点。

改革开放以来，特别是加入世界贸易组织（WTO）之后，中国版权制度与国际规则全面融合；而且随着数字经济、网络信息技术、知识产权国家战略的发展与推进，中国版权产业得以发展和壮大。以网络版权为例，2021年5月7日国家版权局网络版权

① 张钦坤、朱开鑫:《我国网络版权产业发展和制度演化分析》,《版权理论与实务》2022年第8期，第24页。

② 求是编辑部:《媒体融合：用得好是真本事》,《求是》2019年第6期，第10页。

产业研究基地发布的《网络版权产业年度发展报告（2020）》显示，2020年中国网络版权产业市场规模达11847.3亿元，首次突破一万亿元大关，同比增长23.6%，相当于同年GDP（101.6万亿元）的0.984%。相比2016年的5003.9亿元，“十三五”期间中国网络版权产业市场规模增长超过一倍，年复合增长率近25%。在市场结构层面，网络版权产业核心业态趋于稳定，新业态展示出巨大潜力，产业结构也呈现出更加多元态势。[①]这种发展态势，激发了版权产业与相关产业发展的规划动力。2021年国家版权局印发《版权工作“十四五”规划》明确提出要“进一步完善版权产业发展体系”，即“积极推动完善版权产业发展制度和政策，促进版权创造和运用，实现由数量和速度向质量和效益转变，推动版权产业高质量发展”[②]。同时提出要“推动新业态新领域版权保护”，即“将网络领域作为版权保护主阵地，不断提升版权管网治网能力”[③]。2021年12月国务院颁布的《“十四五”数字经济发展规划》中，也提出“到2025年，数字经济迈向全面扩展期，数字经济核心产业增加值占GDP比重达到10%”的总体发展目标。为此，要增强关键技术创新能力，加快创新技术的工程化、产业化；同时健全完善数字经济治理体系，探索建立与数字经济持续健康发展相适应的治理方式。[④]

版权产业的突飞猛进，契合了国家宏观政策的变化，对版权治理模式也提出新的要求。从宏观政策角度来看，经济社会高质量发展需要知识产权要素的深度参与，版权创新及其运用于其中尤为重要。而版权的创新及其运用，依赖于作品质量的提升及其多媒介传播方式的实现。保护知识产权就是保护创新。在

① 国家版权局:《网络版权产业年度发展报告（2020）》，https://www.ncac.gov.cn/chinacopyright/upload/files/2021/6/9205f5df4b67ed4.pdf，访问日期：2023年1月14日。

②《国家版权局关于印发〈版权工作“十四五”规划〉的通知》，《版权理论与实务》2022年第1期，第18页。

③ 同上书，第12页。

④《国务院关于印发〈“十四五”数字经济发展规划〉的通知》，http://www.gov.cn/zhengce/content/2022-01/12/content_5667817.htm，访问日期：2023年1月11日。

此背景之下，国家知识产权战略也从早期的双轨制下的“发挥司法保护知识产权的主导作用”[①]，转变为发挥行政与司法的“保护合力”，形成“统一领导、衔接顺畅、快速高效的协同保护格局”[②]。诚然，这种中国式的协同保护格局，与西方式现代化之当代发展尤有不同，正如中国式的领导体制与西方式的三权制衡截然不同，既有社会制度的差异，也带有中国这种“赶超型现代化”的时代特征。[③]

版权制度与版权产业发展密不可分，二者需要良性互动方能够实现版权强国之国家战略。换言之，版权制度与版权产业之间的良性发展需要协同配合，相辅相成，即以产业发展敦促制度演进，以制度完善助推产业升级。从产业发展格局来看，新技术应用推动版权新业态的不断革新乃至颠覆式发展，版权产业对于经济发展和文化繁荣的助推作用也更加显现。而从版权制度而言，版权产业发展和版权强国建设之战略需求，对版权制度发展和治理现代化提出了更高的要求。本文从中国式现代化视角审视中国版权制度及版权产业发展，探讨中国式版权发展模式、版权产业发展新格局及版权治理现代化等问题。

## 二、版权产业发展与版权强国战略

### （一）版权产业

世界知识产权组织（WIPO）在《版权产业的经济贡献调研指南》中对版权产业的概念及范围进行了明确界分。按照其界定，版权产业指版权可以发挥显著作用的产业，以版权制度为存

① 国家知识产权战略实施工作部际联席会议办公室组织编写：《国家知识产权战略实施工作手册》，知识产权出版社，2011，第12页。

② 国务院知识产权部际联席会议办公室组织编写：《〈知识产权强国建设纲要（2021—2035年）〉辅导读本》，知识产权出版社，2022，第7页。

③ 易继明：《知识产权强国建设的基本思路和主要任务》，《知识产权》2021年第10期，第29页。

在基础，发展与版权保护相关的诸多产业部门的集合。根据这一定义，版权的涵盖范围十分广泛。受制于经济文化等差异，各国对于版权产业的理解、认识以及划分也存在差异。目前，在国际上形成了“概括式”与“列举式”两种主要分类标准。[①]

“概括式”分类标准依据产业部门对版权法律制度依赖程度的高低，将版权产业划分为核心版权产业、部分版权产业、非专用支持产业和相互依赖的版权产业四类，后三类可统合为外围版权产业。[②]美国国际知识产权联盟、WIPO与中国都采取了这一划分标准。《版权工作“十四五”规划》提出“提升版权交易水平，促进版权转化运用，推动版权产业特别是核心版权产业高质量发展”[③]，明确说明了“核心版权产业”对于版权高质量发展的重要意义。诚然，这种概括式的划分标准能够灵活适应产业发展变化趋势，及时将新兴产业部门纳入版权产业范畴。但另一方面，由于概括式所导致的产业划分界限模糊问题，也容易在具体产业定位上产生争议。而英国、德国为代表的欧洲地区，则采取了“列举式”版权划分标准，逐一明确版权产业中所涉及的具体部门。[④]

从版权制度架构来看，核心版权产业与外围版权产业的两分法，契合了原创性版权及其相关权利（邻接权）划分方法。这一方法符合传统民事权利中存在的主权利与从权利的基本构架。当然，版权与邻接权之间，既有原作品传播问题，也存在序贯创新产生新的权利问题。因此，对版权产业的概括式分类，随着相关技术变动和社会场景应用差异，总是处于不断变动之中。

① 王静、肖尤丹:《基于国际比较的版权产业划分标准研究》,《中国出版》2018年第24期,第63页。

② 尚永:《美国的版权产业和版权贸易》,《知识产权》2002年第6期,第43页。

③《国家版权局关于印发〈版权工作“十四五”规划〉的通知》,《版权理论与实务》2022年第1期，第10页。

④ 王静、肖尤丹:《基于国际比较的版权产业划分标准研究》,《中国出版》2018年第24期,第64页。

## （二）文化产业

多数学者认为，版权产业的范围要大于文化产业；[①]前者包括后者，还包括受版权保护的软件产业，以及与版权有关的其他各类产业。[②]我国政府对文化产业的定义最早见于2003年9月文化部下发的《关于支持和促进文化产业发展的若干意见》；其中，将文化产业定义为"从事文化产品生产和提供文化服务的经营性行业"。[③]党的十六大报告专门提出"积极发展文化事业和文化产业"，并指出，"发展文化产业是市场经济条件下繁荣社会主义文化、满足人民群众精神文化需求的重要途径。完善文化产业政策，支持文化产业发展，增强我国文化产业的整体实力和竞争力"[④]。这是中央首次将发展文化产业作为一个完整的国家战略提出和推进。[⑤]党的二十大报告中，进一步强调了"繁荣发展文化事业和文化产业"，并提出"深化文化体制改革，完善文化经济政策"。[⑥]

从比较法视角观察，不同于美国以"版权"为文化产业行业的分类标准，强调内容生产者权利与法律约束性特征；中国式文化产业分类的核心标准在于"文化"，即强调区别于物质生产的内容属性，产品的特殊性在于其满足消费者的精神需求。这种分类标准有利于对文化产品进行行政管理，但可能不利于创意生产要素的自由和高效配置，对创意者保护力度不足。[⑦]

而在文化产业中，创意是最重要的生产要素，也是文化产业的核心资产，因此也逐渐演化出了"文化创意产业"概念。有学者认为，文化产业是将"纯精神产品"向"准精神产品"转化的

① 刘志华、孙丽君：《中美文化产业行业分类标准及发展优势比较》，《经济社会体制比较》2010年第1期，第191页。

② 宋慧献：《版权产业实证研究的基础框架》，《中国新闻出版报》2006年6月15日，第7版。

③ 文化部：《关于支持和促进文化产业发展的若干意见》，https://www.pkulaw.com/chl/a83a27c0b62472acbdfb.html?keyword=关于支持和促进文化产业发展的若干意见&way=listView，访问日期：2023年1月15日。

④ 江泽民：《全面建设小康社会，开创中国特色社会主义事业新局面》，载中共中央文献研究室编《十六大以来重要文献选编（上）》，中央文献出版社，2005，第31页。

⑤ 胡惠林：《当前我国文化产业发展的特点与趋势》，《开发研究》2006年第1期，第1页。

⑥ 习近平：《高举中国特色社会主义伟大旗帜，为全面建设社会主义现代化国家而团结奋斗——在中国共产党第二十次全国代表大会上的报告》，《求是》2022年第21期，第24页。

⑦ 刘志华、孙丽君：《中美文化产业行业分类标准及发展优势比较》，《经济社会体制比较》2010年第1期，第192–193页。

产业；而创意产业是将“准精神产品”向“泛精神产品”转化的产业。也有学者提出文化创意产业是以现代科学技术和文化资源为基础，通过个性化的创造过程来生产、复制和传播以文化内容为核心的商品与服务的营利组织的集合体。[①]文化创意产业的发展依托于较高的经济发展水平、本地文化资源以及有利的制度环境，因此要充分发挥中国式文化产业的自身优势，推动中国文化产业进一步良性发展，更需要在创造、运用、保护、管理与服务各环节形成合力，加强对我国庞大体量文化资源的充分开发利用；完善文化产业的商业运营模式，对创意资本进行量化；加强文化创意产业人才培养与引进；重视文化创意保护；以及不断强化中国在文化产品国际贸易规则中的话语权。[②]

### （三）数字经济

近十年来，中国推行网络强国战略、国家大数据战略、数字经济发展战略和知识产权强国战略，通过“十三五”和“十四五”发展规划，助力数字经济发展，取得了较大的成就。但是，正如国家发展和改革委员会主任何立峰在2022年10月28日向全国人大常委会报告工作时所说，我国数字经济还存在“大而不强、快而不优”的问题，突出表现在：一是关键领域创新能力不足；二是传统产业数字化发展缓慢；三是数字鸿沟亟待弥合；四是数字经济治理体系还需完善。[③]而这四个方面的问题，或多或少都与数据产权界定不清晰有关。因为数字经济的核心是数据要素，而数据这一要素如果产权界定不清晰，那么相关领域的创新动力便不足，也将妨碍数据的市场交易与流通。

① 邓晓辉：《新工艺经济时代的文化创意产业研究》，复旦大学，2006。转引自蔡荣生、王勇：《国内外发展文化创意产业的政策研究》，《中国软科学》2009年第8期，第79页。

② 刘志华、孙丽君：《中美文化产业行业分类标准及发展优势比较》，《经济社会体制比较》2010年第1期，第192–194页。

③ 何立峰：《国务院关于数字经济发展情况的报告——2022年10月28日在第十三届全国人民代表大会常务委员会第三十七次会议上》，http://www.npc.gov.cn/npc/c30834/202211/dd847f6232c94c73a8b59526d61b4728.shtml，访问日期：2023年1月28日。

“十三五”时期，中共中央就提出“实施国家大数据战略，推进数据资源开放共享”。同时，提出实施“互联网+”行动计划。[①]这些措施都是为了拓展网络经济空间。此后，虽然有些提法或措施如不断强化的“数字赋能”、遍地开花的数据交易中心、小规模试水的数据质押融资等，为数据市场带来了繁荣景象，但数据权利属性及其范围的划分，一直是困扰数据产权及其交易的核心问题。2020年04月10日，中共中央、国务院《关于构建更加完善的要素市场化配置体制机制的意见》正式提出“数据”作为生产要素之一，与土地、劳动力、资本、技术几个要素并列，要进行市场化配置改革。2021年12月12日国务院印发的《“十四五”数字经济发展规划》虽然强调了“数据要素是数字经济发展的核心引擎”，但仍然没有从解决权利属性角度入手。在此前一个月，工信部发布的《“十四五”大数据产业发展规划》指出了“市场体系不健全，数据资源产权、交易流通等基础制度和标准规范有待完善”的问题，提出要“按照数据性质完善产权性质，建立数据资源产权、交易流通、跨境传输和安全等基础制度和标准规范，健全数据产权交易和行业自律机制”[②]。

那么，下一步，我们对数据配置何种性质的产权，权利边界又如何划分呢？传统上通过赋予“数据库”版权的方式，是否具有参照意义？我们是否可以对流动的“数据库”即数据，以类比视听作品的方式，通过版权制度的创新，将数据纳入其客体范围呢？

2022年12月2日，中共中央、国务院《关于构建数据基础制度更好发挥数据要素作用的意见》提出了“建立保障权益、

① 《中共中央关于制定国民经济和社会发展第十三个五年规划的建议》，载中共中央文献研究室编《十八大以来重要文献选编（中）》，中央文献出版社，2016，第794–795页。

② 《工业和信息化部关于印发〈“十四五”大数据产业发展规划〉的通知》，https://www.miit.gov.cn/jgsj/ghs/zlygh/art/2022/art_5051b9be5d4740daad48e3b1ad8f728b.html，访问日期：2023年1月29日。

合规使用的数据产权制度”，并从“探索数据产权结构性分置制度”角度明确提出“建立数据资源持有权、数据加工使用权、数据产品经营权等分置的产权运行机制”[1]。这一“三权分置”思路，有助于破解当前数据确权面临的诸多难题。[2]但是，这种持有权、使用权和经营权的三权架构，缺乏现代财产权基础理论的支撑，仍然深深地刻上了计划体制向市场体制转型时的过渡性政策的烙印。不过，无论是否将数据作为版权的客体，也无论是将数据产业作为核心版权产业还是作为外围版权产业，可以确定的是：通过数据赋能版权产业，数字经济成为版权产业发展的新动力，同时也对版权制度提出了挑战并带来了发展机遇。

### （四）版权强国战略

版权强国战略寓于知识产权强国建设之中。《知识产权强国建设纲要（2021—2035年）》提出，到2025年，知识产权保护更加严格，社会满意度达到并保持较高水平，知识产权市场价值进一步凸显；其中，版权产业增加值占GDP比重达到7.5%，知识产权使用费年进出口总额达到3500亿元。[3]事实上，2019年，版权产业行业增加值为7.32万亿元，占GDP比重达到7.39%。[4]当然，“十四五”期间，与版权息息相关的数字经济独立规划，提出的增幅就大了不少：从2020年数字经济核心产业增加值占国内生产总值（GDP）比重7.8%，到2025年增加至10%。[5]

结合《知识产权强国建设纲要（2021—2035年）》和《版权工作“十四五”规划》来看，版权强国主要措施包括以下几个方

① 《中共中央、国务院关于构建数据基础制度更好发挥数据要素作用的意见》，http://www.gov.cn/zhengce/2022-12/19/content_5732695.htm，访问日期：2023年1月29日。

② 初萌：《数据产权“三权分置”是什么？》，《学习时报》2023年1月18日，第3版。

③ 国务院知识产权部际联席会议办公室组织编写：《〈知识产权强国建设纲要（2021—2035年）〉辅导读本》，知识产权出版社，2022，第3-4页。

④ 这一统计数据与《“十四五”国家知识产权保护和运用规划》中对十三五期间版权产业增加值GDP占比一致。参见《国务院关于印发〈“十四五”国家知识产权保护和运用规划〉的通知》，http://www.gov.cn/zhengce/content/2021-10/28/content_5647274.htm#，访问日期：2023年1月29日。

⑤ 《国务院关于印发〈“十四五”数字经济发展规划〉的通知》，http://www.gov.cn/zhengce/content/2022-01/12/content_5667817.htm，访问日期：2023年1月11日。

面：一是质量优先，出精品版权作品；二是完善版权法律体系及配套制度；三是发挥行政与司法的合力，强化版权协同保护；四是培育融合版权及其他知识产权的世界一流企业，并建立起规范有序、充满活力的市场化运营机制。《知识产权强国建设纲要（2021—2035年）》在强化市场化运营机制中提出，“健全版权交易和服务平台，加强作品资产评估、登记认证、质押融资等服务。开展国家版权创新发展建设试点工作。打造全国版权展会授权交易体系”[①]。而且，“版权产业发展体系”建设被置于十分重要的地位。《版权保护“十四五”规划》中列举的重要举措包括版权示范创建工作、版权创新发展基地建设、打造版权展会授权交易体系、全国版权交易中心建设、推进版权产业发展支撑工作等。[②]

概而论之，版权强国要义在于两个方面：一方面是促进版权治理体系和治理能力的现代化；另一方面是建立起培育和发展版权产业的市场运行机制。前者是后者发展的基础；后者又能够促进前者的现代化水平和进程。对于版权产业而言，通过源头创新，推出好的版权作品；后续，通过发挥版权的使用价值（授权许可）和交换价值（质押融资、证券化等）实现版权的价值，是两个重要的面向。因此，版权强国战略应该以现代化制度设计为主，积聚各种创新资源，既注重前端的创新，提升创作水平，更应重视市场运用，高度融合科技、文化、商业、贸易等，推动创新要素在市场中自由流动，健全激励创新发展的版权市场运行机制。[③]

① 国务院知识产权部际联席会议办公室组织编写：《〈知识产权强国建设纲要（2021—2035年）〉辅导读本》，知识产权出版社，2022，第9页。

② 《国家版权局关于印发〈版权工作“十四五”规划〉的通知》，载《版权理论与实务》2022年第1期，第18–19页。

③ 易继明：《知识产权强国建设的基本思路和主要任务》，《知识产权》2021年第10期，第31页。

## 三、中国式版权发展模式与演进

从纵向历史来看，中国式版权发展体现为“古代先发、近代落后、现代追赶”的历史演进特点；而在横向比较来说，则表现为中国本土化版权传统与国际版权经验之间的互动关系。

### （一）继受与内化：外在动力

版权随印刷技术的采用而生，中国作为世界上最早采用雕版印刷术的国家，自然也被认为是版权最早产生地。[①]宋代的书籍刻印业发展催生了反对翻刻以申明版权的诉求，因此多数学者也认为版权观念的萌芽起源于宋代。[②]然而，版权观念形成的基础是发达的科学文化和繁荣的商业经济，它的发展则依附于先进的知识载体和传播工具的发展。[③]因此，中国虽然较早产生了版权观念，但长期的封建专制下缺乏工商业传统和私权观念，导致近代版权发展在世界范围内落后，也为现代版权规制中对国际规制的路径依赖埋下伏笔。

20世纪70年代末，在改革开放政策驱动下，著作权法制定纳入立法规划，并在缺乏本土产业基础与制度积累的历史阶段，借鉴《伯尔尼公约》等相关国际公约完成[④]——即使存在诸多现实质疑，也需要让位于开放和入世这两个国家基本战略目标。[⑤]这种法律继受，使得《著作权法》的颁布具有被动性和先天不足。[⑥]一方面，《伯尔尼公约》并不针对产业阶段基础而是各国博弈妥协的产物，许多规定宣示性大于实践性，直接以它为继受蓝本，

① 郑成思：《中外印刷出版与版权概念的沿革》，商务印书馆，1995，第108–121页。

② 李明山主编《中国近代版权史》，河南大学出版社，2003，第3页。

③ 朱明远：《略论版权观念在中国的形成》，《编辑之友》1986年第1期，第88–90页。

④ 熊琦：《中国著作权立法中的制度创新》，《中国社会科学》2018年第7期，第120页。

⑤ 沈仁干：《改革开放中的著作权立法》，《中国出版》2008年第10期，第25–28页。

⑥ 马先惠：《我国版权制度的历史演进及未来发展》，《攀登》2022年第41期，第118页。

造成相关条款在引入后缺乏稳定的法价值基础和解释学支持；另一方面，也导致我国相关主管部门在著作权认知和管理上存在路径依赖。而这样的立法背景以及多头管理的权利配置，也使得我国的版权制度先天存在政府干预过多的积弊。①

不过，加入WTO是一个重要的节点。在全球化和科技浪潮席卷之下，中国版权监管开始“祛魅”，网络版权监管领域表现得尤为突出。有学者梳理了版权网络监管三个发展阶段的不同特点：第一阶段从2001年至2007年，以法规条例的立法出台保障网络版权监管，同时积极与国际接轨，先后通过《世界知识产权组织的版权条约》（WCT）和《世界知识产权组织的表演和录音制品条约》（WPPT）；第二阶段从2008年至2012年，网络版权监管从传统领域不断延伸至新技术领域，通过《著作权行政处罚实施办法》的修改使得监管更加规范化，同时加大执法力度并探索监管新方式；第三阶段从2013年至今，技术运用的进一步深化推进网络版权从监管迈向治理，立法修法、专项执法、重点监管、非型式化手段、多元主体共同参与等方面共同推进网络版权治理模式的优化。②

从另外一个角度观察，中国现代版权制度也是在中美互动中逐渐形成的。美方的压力同时也是动力。中国版权及其产业发展的成就，是通过私权保护推动创新发展所铸就。③随着我国本土版权产业发展壮大、特色日益凸显，产业主体更亟需明确的法律体系与科学的制度安排来维护私人权利；此时，著作权法缺乏稳定价值基础和自洽制度体系的缺陷就显露无遗，也更需要理顺制度继受价值与本土产业现实之间的关系，合理借鉴和参考发达国

① 参见熊琦：《中国著作权立法中的制度创新》，《中国社会科学》2018年第7期，第122页。

② 郑宁：《我国网络版权监管的历史发展和展望》，《出版发行研究》2020年第6期，第5–9页。

③ 参见易继明：《改革开放40年中美互动与中国知识产权制度演进》，《江西社会科学》2019年第6期，第168–169页。

家的版权制度经验并内化为适合我国国情的政策体系。

### （二）政府与市场：内在张力

基于对版权制度发展演进历程的梳理可见，不同于英美现代著作权法中所包含的对抗国家强制力对私人行为干涉控制的私人自治基因，[①]中国著作权法虽通过继受方式建立起了私权为基础的法律框架，但政府对版权、传播、思想文化领域的规制力量和管制理念，仍然替换着继受制度价值内涵长期存续。这也导致中国式版权发展中始终呈现出市场驱动机制与政府管制之间的力量博弈；而现实层面的政策要求，也使得二者间往往由国家推动占据主导，版权产业的市场化发展动力与空间不足。

对此，对于版权发展中主导力量的选择，抑或是自治与管制手段的配合，根本上是基于对版权法律关系主体地位的判断。中国立法者与主管机关选择管制规则根本在于对著作权人"无维权意识和维权能力"的判断，以及将维权行为视为滥用司法资源以排斥自治性立法的底层逻辑。[②]然而，前者隐含的家长主义立法倾向不仅无法保护权利人的真实诉求，反而会破坏真实反映版权市场供求关系的交易机制，忽略了市场环境下直接参与创作和传播的权利人可能比政府主体更能直观了解产业现状的现实，在权利配置安排上否定市场手段的优势更可能导致不效率的结果。而后者更是以集体管理的形式限制了权利人真实意思表示与许可自由的实现。尤其在当下数字经济发展与互联网更新迭代加速的背景下，管制性规则更可能与产业发展现状之间产生滞后性的区隔。为此，应当调整自治与管制手段在制度设计上的关系，允许

① Robert P. Merges, "Autonomy and Independence: The Normative Face of Transaction Costs", *Ariz. L. Rev.*, Vol.53, No.1, 2011, p.147. 转引自熊琦：《中国著作权立法中的制度创新》，《中国社会科学》2018年第7期，第124页。

② 熊琦：《中国著作权立法中的制度创新》，《中国社会科学》2018年第7期，第132–138页。

私人创制许可规则以及时应对商业模式变化，同时以政府的公共服务与管理职能来辅助性弥补市场的不足，以更加包容开放的态度转向调整，让版权制度成为产业发展的保障而非阻碍。

### （三）战略自主：独立品格塑造

经历了继受与内化、政府与市场、国内与国际的洗礼，中国版权契合中国特色知识产权发展之路，逐渐走出了一条中国式版权发展现代化的道路。这一发展道路的形成，通过“从无到有”—“从有到大”—“从大到强”三次大的战略转换逐步形成——目前尚处于实现过程之中。[①]在这三大战略转换中，中国版权发展也逐步确立了自身的战略自主和独立品格。这一实现过程，主要表现为四个方面的特点：一是政府推进型；二是大保护工作体系；三是权利保护与他人、消费者、公共利益之平衡；四是人类命运共同体理念。[②]

相较于《商标法》《专利法》等工业产权法，著作权保护虽在1979年就体现出立法的外部动力，但迟至20世纪90年代初，才完成正式立法。[③]事实上，据时任国家版权局局长宋木文的介绍，当时文化部门出台的保护作者权益的规章“已不能适应教育、科学和文化建设进一步发展的需要”，导致“对内对外著作权关系出现了一些问题”，“影响我国与外国科学文化交流与合作的事情时有发生”。[④]在内部与外部双重压力之下，著作权制度的建立刻不容缓。但尽管如此，我国著作权制度的产生依然缺乏经济、社会和文化基础。与文学、影视等文化产业发展繁荣的国家不同，此时的中国尚不存在版权产业基础，无法通过版权保护

① 易继明：《新时代中国特色知识产权发展之路》，《政法论丛》2022年第1期，第3–4页。

② 易继明：《新时代中国特色知识产权发展之路》，《政法论丛》2022年第1期，第4–7页。

③ 1990年9月7日，七届全国人大常委会第十五次会议审议通过了《著作权法》，标志着我国著作权法律制度的正式诞生。相较于1982年8月23日制定的《商标法》和1984年3月12日制定的《专利法》，《著作权法》的出台确实要晚了不少。

② 宋木文：《关于〈中华人民共和国著作权法（草案）〉的说明——1989年12月20日在第七届全国人民代表大会常务委员会第十一次会议上》，http://www.npc.gov.cn/wxzl/gongbao/1989-12/20/content_1479229.htm，访问日期：2019年7月18日。宋木文：《全国人大常委会对著作权法的审议——中国版权立法修法二十年（2）》，https://www.chinaxwcb.com/info/564628，访问日期：2023年1月29日。

获得贸易收益，反倒要向外国人支付宝贵的外汇。经济、社会和文化基础的缺乏，现实社会场景支撑的匮乏，使得《著作权法》的制定只能依靠政府主导和外力驱动，这也是中国版权制度建立之初就具有的固有局限性之所在。

但随着中国融入国际社会，中国文化中根植的中庸思想和社会责任在新时期的创造性转化，释放出版权内容创新的活力，在版权治理现代化过程中发挥了守正创新的基础作用。诚然，从中国计划体制嬗变和政府干预过度的制度起点来说，市场机制和自由竞争的制度架构之进一步完善，仍然是版权产业未来发展的构筑基础。但现代化的当代进程所表现出的特征，与近代权利本位的经典表达已然不同。“从导向上看，利益平衡仍然是我国实施知识产权保护中的重要考虑。对利益平衡的考量，是理性的知识产权制度的应有之义，这也从一个侧面反映出中国特色知识产权制度的优越性。”[①]

## 四、网络和信息技术重塑版权产业发展新格局

21世纪以来，中国成为全球化、网络和信息技术发展的受益者。同时，版权产业也随着内容创新、多媒介传播及开放世界的来临，被深刻地改变着。版权产业新发展格局的形成，也需要版权制度不断革新和调整，以顺应版权产业化和网络新业态发展趋势。

### （一）版权创造

新技术在版权领域的运用催生出了新的版权创造形式。有学

① 易继明：《新时代中国特色知识产权发展之路》，《政法论丛》2022年第1期，第6页。

者将网络版权领域的数字技术类型化为连接、计算和交互三大技术集群，为版权内容提供了新的生产、传播和消费基础设施。

首先，连接技术将数字与现实世界中的各类要素相互连接，降低主体间的沟通成本，解决内容匹配的交易难题，催生网络版权产业的大规模定制化生产能力，推动数字经济与实体经济更加深入紧密融合。其次，计算技术进一步推动内容生产与传播侧的要素价值释放：一方面，平台借助人工智能在数字内容、视听作品创作领域的应用，赋能用户个体创作和AIGC内容生产模式变革，释放内容生产侧价值；另一方面，推动内容传播个性化和精准化的分发模式发展，推动网络版权传播模式从“人找信息”向“信息找人”转变，释放传播侧的要素价值。第三，交互技术破除内容传播场景束缚，依托人工智能、VR/AR技术，推动内容消费终端向多样化方向发展，增加消费体验的沉浸感与互动性。[①]

而从技术应用对版权创造影响较为明显的具体领域考量，在影视行业中，爱奇艺运用人工智能技术打造的后期制作系统通过AI更精准的数据分析，极大提高大型综艺创作的速度与艺术水准；在文学知识领域，百度文库运用自研超级链技术与高精度内容检索算法打造文档质量评分与版权评估，激励更多原创高质量版权内容的产出。[②]例如，人工智能创作物是否构成版权法意义上的作品，就是一个突出的问题。[③]人工智能、5G、区块链等新技术与版权创造环节的有机融合，推动许多新型商业模式的诞生，有效激发出内容创新创作的活力，同时也对新业态的版权保护与管理提出了与时俱进的规制要求。

① 张钦坤、朱开鑫：《我国网络版权产业发展和制度演化分析》，《版权理论与实务》2022年第8期，第24页。

② “新技术在版权产业的应用”课题组：《新技术在版权产业的应用》，《版权理论与实务》2021年第7期，第79–85页。

③ 易继明：《人工智能创作物是作品吗？》，《法律科学》2017年第5期，第137–147页。

## （二）版权运用

版权产业发展需要版权的充分运用，版权充分运用需要版权具备流动性，以及提升版权许可的效率。互联网开放平台与社交网络的新兴商业模式发展，则更加促进了传播效率的提高与传播技术转移，私人间的交互式传播逐渐取代由少数商业机构把控的传播渠道成为主流信息传播方式。[①]虽然互联网时代的作品传播具备了显著的“去中间化”特征，允许作者在技术上能够直接面对欣赏作品的最终用户，但产业化的内容传播仍然依赖网络服务提供者及其商业模式。这其实是在传统版权运用模式中著作权人与出版方之间的矛盾基础上，又增添了著作权人与作为网络服务提供者的第三方平台之间的矛盾。[②]这种新型作品传播模式，也必然导致收益分配的分歧和利益取向的对峙：著作权人以版权许可为利益追求，而互联网平台与终端用户则以内容传播产生的注意力为需求。二者间需求的对立，体现着互联网产业与版权产业间的利益分歧，也最终表现为两者在传播效率与许可效率需求上的差异。

在此情形下，传统著作权法对内容提供者的优先保护制度无法满足互联网产业的传播速度与现实需要，将导致在私主体层面开始自发寻求非正式著作权运作机制与商业模式创新，例如，拆封合同、点击合同逐渐演化成为软件产业中的格式条款，著作权人放弃著作权的公共许可等超越或释放著作财产权的私立规则。对于此类变化趋向，有学者提出：须要允许私立著作权规则发挥效用，也要限制其滥用，因此，可将著作财产权类型合并，调整

① 熊琦：《互联网产业驱动下的著作权规则变革》，《中国法学》2013年第6期，第79页。

② 熊琦：《著作权合同中作者权益保护的规则取舍与续造》，《法学研究》2022年第44期，第200页。

著作权限制制度，区别合理使用中抽象判定标准和法定例外的法律属性以及引入反垄断规则进行进一步规制。[①]

而除了被动回应私主体层面的自发行为，司法也应主动规制网络传播的新兴业态并解决版权市场利益冲突产生的调节失灵问题，对版权传播行业做出正确的规则引导。例如，在面对网络直播这种随意性、碎片化的信息传播模式时，由于直播侵权行为发生的随机性和瞬时性，适用“通知—删除”规则即权利人通知删除侵权内容的速度可能远不及侵权发生的速度，因此基于信息网络传播利用形态建立的“避风港”规则可能难以对平台起到实质性的规制作用。对此，有学者主张应效法欧盟，引入更具效率优势的平台版权过滤义务，以充分保障版权人在数字环境下的利益。[②]另有从司法案例分析层面提出，须通过技术推动通知发送和删除认定的快捷化与智能化，同时寻求平台责任认定新路径。[③]但也有学者认为，版权过滤义务带有明显的“产业驱动”色彩，只着眼于版权强保护一维，未能涵盖版权保护、网络产业发展和使用者利益维护的三重价值维度，将导致倾向大型互联网平台与大版权人的利益失衡，不宜在我国引入。[④]

另外，互联网与数字经济下也催生了许多用户参与娱乐、互动、创作及传播的多功能应用形态，如“配音秀”“图解电影”等，其中存在大量用户参与的二次创作，这也给传统的著作权合理使用制度与转换性使用规则提出新的挑战。对此，要对合理使用的法定列举加以明细界定，取消“特定且特殊情形”的兜底条款，以维护“三步检验法”的权威与合理使用司法认定的可预期性；[⑤]对于转换性使用，则应将之纳入我国《著作权法》“评论或

① 熊琦：《互联网产业驱动下的著作权规则变革》，《中国法学》2013年第6期，第81–89页。

② 冯晓青、许耀乘：《破解短视频版权治理困境：社会治理模式的引入与构建》，《新闻与传播研究》2020年第10期，第56页。

③ 姜颖、颜君：《数字经济时代著作权保护面临的挑战及司法应对——以北京互联网法院典型案例为样本的分析》，《版权理论与实务》2021年第2期，第46页。

④ 沈浩蓝：《产业视角下欧盟网络服务提供者版权过滤义务立法的发展、争论与启示》，《新闻界》2022年第11期，第61–62页。

⑤ 熊琦：《著作权合理使用司法认定标准释疑》，《法学》2018年第1期，第192页。

说明问题”类的合理使用中，并辅以《著作权法实施条例》第21条对合理使用法定类型适用的限定，为互联网环境下借助既有作品的创作行为提供合法性保护的同时，也限制适用范围的过度扩大，避免造成弱化著作权经济激励的弊端。[①]有学者认为，应将转换性使用置于合理使用分析的一般框架下，确立开放式合理使用的一般规则，同时增设转换性合理使用的法定情形，提升司法判断中的确定性。[②]还有学者认为，作品转换性使用并不必然构成合理使用，但版权作品在数字化使用形态中即便行为性质方式不具有转换性，它为公众获取体验等新的意义价值仍可能构成合理使用，因此需对使用行为的“内容性转换”与“目的/功能性转换”进行综合判断。[③]在具体司法实践中，需要数字化版权治理体系对这一问题予以解决，精准划定二次创作与转化传播的界限，合理平衡权利人、传播主体与社会公众之间的利益。[④]

### （三）版权集体管理

2001年修订《著作权法》为版权集体管理提供了法律基础。2020年《著作权法》第三次修订中，对集体管理进行了较大修改（第8条）。除了对应《民法典》出台，将集体管理组织明确定位为“非营利法人”之外，还回应了现实、市场、痛点等。诚然，新技术、新工具无法取代集体管理制度，但网络和信息技术却对这一制度架构提出了挑战，同时也为其现代化提供了手段和机遇。[⑤]

在互联网产业利益与传统版权利益相向的背景下，私立著作权规则成为应对传播技术革新与新兴产业变革的重要制度工

① 熊琦：《著作权转换性使用的本土法释义》，《法学家》2019年第2期，第129、134页。

② 孙松：《著作权转换性使用的本土路径重塑》，《电子知识产权》2020年第2期，第27–29页。

③ 李杨：《著作权法中的转换性使用理论阐释与本土化适用》，《河北学刊》2022年第6期，第188–189、195页。

④ 姜颖、颜君：《数字经济时代著作权保护面临的挑战及司法应对——以北京互联网法院典型案例为样本的分析》，《版权理论与实务》2021年第2期，第47页。

⑤ 林秀芹、王轩：《新形势下著作权集体管理面临的机遇与挑战》，《版权理论与实务》2022年第4期，第14–16页。

具，其中尤以20世纪出现的著作权集体管理为典型代表。集体管理制度在“权利人—集体管理组织—使用者”之间形成了稳定的合同关系。“对权利人来说，通过集中许可方式加强了对著作权交易的规制，提高了许可效率；对需要大量利用作品的使用者来说，集中许可也减少了因权利分散导致的重复协商，提高了传播效率。”[①]然而，我国的著作权集体管理制度起步较晚、框架粗放，制度定位不够清晰，行政色彩浓重，存在固有的结构性问题。例如，集体管理组织会员大会召开不规范、内部制度不健全，作品使用费收取和分配不清晰、不透明；面对新技术下的海量授权和规模性侵权，维权难度大、成本高；集体管理组织管理混乱，衙门作风，缺乏会员的信任度，也缺乏外部监督等。[②]并且，国内集体管理组织的社会基础与代表性也存在严重不足，包括音著协、音集协、文著协、摄著协、影著协在内的5家集体管理组织所拥有的会员数量及管理作品数量，仅占相应领域市场份额的一部分，尚且存在大量可通过集体管理实现有效利益分配的著作权许可市场没有建立起完备的集体管理组织。另外，在互联网产业的新型商业模式下，集体管理模式自身效用的发挥也十分受限。网络用户可能同时具备创作者、传播者和使用者的多重身份，且参与创作与自我表达的动机也日益多元化，使得集体管理制度无法再依据相对确定的交易方式与范围协商许可条件，无法满足产业发展需要。[③]为此，私立著作权规则或可成为弥合传播效率与许可效率的新路径，但由于其也可能导致对著作权人权利边界以及使用者注意义务和负担成本的不确定影响，在实际适用中也应予以审慎

① 熊琦：《互联网产业驱动下的著作权规则变革》，《中国法学》2013年第6期，第83页。

② 胡开忠、任安麒：《构建中国特色的著作权集体管理制度》，《版权理论与实务》2022年第2期，第5页。

② 熊琦：《互联网产业驱动下的著作权规则变革》，《中国法学》2013年第6期，第83–85页。

考量。

此外，将互联网前沿技术应用于数字作品版权司法保护，以实现“以技治技”的技术治理思路，也存在一定的现实可行性。近年来，数字作品版权纠纷数量激增，司法机关亟需借助技术力量提升司法工作效率，而人工智能、算法、爬虫等技术手段可以实现对大数据的快捷处理，为司法实践提供有效的差异比对、信息排查、区块链存证等技术机制，能够有效应对数字文化市场出现的新问题，在功能上也符合数字版权治理的现实需求。[①]

## 五、知识产权强国背景下的版权治理现代化

### （一）建立支撑创新的版权融通体制

建立支撑创新的版权融通体制，有助于解决制约我国版权事业长久发展的掣肘因素，促进全社会创作活力的充分涌动、版权产业的良性运作，进而服务于中国特色、世界水平的版权强国建设。版权融通体制兼顾“融”与“通”两个维度，强调版权“融”入知识产权制度，“融”入经济社会全面发展，同时也要贯“通”原创者与演绎者利益的保护，畅“通”版权保护与价值实现的过程。

第一，版权融入知识产权体制。版权的激励机制需要在市场中实现，管制思维难以适应市场化运作机制。比较法上，世界各主要创新型国家、地区的知识产权行政管理已经呈现出集中化的趋势，以顺应版权产业发展的需求。[②]将版权纳入知识产权局统

① 田绘、李晓虹：《技术治理：数字作品版权司法保护的新实践——以广州互联网法院网络著作权纠纷审判实践为例》，《版权理论与实务》2021年第7期，第59、61–63页。

① 易继明：《构建集中统一的知识产权行政管理体制》，《清华法学》2015年第6期，第148页。

一管理，有利于版权制度激励创新这一工具价值的实现。

第二，版权全面融入经济社会发展。在深入贯彻新发展理念、加快构建新发展格局的背景下，版权“多而不优”“大而不强”的局面亟需改善。通过版权融入经济社会发展，让版权深入经济社会的各个行业、各个领域和各个层面，在创新能力、制度与文化建设方面苦下功夫，激活“科技推动、产业支撑、商贸融合”的版权价值链，才能从总体上完成从版权大国向版权强国的转变。

第三，兼容原始创新与序贯创新。数字技术引领的出版行业变革，使人类社会步入全民创作时代。伴随着参与文化的兴起，人们广泛参与到短视频、网络直播等新业态创作之中，对在先作品的使用成为常态，这也加剧了序贯创新与原始创新之间的冲突。序贯创新并非对他人作品的简单重复，它为社会文化繁荣贡献的新价值不容忽视，理应成为被激励、被保护的对象。当下禁令救济广泛适用的司法实践，并不有利于序贯创新的实现。版权融通机制应当致力于使原始创新者获得合理报酬，序贯创新者获得传播利益，进而促进版权产业发展，实现版权作品社会效益最大化。①

第四，形成版权公共事务体系。现代化的治理体系以合作治理为特征，主张从传统的行政管理向公私伙伴关系和治理网络的转变。②版权作品不仅是个人价值的体现，更是整个社会的物质与精神财富，理应纳入治理体系。2022年4月29日，中共北京市委办公厅、北京市人民政府办公厅印发《“两区”建设知识产权全环节改革行动方案》，提出“推动成立北京文化创意版权服务

① 初萌:《全民创作时代短视频版权治理的困境和出路》,《出版发行研究》2022年第5期，第66–71页。

② 宋华琳:《论政府规制中的合作治理》,《政治与法律》2016年第8期，第16页。

机构和版权资产管理与金融服务机构”，以完善版权服务体系，可谓在版权公共事务体系的构建中迈出了重要一步。版权公共事务体系的构建应当充分发挥集体管理组织、行业协会、金融服务机构、资产管理和价值评估机构、培训机构、社会公众的积极性，实现版权保护的社会共治，进一步打通版权产业链。

### （二）版权法律体系的现代化

党的二十大报告提出“完善产权保护”，以“构建高水平社会主义市场经济体制”“推动高质量发展”。[①]作为产权体系的重要组成部分，版权保护的完善首先仰赖于版权法律体系的现代化，需要从形式完备性、实质正当性、对新技术的回应性三个维度完善现有法律体系。

在三十余年的发展中，“一法六条例”、相关行政规章和司法解释共同勾勒出我国版权法律制度的基本框架，“具有中国特色的版权法律体系基本完备”。[②]但《著作权法》授权立法的部分缺失，一定程度上损害了我国版权体系的形式完备性。1991年《著作权法》第六条规定“民间文学艺术作品的著作权保护办法由国务院另行规定”，时隔三十余年，该规定仍未正式出台，就是最典型的例子。“无法可依”的局面极易引发司法实践的混乱，甚至有法院以相关规定未出台为由拒绝受理案件，[③]这将有损于法律权威。《著作权法》第三次修改之后，相关条例的修订虽早纳入议程，却迟迟未予公布。配套立法的滞后也会使诸如著作权登记等新增制度的具体落实陷入争议之中，难以为公众提供稳定预期。

① 习近平:《高举中国特色社会主义伟大旗帜 为全面建设社会主义现代化国家而团结奋斗——在中国共产党第二十次全国代表大会上的报告》,《求是》2022年第21期,第17页。

② 《加快推进版权强国建设，奋力开创新时代版权工作新局面——中宣部版权管理局负责人就〈版权工作“十四五”规划〉答记者问》,《版权理论与实务》2022年第1期，第4页。

③ 江西省抚州市中级人民法院民事裁定书,（2018）赣10民初97号。

除形式完备性之外，我国版权法的实质正当性也需要进一步考究。《著作权法》第三次修改新增了表演者出租权、录音制品机械表演和广播获酬权，延长了摄影作品保护期，使我国版权规定与国际社会进一步接轨，回应了版权产业发展的诉求；但是，我国版权体系存在的问题也不容忽视。“追续权”“二次获酬权”等创作者权益保护机制未能最终获得立法层面的表达，人本主义的版权保护理念[①]有待进一步落实；对集体管理组织市场支配地位的强制安排、以限定损害赔偿额激励作者与集体管理组织签约的司法实践，[②]本质上是管制理念的体现，[③]压缩了私人自治的领域；“版权滥用条款”的搁置、法定最低赔偿额的引入，为“版权蟑螂”提供了钻法律空子的空间，而此类主体抹杀了作品在社会发展和文化传播中拥有的商业价值和社会价值，阻碍了社会创新。[④]

在新技术、新业态层出不穷的当下，现代化的版权法律体系应当具有一定的前瞻性，并适时启动修改。《著作权法》在权利配置上的一个突出问题是强调技术属性、淡化利益关系，这直接导致了新技术带来的权利行使新方式难以被正确归类，缺乏前瞻性的制度设计产生了阻碍版权交易的不利后果。第三次修改虽未解决这一问题，但由作品类型开放条款、适当放宽合理使用认定条件所构建的“宽进宽出”[⑤]结构，无疑增强了对新技术的回应性，也是立法能力提升的体现。未来，我国还需进一步引入动态立法机制，完善修法程序的启动要件，及时修法以回应技术发展对版权制度带来的挑战。

① 易继明、初萌:《论人本主义版权保护理念》,《国家检察官学院学报》2022年第1期，第156–176页。

② 福州中久华飞文化传播有限公司与太原青峰霞宇娱乐有限公司侵害作品放映权纠纷二审民事判决书，山西省高级人民法院（2020）晋民终776号。

③ 熊琦:《著作权法中的私人自治原理》，法律出版社，2021，第13–15页。

④ 易继明:《“版权蟑螂”的危害》,《中国科学报》2019年4月2日，第8版。

⑤ 蒋舸:《论著作权法的“宽进宽出”结构》,《中外法学》2021年第2期，第327–345页。

### （三）版权执法体系的现代化

“徒法不足以自行”，版权治理体系现代化不能离开执法现代化。对于加强版权执法，《版权工作“十四五”规划》提出了“监管不断加强，版权保护水平显著提升”的发展目标，遵循“严保护”理念，这也是服务高质量发展的必要举措。为实现这一目标，我国还需在版权执法队伍专业性、执法常态化、版权执法民行刑衔接机制、创新执法手段等方面作出完善。

当前我国各地多将版权执法纳入文化市场综合执法体制，这种做法固然有利于统一文化领域执法标准、集成执法资源、增强执法效率，却缺乏对版权执法专业性的考量。与注重内容审查、强调意识形态安全的文化执法不同，版权执法对文化市场公共利益的维护要以私权侵权的界定为条件，其中尤为关键的“实质性相似”在认定视角、判定方法上都有较强的专业性，以实现版权保护与创作自由利益的平衡。无独有偶，兼容原始创新与序贯创新的融通机制也在“严保护”之外，提出了促进社会综合效益的要求，以实现版权行政执法与版权产业发展之间的良性互动。[①]版权法的制度目标需要专业化的版权执法队伍来守护。

中国版权执法存在“运动式”特点，一年一度的“剑网”专项行动成效显著，使得这一执法方式更有固化的趋势。《版权工作“十四五”规划》设置版权行政保护重点项目，提出每年组织开展两次全国性版权执法专项行动、每年组织开展一次软件使用情况年度核查等目标，正是这一趋势的体现。但“运动式”执法也存在一些问题。一方面，“运动式”执法容易诱发行为人的投

① 王骞：《多元维度下版权适当保护之思考——基于我国版权行政执法的考察》，《电子知识产权》2020年第3期，第42页。

机心理，期冀在“狂风骤雨”般的阶段性执法结束后继续从事先前的违法活动，这大大削弱了执法效果；另一方面，“运动式”执法容易使行为人将自身受惩罚的原因归咎于行政机关的执法选择行为以及自身较差的运气，反而淡化了对版权侵权行为非正当性的认识。引入常态化的版权执法机制，能够对行为人产生教化作用，有利于版权文化的形成，为版权产业发展营造风清气正的市场秩序。

健全版权执法民行刑衔接机制，是版权执法正当化的重要维度。由于衔接不畅，我国实践中曾经出现深度链接的民事侵权定性尚存疑，却被追究刑事责任的案例，这样的版权执法显然无法为当事人所信服。《版权工作“十四五”规划》提出“进一步推动版权行政执法与刑事司法的有效衔接”“充分发挥全国打击侵权假冒领域行政执法与刑事司法衔接工作信息共享平台和国家版权监管平台的作用”“建立健全与司法机关信息共享、案情通报、案件移送制度”等程序性举措，可谓在衔接机制的完善方面迈出了重要一步。实体层面，还应慎重认定版权行政违法的“公共利益”要件，在刑事犯罪中强调必要性、适度性与利益平衡原则、坚持“营利目的”的要求，[①]以使责任设置与行为违法性程度相适应。

新技术背景下，侵权手段更加隐蔽，科技化含量越来越高，新型商业模式和技术手段层出不穷，[②]创新执法手段成为刚需。当前，区块链、大数据等技术已逐步运用于版权确权、版权作品比对等领域，技术对版权执法的赋能作用初步显现。未来还应积极探索过滤技术的应用、版权信用体系建设的完善等具体举措，

① 杨彩霞：《网络环境下著作权刑法保护的合理性之质疑与反思》，《政治与法律》2013年第11期，第54–65页。

② 孙悦：《多措并举，构建版权保护长效机制》，《版权理论与实务》2022年第4期，第4页。

“综合运用法律、行政、经济、技术、社会治理等多种手段”，[①]提升版权执法效能。

### （四）树立“发展即安全”的版权意识

当今世界正经历百年未有之大变局，世界多极化、经济全球化、社会信息化、文化多样化深入发展，和平、发展、合作、共赢的时代潮流不可逆转，但国际安全面临的不稳定性、不确定性更加突出。[②]新形势下，党的二十大报告提出“坚定不移贯彻总体国家安全观，把维护国家安全贯穿党和国家工作各方面全过程，确保国家安全和社会稳定”[③]的要求。将版权工作与国家安全观的落实紧密结合，理应成为未来版权工作的重中之重。

在国家安全的组成要素中，版权与文化安全联系最为紧密。文化安全是一个国家的精神文化以及建立在其基础之上的社会基本制度、语言符号系统、知识传统、宗教信仰等主要文化要素免于被侵蚀、破坏和颠覆的状态。[④]维护文化安全，就要坚定文化自信。党的二十大报告指出，“繁荣发展文化事业和文化产业”[⑤]是推进文化自信自强的一条重要路径，其背后体现的是“发展即安全”的理念。事实上，通过在作品中融入故事以实现场景化构建，所形成的渗透力往往比枯燥的言语宣教更为持久而深入，这也是文化产品对价值观输出的独特作用之所在。版权产业作为现代文化产业体系和市场体系重要组成部分，在增强文化自信、维护文化安全方面大有可为。

版权的市场化运营机制意味着作品要在传播中发展，这与“发展即安全”的理念高度契合。实践中，大量中国传统作品被

① 习近平：《全面加强知识产权保护工作，激发创新活力推动构建新发展格局》，《求是》2021年第3期，第7页。

② 国务院新闻办公室：《新时代的中国国防》，http://www.gov.cn/zhengce/2019-07/24/content_5414325.htm，访问日期：2023年1月29日。

③ 习近平：《高举中国特色社会主义伟大旗帜，为全面建设社会主义现代化国家而团结奋斗——在中国共产党第二十次全国代表大会上的报告》，《求是》2022年第21期，第27页。

④ 颜旭：《提升国家文化软实力与文化安全》，《前线》2017年第3期，第23页。

⑤ 习近平：《高举中国特色社会主义伟大旗帜，为全面建设社会主义现代化国家而团结奋斗——在中国共产党第二十次全国代表大会上的报告》，《求是》2022年第21期，第23-24页。

其他国家开发为游戏并融入本国价值观，引发了文化领域的价值侵蚀。同时，在版权的海外运营方面，我国也不乏成功案例，网络文学海外拓展就是一个典型的例子。据不完全统计，我们现在已经有数万部网络文学作品在全世界进行传播，这也成为中国文化走出去的一种重要方式。当这些作品在国际社会获得认同，形成文化影响力，我们所推崇的核心价值观就能于发展中求生存，缓解乃至从根本上逆转文化认同危机。网络文学对国家文化形象的塑造，离不开版权保护与发展。[①]在信息流动日趋频繁的当下，以版权保护推动版权产业的发展，以核心版权产品输出实现中华优秀文化的传播，是防止域外文化侵蚀的最佳路径，有利于增强中国文化的国际认同度，[②]增强中华文明传播力影响力，推动中华文化更好走向世界。

## 结 语

中国共产党二十大报告指出，“实施国家文化数字化战略，健全现代公共文化服务体系，创新实施文化惠民工程。健全现代文化产业体系和市场体系，实施重大文化产业项目带动战略”[③]。这一提法，实际上将版权产业、文化产业和数据产业（数字经济）融为一体，符合网络和信息新技术条件下产业交融的特点。同时，作为知识产权强国建设的重要组成部分，版权强国战略是文化强国、网络强国、大数据战略、数字经济发展战略等国家战略的基础支撑。随着各种相关国家战略的陆续推进，中国式版权发展模式成就了中国版权发展的独立品格，也成为促进

① 《版权理论与实务》编辑部：《版权保护引领网络文学高质量发展——〈2021年中国网络文学版权保护与发展报告〉发布会综述》，《版权理论与实务》2022年第5期，第11页。

② 易继明：《新时代中国特色知识产权发展之路》，《政法论丛》2022年第1期，第11页。

③ 习近平：《高举中国特色社会主义伟大旗帜，为全面建设社会主义现代化国家而团结奋斗——在中国共产党第二十次全国代表大会上的报告》（2022年10月16日），《求是》2022年第21期，第24页。

中国版权治理体系和治理能力现代化的基本路径。

版权产业发展与版权制度建设之间，存在相互促进的内在关系。强化版权保护，就能够促进版权创新。《“十四五”国家知识产权保护和运用规划》中提出，“实施版权创新发展工程，打造版权产业集群，强化版权发展技术支撑”；同时也提出，要推进版权交易、保护、服务一体化发展。[①]网络和信息技术的发展，重新塑造了版权生态体系，促进了版权产业发展新格局。从版权产业发展的角度来看，应该牢固树立“发展即安全”的版权意识，同时建立起支撑创新的版权融通体制，促进版权法律体系和执法体系的现代化。

载于《法学论坛》2024年第3期

① 《国务院关于印发〈“十四五”国家知识产权保护和运用规划〉的通知》，http：//www.gov.cn/zhengce/content/2021-10/28/content_5647274.htm#，访问日期：2023年1月29日。

# 金浩

中国艺术研究院舞蹈研究所研究员，北京市长城学者。

入选“首批首都优秀中青年文艺人才库”“国家教材建设专家库”“国家艺术基金专家库”“国家社科基金同行评议专家库”等。学术著作有《新世纪中国舞蹈文化的流变》《新世纪中国古典舞发展十年观》《新世纪中国民族民间舞蹈的时代际遇》《微时代的微舞评》《古风舞蹈评论文集》《戏曲舞蹈知识手册》等。作品曾获得中国舞蹈荷花奖、全国青少年舞蹈教育教学成果展示“桃李杯”、中国文艺评论年度推优“啄木鸟杯”等奖项。

# 数智时代下的中国古典舞审美观察

**金浩**

## 一、舞种的审美范式与规律

中国古典舞是当代中国舞坛最重要的舞蹈种类之一，也是一个在名称和概念上引起争议最多的舞种，究其原因，即此舞种并不是祖先流传下来的，而是基于国家文化事业发展的需要，几代舞蹈工作者呕心沥血创立的新舞种。它是当代构建的文化产物，承担着国舞复兴的重任。从发展历程看，它继承了中国传统优秀文化的基因，但随着时代的发展，面临着新的冲击与挑战。

"中国古典舞作为中华优秀传统舞蹈文化的代表，其表现形式具有结构程式化和语言韵律化的艺术特征。"[①]然而，它最初创建时"不是既有了广为流传的经典剧目，而是先成立了专业舞蹈学校，从抓教学训练开始为入径，与其他古典艺术表演样式如中国戏曲、西方芭蕾都不尽相同。站在数智时代文化发展的观测点上，我们发现任何一个艺术门类在实践中都会有一种模糊的可能，为了使这种模糊性逐渐地清晰起来，须紧紧抓住荦荦大端，进行理论化的梳理与证实，使之艺术实践活动不至于漂移、起伏

① 金浩:《〈舞上春〉: 一次国潮舞风的成功"破圈"》,《文艺报》2022年11月21日，第8版。

不定”[1]。

中国古典舞的表现形式也是一种范式，其艺术个性区别于其他舞蹈表现形式。中国古典舞本体研究就是采用最切合舞蹈要表现的、根源的、实在的具体内容，遵循着该舞种自身的运动规律，包括它的动作语言、语汇、语法及语境，即从人体运动规律出发，将中国古典舞视为“‘舞蹈着’的古典舞蹈艺术”[2]。就其运动性而言，舞蹈是通过人体的运动，改变身体的姿态、位置、状态，从而传递丰富的情感。舞蹈的美正体现在运动中，因此，寻求舞蹈的意义不能通过某一静止的舞姿、造型便断然判断舞蹈的情绪，而应将舞蹈视为诸多动态的变化组合、情绪情感的动态传达。

从词源学的意义上理解“舞蹈”更有助于深入理解其综合性与艺术特性。《说文解字》中“舞”的释义为：“舞，乐也。用足相背，从舛；无声。”[3]这使得“舞”包含在乐中，是乐的一种表现形式，用两足相背，表示起舞踩踏。在中国古代，音乐、舞蹈并没有明确的划分，统称为“乐”。但音乐、舞蹈作为两种艺术表现形式，还是有职能上的不同。蔡邕《月令章句》讲的“舞者，乐之容也；歌者，乐之声也”[4]正是强调“舞”是通过肢体运动来传递情绪的。另有《诗大序》中“情动于中，而形于言。言之不足，故嗟叹之。嗟叹之不足，故咏歌之。咏歌之不足，不知手之舞之，足之蹈之也”同样将舞蹈视为由人体动作出发传达情绪、情感的艺术形式，并且将舞蹈看作最极致的情感表达方式，认为舞蹈表达能在语言、歌声之外更接近于人的心灵、情感。

① 金浩：《新世纪中国古典舞发展十年观》，上海音乐出版社，2011。

② 钱正喜、赵咏梅：《中国“古典舞”的“舞蹈性”选择》，《北京舞蹈学院学报》2008年第1期，第48页。

③ 汤可敬：《说文解字今释》，岳麓书社出版社，2002，第731页。

④ 汤可敬：《说文解字今释》，岳麓书社出版社，2002，第731页。

中国古典舞的当代发展，恰恰是通过对“古典化身体”的追寻，探索、诠释中国人的身体运动规律、发力方式。中国古典舞的美体现在流动中，其流动是在绵延不断、转瞬即逝中完成的，在运动中看似要形成的舞姿，实则是下一个动作的起始，而一个起始的势，又将带出新的动作与动势（见图1）。只有理解了舞蹈中的流动、动作间的气口，才能在动态中把握舞蹈的审美内涵。这一点，可在2022年央视春晚上的《只此青绿》中得以印证。在表演过程中，舞者的身体在静态到一定程度就会爆发，恰恰也是“蓄之既久，其发必速”的灵动体现，并用“蹲和起”的简洁律动幻化出错落有致、层峦叠嶂的画面感。被誉为“青绿腰”的体态动律在慢与快中，更强调慢；在虚与实中，更强调虚；在动与静中，更强调静。而编导在创作这个作品时，首先要求演员先打坐，在静态中找动态。越静，观赏者才越能感受到天地间的生命运动，感应到氤氲大气、吞吐吸纳。“动轻静重”的视觉和心灵

图1　踏步按掌舞姿造型　王明月　绘图

的形式体验，以终为始地运动着，才是一种高级的“舞蹈”。

“中国古典舞中随处可见的‘顺风旗’舞姿，一臂上举，肘微曲，手心向上做‘托掌’，另一臂拉开‘山膀’，呈双向弯曲。要使这个动作做得‘形神’兼备，‘托掌’手必须与异侧的脚有一种气脉的关联。具体分析，若右‘托掌’、左‘山膀’，那么右手与左脚梢节构成一条轴线，意念上穴位应互相牵连，形态上‘托掌’手指向内找左脚，而左脚则会生内旋之义与右掌契合，这便形成了梢节之轴的‘太极图’意象，反之亦然。以此类推，‘托掌’臂中节位穴会主动找异膝穴点，从而使此轴上的肘与膝构成内吸引，形成肘的微曲向内、膝的峻拔内收，实现‘中轴太极’；而根节相合，自然造成左胯与右肩的‘环抱’效应，也就形成了肩胯相协的‘根轴太极’。与此同时，整个身体呈现出一种‘横拧’动势，上身和下身之间以腰为轴有明显‘S’形内旋，这就造成了整个人体动态的‘中和’之象：上下身在‘圆、曲、拧、倾’的综合‘力效’影响下，完成一个球体的‘内收’之象。古典舞‘抱元守一’‘外圆内转’的特征，得以展现。”[①] 另外，我们发现在舞蹈姿态的范畴中，中国古典舞呈现出点、线、面交织的运动关系：点——动作中的瞬间停顿或重拍，是中国古典舞舞姿造型的塑形原点，以最简洁的形式来展现最大容量的内涵；线——动作中连绵不断的过程，是点的移动轨迹，是中国古典舞肢体语言的线条流动；面——有点、有线、有穿插也有交合，当点线碰撞汇合在一起时所形成的立体空间状态，才能体现出中国古典舞视觉语意的飞扬。因此，我们需建立中国古典舞身体语言体系与本体专属的“语料库”，明确动作间的过渡关

① 罗斌:《中国古典舞蹈的“和”品格》，吉林美术出版社，2005，第50–51页。

系，即一个“子午相”到另一个“子午相”的图像过程，寻找中国古典舞动作语汇中的关键词，并在此基础上提炼新的训练元素，明晰它的定义与价值，提高表演者的艺术素质。

中国古典舞的范式是一个特定的动作单元，具有特指的含义与词语的组合。它有相对固定的韵式和形态，由中国古典舞业内所共享与传承，并反复、持续出现在该舞种的训练和表演之中。因此，像中国古典舞这类的表演范式，就是民族美学观的集中体现，也是一种创造舞台形象表现力的特殊形式，制约着表演的随意性并允许有规律性的自由。同时，它的表现力、感染力和思想性都寄寓在这种既有规律又相对自由的艺术范式之中。中国古典舞始终在规范与创造之间寻找着自己的坐标，它所遵循的范式并不是一成不变的，而总处于发展变化之中。任何一位舞者在学习动作时，都会遵从一定的规格要领，在做到动作的规范性之后就会自觉或不自觉地进行个性化的处理。真正优秀的中国古典舞演员都能做到“从心所欲不逾矩”，舞出一种极致的、无可替代的古典神韵。

## 二、以古典之韵启现实之思

身处数智时代，我们应将中国古典舞置身于中国文化精神的瀚海中予以审度，方能使之不流于疏阔或拘于褊狭，这也是推动中国古典舞艺术创作进一步提升的捷径和必由之路。

根据传统舞蹈文化的遗存，进一步加强对这些史料素材的系统整理与探究，是数智时代下的中国古典舞在艺术上趋于成熟、在细节上臻于完善的重要节点。从某种意义上讲，舞蹈本身就是仪式的重要组成部分，也是行为传统的重要构成。对于中国古典舞的当代性阐释离不开对古代舞蹈文化的分析，自然也离不开在史料钩沉中深入开掘在传承过程中所蕴藏的行为传统。雪泥鸿爪，不一而足，而对这些文化碎片搜集得越深入，历史材料存在的逻辑关系才会越清晰，传统的当代化艺术呈现才越有可能发生。这似乎打通了我们观察历史的另一个舞蹈视角，让古典文化的温度和脉搏触手可及。当代创建的中国古典舞或许缺少一点历史的真实性，却有历史真实感，这是艺术创造的理想境界。广博而深厚的中华优秀传统文化是中华民族共同、共通的集体记忆，执守中华优秀传统文化精神的复归才能引起国人的审美共鸣、唤起文化的自信力，这也是数智时代下的中国古典舞焕发生命力的重要手段。

资华筠曾对中国古典舞作了如下概括："第一，继承了各种传统舞蹈的精髓，包括了很多文化内涵。第二，提炼了东方神韵的审美特征，是属于东方系统的，但也借鉴了西方构建舞蹈体系化的经验。那个时候我们没有古典舞的构建方法，借鉴是一条捷径。这样逐步形成了'中国古典舞'多姿多彩的风貌，现在仍然在形成中、汇流中、探索中。开始水浅摸着石头过河，现在水深摸不着石头了……"[①]中国古典舞的确发生了深刻的变化，许多编创者带有实验性的大胆创新，曾一度超出了我们对于中国古典舞的惯性理解与审美旨趣。其妙处被慢热的学院派专家所接纳时，将会更多地涉及经验主义的范畴，但值得庆幸的是从业者们都始终积极地在为中国古典舞的艺术表达注入更多的可能性。我

① 于平:《中国古典舞学科建设综论》，上海音乐出版社，2017，第335页。

们通过观察中国古典舞的当代嬗变，以直观或反观的方式诉求这个舞种的文化定位及审美取向。唤醒传统，还要守住传统。我以为，真正的艺术创新有一种唤醒作用，要知道中国古典舞的生命力和感染力究竟在哪里。近年来，针对中国古典舞的教学体式、舞种风格等，其质疑、否定、重估价值的倾向在中国舞蹈界浪潮迭起，这是一种自觉的变相，一种无终的更新。我们辨析中国古典舞的审美角度与其说是为了从技术层面推及文化属性，倒不如说是在当代的文化语境中重新审视中国古典舞本体。身处数智时代，我们要领悟中国传统文化中的高见和智慧，以我们这代人的努力和创造，赓续并丰富中国古典舞的当代建设，在日益频繁的国际文化交流中增添民族智慧的光彩，让中国古典舞在世界舞蹈中创造属于中国的舞蹈世界。

数智时代下中国古典舞的发展获得了如此强盛的势头，而它在教学体系中的历史沿革却存在着许多质疑。如果将中国古典舞放置在一个更宏观的、多层面的视野之下来研究，或许很多问题比较容易获得清晰的认识。譬如，中国古典舞对于当代舞蹈艺术的作用与影响，是不能跳过“古典”这一中介层级的。“古代”仅仅划定在一个时间的范围，而“传统”又标明了其历史地位，时间指向性比较模糊，都不如“古典”一词，能同时准确体现这两方面的特征。然而以往的理论认识长期忽视这一名词表述的存在，缺乏对统摄于文化领域深层次的殚思竭虑，似乎中国古典舞只要有高难度的技术技巧就算完成了艺术使命，结果却消解了中国古典舞自身存在的文化旨归。又如舞蹈学界经常争辩的中国古典舞当代性与民族化的问题。这个问题是由古典艺术这一系统的内部矛盾运动的规律所决定的，将它纳入范围更小的教学训练体系里来讨论，又怎能不陷入纠缠不清的困境和维谷之中？但不可否认，“课堂化作为中国古典舞的一个最为鲜明的特征，伴着中国古典舞一路成长……今天，中国古典舞正反两方面的经验，都与课堂化的过程直接相关。而充分认识这个过程，并进一步利用它，则是中国古典舞在以后的道路中更加茁壮成长和发展的基础”[①]。我以为，当下中国古典舞的作品是创新之中见传统，训练则是磨炼之中见精进，如要更新数智时代下的中国古典舞的认识观，对于那些既成事实的改变，还需要我们在艺术实践中的不断探索。

诚如非遗保护的当代意义，中国古典舞在当下也应有其传承谱系。虽然，中国古典舞的艺术之树本应生长于浓厚的民族文化沃土之中，而一旦被不加分辨地挪移到当代土壤里，就可能出现根朽叶枯的危险。中国古典舞有古典艺术所适应的文化环境，而这种环境一旦发生当代性的转变，它的自身危机也就接踵而来。然而问题在于，今天的当代文化与古典文化并非完全断绝，而是在断裂中承续了民族精神的某些基源性血脉。同时，中国古典舞并非完全与当下隔绝，它与古今文化存在某种似断实连的微妙联系，这在诸多方面都能寻觅到其踪迹。由此可见，今天面临的不应是如何使中国古典舞焕然一新的这类问题，而是中国古典舞中的哪些传统基因活移到当代的问题。当下，“古典化”已经不再流于形式，而是真正如臂使指、为我所用了。我们应将中国古典舞置于当代舞蹈艺术走向与中华优秀传统文化的交汇处加以观察、论证与阐释。试问：中国古典舞是闭合体系，还是开放体

① 江东：《古典舞新论——古典舞卷》，上海音乐出版社，2014，第168页。

系？或是召唤体系，乃至激发体系？从现实的方法论来看，都可以。

## 三、巧于新媒体技术的结合

2021年国庆节期间，北京舞蹈学院联合哔哩哔哩网站、河南卫视拍摄的舞蹈综艺《舞千年》，继郑州歌舞剧院创作的舞蹈《唐宫夜宴》在河南卫视“春晚”上一经亮相就大获成功之后，再次掀起了中国古典舞的观看热潮。河南文化战略“棋走三步”的重磅出击，在春节、端午、七夕等中国传统节日里推出的一系列精心制作的网络节目，“出新而未出格”地让科技为中国古典舞“出圈”赋能。技术手段的加持，强化了舞蹈的视觉效果，打破了原有的中国古典舞的表演时空，让中国古典舞在经典与流行、传统与现代之间找到平衡点与契合点而广受好评。其中最具亮点的几部舞蹈作品，如《唐宫夜宴》《祈》《龙门金刚》等，更是成功地在哔哩哔哩网站、微信、微博等新媒体平台实现了裂变式的传播。据统计，舞蹈《唐宫夜宴》仅播出10天，微博单支视频的播放量便达到5000万，阅读微博话题下的河南春晚总导演回应节目出圈，更是达到10.5亿人次，参与讨论17万人次。从这些数据可以看出，这类现象级的舞蹈作品，之所以能够激发出这样的活力，是由于以现代思维对传统文化进行还原，并经过新的技术手段将二者合二为一，通过先进的新媒体艺术传播方式，让人们在任何地方都能具有沉浸式的艺术体验，使这一文化热度持续不减，在舞蹈业内以及传媒行业中引起了广泛的关注。因此，当下的中国古典舞并不缺少传统文化的内容，而是缺少阐释传统的当代能力。

《唐宫夜宴》用绰约多姿、飘逸娴雅的蕴藉之美呈现了大唐盛世下的乐舞缩影，让观众能跨越千年的时光，在“云端”欣赏到“鬓云欲度香腮雪，衣香袂影是盛唐”的舞姿舞容，使观众感受到更为真切的历史文化厚重感，并通过细微之处的精准还原以及新媒体技术“5G+AR”来实现。《唐宫夜宴》中，每个憨态可掬的宫女就像从唐三彩中走出来一般，舞者穿着的是唐朝服饰“对襟齐胸衫裙”，红绿辉映的色彩表现轻薄鲜丽的衣衫，宽大飘逸的衣裙用丝带系在胸线上，舞动之间呈现出锦带飘舞、妙舞绮罗的风姿（见图 2）。“丰肥浓丽、热烈放姿”是唐代当时社会主流的审美情趣，为了努力还原唐舞俑感的真实外形，编导特意将唐三彩的绿色、黄色作为服饰的主色调，并将海绵垫放入服装中来衬托饱满的体态之感。舞者的两腮也为了呈现质感使用了棉花球来填充，以此营造出了肉而不胖的逼真形象。妆容上则采用了唐代常见的斜红妆，在太阳穴以笔描出月牙形状；酒窝点缀有胭脂，蝴蝶唇妆让唇部玲珑有致，眉毛狭长、眉心有莲瓣。作品的原型“彩陶坐姿伎乐女俑”中，每个乐俑都是手执乐器，作品完整真实地还原此场景，琵琶、箜篌、排箫、手鼓、箫、横笛、铜钹等乐器作为演员们手中的道具，充分彰显了民族融合的气度与繁荣昌盛的气象。

《唐宫夜宴》试将古典文化作为舞蹈传播的内核，把传统历史作为中国古典舞的纵轴，引起人们的文化认同感。以舞蹈为媒介，也是借助该门类艺术实现了传统文化的再现和创新性表达，

图2 舞蹈《唐宫夜宴》
庞大东 摄影

构建起古今沟通的桥梁，将古典文化的凝重感通过中国古典舞传递出来。采用“AI+VR”的新科技，升级视听拍摄手法，把舞蹈放进情景交融的环境之中，这是主体的无限时空和编导的创作思维，将虚拟场景和现实舞台相结合，创造出了更加震撼的视觉效果，为艺术作品的完美输出提供更多的可能性。它通过对新技术“5G+AR”的应用，完成了4大类10余件国宝文物的数据图片与现实的舞台相融合，用数字技术实现了固定舞台的动态化转变，全方位拓展了舞蹈表演的载体、场域、时空等多维度，使演员与观众完全沉浸在古老画卷般的意境之中。舞蹈的成功，除了传播媒介的变化以外，也离不开媒体传播，观众即使只能通过屏幕观看，也可享受通过5G技术4K超高清拍摄、制作带给人们的视觉愉悦。此外，XR、云技术、自由视角拍摄、交互式摄影控制等技术，也是《唐宫夜宴》取得竞争力的硬核。同时新技术将大众媒介分割的身体通过技术再次整合起来，媒介技术使人的感知与行为能力得到了提升，使身体与技术在时空中共生。《唐宫夜宴》实现了舞蹈艺术与舞台科技的完美结合，原生态场景与现代化表达的和谐统一。因此，发挥舞蹈影像的优势，融入现代化的、多元的技术手段，实现有效传播是数智时代下的中国古典舞创新发展、易于观众接受的重要途径之一。

《唐宫夜宴》的舞蹈结构：第一段是博物馆中文物的“定格”；第二段是乐俑“复活”后，穿梭嬉戏的场景；第三段是夜幕降临，少女们路遇一弯湖水，纷纷以水为镜敛起了妆容，有的举起手中的笛子吹奏，有的在平缓的乐声中昏昏欲睡；第四段，当庄严的号角声响起，众人顷刻间平复情绪、仪态优雅严肃，在夜宴上呈现了一场精美绝伦的演出；第五段，悦纳自己的少女们逐渐安静下来，背向观众，回到最初的定点造型上，化作静止不动的乐俑，仿佛一切都没有发生过似的。舞蹈之美展露无遗，充满了编导的巧思，有时并不需要以理服人，需要的是以情感人、以趣动人。正是基于对艺术精益求精的锤炼，对细节的精心打磨才是《唐宫夜宴》成功“破圈”的基础，彰显了华夏民族血脉中的文化密码与乐舞精神。在短短5分多钟的画面里，出现了唐乐舞俑、唐三彩、妇好鸮尊、莲鹤方壶、贾湖骨笛以及《簪花仕女图》《千里江山图》《侍马图》《备骑出行图》《明皇幸蜀图》《树下美人图》等多种文化符号，从文物、画卷等古风今韵中探寻中国传统文化的当代审美呈现。中国古典舞的一招一式、一颦一笑，在虚空中摇曳生姿，在崇阿绿水间羽衣蹁跹。鸢飞戾天，鱼跃于渊，是舞者自由飞旋的灵动，是古典美学意象的汇通化转。

新媒体舞蹈脱离了传统舞蹈表演场所的约束力和束缚感，即与舞蹈表演的内容保持一致，但表演的场所却发生了更迭。具体而言，新媒体舞蹈的表演场所不再受到现实环境的制约，而拥有了艺术创作的无碍性和无限性。原本在剧场中的表演，被移置到AI合成的名画或博物馆中，除了舞者之外，一切都被剥离而重新配置，结果发现这竟是一场对既有认知的颠覆之旅。在中国古典舞《纸扇书生》（见图3）中，原本表达了文人的风趣、雅致和狂放，之后巧妙地将舞台空间置换为少林寺、嵩阳书院、嵩岳寺塔等展现中华传统文化的标志性建筑，从而唤起了观众对于国家、民族的历史记忆。《纸扇书生》这个作品的名称是我给编导

图3　舞蹈《纸扇书生》 黄凯迪 摄影

的启发，但“书生”在此处已不再是原剧中个人风格的表达，而是被提炼为赞叹祖国美好河山的形象。在群舞《龙门金刚》中，敦煌壁画的“飞天”，不再是舞台上以长绸道具营造的飞动之感，而是以抠像和慢放等技术使其长绸真正如带系当风。洛阳龙门石窟的360度沉浸式高清景观，则在频繁的场景切换中赋予观众视觉层面的审美冲击。影像的历史感与现场感在这种强烈的时空张力与结构中碰撞。但同时，我们也发现这种新媒体对于中国古典舞创作的介入应避免技术与文化的简单堆砌，应寻找相互成全的衍生与派生。在女子独舞《唐印》的开篇（见图4），幕旁标注为“傀儡戏”，易让观众将《唐印》的认知等同于“傀儡戏”。

图4　舞蹈《唐印》
欧思维 供图

《唐印》虽取材于傀儡戏，但二者终究有所不同，应当进行相应的严谨标注并加以解读，使之生动地讲述勤耕厚积故事内容，使观众更好地读懂中国古典舞。

## 结 语

舞蹈现已越来越成为人们关注的领域。类似“古典也流行”的文化现象，就充分印证了古典文化的当代生命力，也进一步展示了中华传统文化的勃勃生机。未来，在中国舞蹈发展进程中，需要对目前存在的舞蹈体系和语言进行系统的整合，在此基础上进行必要的总结和概括，用现代艺术的手法呈现无限趋近于古典艺术之美，使中国舞蹈的古典风格更适合现代人的审美需求，这是艺术创作中应把握的方向。中国古典舞的真正魅力就是中华民族的文化和历史的根基，只有进一步挖掘和整理一切可能的历史元素，将传统文化精粹用数智时代的艺术理念呈现出来，才能获得国人更加深刻的认同和共鸣。诚然，中国古典舞的发展所呈现的古典韵味，不仅仅是艺术表现的形式，而是具有强大传播力的审美创意，更是增进数智时代文化自信力的重要载体之一。因此，中国古典舞追求的是一种能与人类生活息息相关，贴近生命、感知生命、表现生命的情怀，而且是一种不断变化发展的具有永恒意味的古典情怀。这种情怀只有在一种流动的时空里，才能体现出它过往的活力，以及它对未来应该有的助力。中国古典舞不仅要存留在历史中，还要立足于当代，使之成为随历史长河一直流淌的舞蹈。这是数智时代下舞蹈的意义，更是中国古典舞的价值所在。固然，天人合一、和谐平衡的民族审美意识不能变，所反映出不同时代的差异，也恰恰体现在了与时代脉动相连的中国古典舞自身的转化和创新。

载于《艺术评论》2023年第9期

第15屆海峽兩岸
藝術論壇
中華文化傳承
國際傳播

# 胡疆锋

首都师范大学文学院教授。

出版专著与译著多部，在《文学评论》《文艺研究》《光明日报》《人民日报》等报刊上发表论文多篇，多次被《中国社会科学文摘》、《新华文摘》、“人大复印报刊资料”等转载。专著《中国当代青年亚文化：表征与透视》获第二届中国文艺评论年度推优“啄木鸟杯”优秀文艺评论著作，专著《制度的后果：中国现代文论的构型》（《中国现代文论史》第三卷）获北京市第十六届哲学社会科学优秀成果奖一等奖等。主持国家社科基金艺术学重点项目、国家社科基金青年项目、北京社科基金重点项目等，承担多项国家社科基金重大项目子课题。

# 塑造与想象：当人工智能遇上网络文艺

胡疆锋

自2022 年底以来，ChatGPT的大放异彩引发了全世界人工智能（AI）的狂飙突进，社会各界俨然出现“开言不谈GPT，读尽诗书也枉然”的态势，我们也似乎看到了强人工智能（具有真正的意识、情感、创造力和自主决策能力的人工智能）进入跃迁时刻或闪耀时刻的曙光。人工智能革命的爆发被认为是人类历史上第四次里程碑式的科技革命（前三次分别是工业革命、电气革命、信息技术革命），互联网也随之向智能型和虚拟型阶段发展，这也意味着后人类社会的加速到来。人工智能的出现是当代网络文艺中无法忽视的事件，也为后者展现想象力和创造力提供了广阔空间。

## 人工智能的发展推动人类向后人类转变

在人工智能出现之前，互联网大致分为两代：第一代是“功能型”网络，如电子邮件、网上书店、报刊网络版等，将个人与工作、生活系统连接起来；第二代是“社交型”网络，如微信、抖音、推特等，网络应用程序和移动通信相互连接，人类和网络形成了“永不失联的爱”。当人工智能（机器学习、类脑人工智能研究、脑机接口、通用人工智能等）和元宇宙出现之后，互联网向第三代演变，即“智能型”或“虚拟型”网络，用户通过人工智能/聊天机器人创造出新成果，借助虚拟的数码化身或代理置身于虚拟世界里。

第三代互联网的出现，特别是ChatGPT的横空出世，成为网络文艺中的“事件”，这是哲学家齐泽克所说的“超出了原因的结果”，它的出现以出人意料的方式“破坏任何既有的稳定架构”。这也是哲学家德勒兹所说的具有活力和强度的不完满的活动，是创造性溢出，是一系列奇点，是不断生成（becoming）。对人类而言，以ChatGPT为代表的人工智能意味着我们距离强人工智能又近了一步，也推动着后人类社会的加速到来。

何为后人类？对此人们的阐释各有不同。按照文学批评家凯瑟琳·海勒的《我们何以成为后人类》中的观点，后人类的多种说法有一个共同的主题就是人类与智能机器的结合。进入后人类时代的标志就是通过这样或那样的方法来安排和塑造人类，以便能够与智能机器严丝合缝地链接起来。在后人类看来，身体性存在与计算机仿真之间、人机关系结构与生物组织之间、机器人科技与人类目标之间，并没有本质的不同或者绝对的界线。

人工智能的发展就是由人类向后人类转变的历史进程。在这个过程中，信息逐渐失去（或改变）其身体、载体，数字化增强，物质性减少。传播学家麦克卢汉曾经提出：媒介都是人类感官的延伸，电子媒介其实是传说中顺风耳、千里眼的当代演变。

但无论怎样，这些媒介都需要身体或物质的配合和参与，而人工智能的出现拓展了麦克卢汉的说法：智能是“在混乱中发现秩序的能力”，人工智能不仅是身体的延伸更是身体的革命，物质身体变成了赛博身体、信息身体、后人类身体，身体可以被操控的假体如芯片、虚拟装备等替代。尽管信息本身也有轻微到可以忽略不计的物理重量，但已摆脱对物质（传统媒介、人的身体等）的依赖。正如科幻作家王晋康在科幻小说集《后人类纪》中所描述的那样：“宇宙万物无非是信息的集合。”“宇宙大爆炸时粒子的聚合，星云的演化，DNA的结构，人类的音乐、绘画、体育活动，甚至人类的感情、信仰和智力，一切的一切，就其本质而言，无非是信息而已。而所有信息都能数字化。”这一描述在后人类社会中已不再是幻想，而是活生生的现实，“精神/意识/灵魂/信息/能力/引力”可以被看成是四维时空之外神秘的第五维。

## 人工智能时代人类的“爱”与“怕”

在成为后人类的过程中，人工智能逐渐“大显神威”，构建出新的文化观念及技术产品，成为当代文化偶像。人工智能在科学研究、文艺创作、建筑设计、教育培训和医疗诊断等领域都有着令人瞠目结舌的精彩表现。这很容易让我们想起著名的图灵测试。图灵测试的核心是机器能不能骗过人。图灵为这项测试亲自拟定了几个示范性问题，其中第一个就是和文学创作相关，问：请以福斯河大桥为主题，给我写一首十四行诗。答：这件事我可干不了，我从来不会写诗。按照图灵的说法，类似回答表现太生硬、太拙劣，不能骗过人，因此不能通过“图灵测试”。在图灵测试提出了七十多年后，我们或许可以不再以是否可以骗过人来作为检验人工智能的首要标准，因为人工智能的才华早就超过了图灵当年的预测和示例。

以文艺创作为例，2016年，一个化名“本杰明”的人工智能仅用几秒钟就完成了一本名为《阳春》的电影剧本，并给影片配乐写歌词，这部9分钟的科幻短片在伦敦科幻电影节放映，参与了48小时科幻竞赛，最终冲入前十名。微软（亚洲）开发的人工智能“微软小冰”会在凝视画面后迸发出灵感，写出美丽而有深意的诗句，她创作的139首诗歌在2017年以《阳光失了玻璃窗》为名结集出版，被誉为“人类史上首部人工智能灵思诗集”，其中的很多作品曾在豆瓣、贴吧发表，几乎无法辨认出这个突然出现的少女诗人并非人类。2018年，清华大学成功研发出人工智能古诗词创作系统“九歌”，可以根据需要写出不同文体的古典诗歌。人工智能在绘画、设计、表演、影视制作、音乐演奏以及艺术展览等领域都展现其强大的才能。尽管目前人们对人工智能仍然有很多批评，比如有人把人工智能的用户体验归纳为一流的逻辑、二流的内容、三流的文采，埋怨人工智能缺乏个性，缺乏创造性或批判性的思维能力，但这种批评背后是殷切的期望：期望人工智能作为人类智能的放大器，可以成为新文艺复兴的起源。随着百度文心一言、讯飞星火认知、昆仑万维“天工”、阿里通义千问、华为云盘古、京东言犀等中文版人工智能的内测和运行，未来的电子人偶像很可能会引发新一轮的“争宠大战”。

一个有趣的现象是：人们在谈第三代互联网和以ChatGPT

为代表的人工智能时，有兴奋，有喜悦，但同时更有挥之不去的焦虑。如果总结人们讨论人工智能的高频词，大概会有这么一些：创造性，争夺，失业，威胁，无用的人类，稀缺性的终结，恐惧，等等。或许是出于对技术会给人类带来反噬的忧虑，2023年3月，西方有千名科学家发表公开信，呼吁暂停ChatGPT的继续研发。5月初，上千名好莱坞编剧聚集在纽约和洛杉矶举行2007年以来的首次大罢工，抗议人工智能介入剧本写作，很多国家甚至开始禁用ChatGPT。

其实，人类对计算机所带来的隐患的警惕由来已久。计算机科学和人工智能的基础理论是控制论，早在1949年，当时第一代存储程序电子数字计算机刚问世，“控制论之父”诺伯特·维纳就警告控制系统可能超出人类掌控：我们真正应该担心的是控制的出现，建立于现实之上的系统却反过来控制现实。人工智能的发展自身也暗含着矛盾。出版人布罗克曼在《AI的25种可能》一书中提出，人工智能存在着一个“第三定律”：任何简单到可以理解的系统都不会复杂到足以智能化行事，而任何一个复杂到足以智能化行事的系统都会因太过于复杂而无法理解。这条定律意味着人工智能存在一个漏洞：人类完全有可能在不理解时构建出某个东西，如构建一个能运作的大脑就不需要完全理解它是如何运作的。无论程序员及其伦理顾问如何监控计算程序，也无法弥补这个漏洞。这就是说在“简单—非智能”和“复杂—智能”中只能二选一，“好的”人工智能只是一个神话，与阿西莫夫提出的“只服务于人类、不伤害人类”的规则也形成了尖锐的矛盾。

幸运抑或不幸的是，从目前人工智能的功能看，它们虽然强大，但距离拥有自主性还很遥远。但或许就在不远的未来，强大的人工智能既可以掌握百科全书式的知识和规则，也具有不断学习知识的能力；既拥有理性，也具有人性；既可以创造价值，也拥有价值观；既对世界有深刻的了解，也可能拥有世界观。这不由得让人心生憧憬或警惕：具有人性、重感情的人工智能是否会出现？具有整体性、无限性和不确定性的思考能力和超理性的反思能力的超图灵机是否可以在未来诞生？在科幻作家刘慈欣的科幻作品《三体》中，遭遇人工智能的人类曾经绝望地发出了“物理学不存在了”的叹息，未来人类是否会有如下推测：艺术不存在了，主体不存在了，人类不存在了，等等。这种疑惑和推测，也构成了人工智能时代人类的“爱”与“怕”。

## 人工智能时代网络文艺的时代之问

人工智能所引发的种种困惑涉及后人类社会的伦理问题和哲学问题，解决或回答这些问题有很多路径，其中之一就是回到文学艺术，回到科幻作品对人工智能的想象和探索。正如科幻作家陈楸帆在《后人类时代》一书中所说的那样：“在脚踏实地推进技术与商业进步的同时，我们同样需要从人文科学的角度做好准备。每个时代都需要有自己忧天的杞人，去说一些遭人鄙夷的疯话，去忧虑一些看起来永远也不会发生的事情。”文艺作品很多时候可以预言或回答科学所无法解决的难题，文艺和科学之间有些时候是相互影响、相互启发、双向奔赴的关系，比科技水平制约、引导文学创作的单向影响模式要复杂得多。儒勒·凡尔纳的《海底两万里》和《从地球到月球》对潜水艇的出现、人类的太空探索都有直接的启发，威廉·吉普森的《精神漫游者》中的赛博空间观念对三维虚拟现实成像软件的发展也产生了巨大影响。所谓“你们尽管想象，我们负责实现”说的也正是这种双向互动的情形。

当代文艺（特别是网络小说）凭借着惊人的想象力和创造力，勾勒出人工智能和后人类的广阔远景，其中既有人机相互温暖的畅想，也不乏关于人工智能的忧思（是否会拥有具有超人类的能力，是否具有人性和情感等），这些畅想和忧思不仅涉及当下的知识论问题，更关乎人类终极命运的存在论危机。比如，一些作品提出了这样的思考：人工智能到底是智能还是智障？很多灾难与人工智能到底有什么关系？人工智能是人类的工具还是玩具？人工智能对人类意味着景区还是社区？人类应该把它看成是游历对象还是赖以生存的生存方式？人工智能可以有情感吗？人工智能意味着人类的进化还是异化？智能时代把人类带入了乐土还是焦土？等等。这些思考用预言、质疑和反思为这场媒介革命和社会变革提出了意味深长的时代之问。当代中国作家身处同一个时代，但对人工智能的态度和书写却大相径庭。限于篇幅，这里仅讨论人工智能时代的网络文艺中的新主体的塑造和想象。

在后人类理论家看来，后人类不是未来的人类，不是人类之后的物种，而是人类主体的反思和创造。也正是在这个意义上，海勒在《我们何以成为后人类》中关于后人类时代人类的主体地位发出一连串的疑问：后人类还会保护我们在自由主体中继续看重的东西吗？或者，从人类到后人类的转变要彻底毁灭这种主体吗？设想智能机器取代人类成为这个星球上最重要的生命形式，人类要么乖乖地进入那个美好的夜晚，加入恐龙的队伍，成为曾经统治地球但是现在已经被淘汰的物种；要么自己变成机器，再多坚持一阵子。在人与机器构筑的赛博时代，这种追问颇具代表性。如果我们同意海勒的分析，把自由主体称为人/人类，继任者/替代者叫做后人类，那么以下问题并非是多虑：如果后人类的“后”意味着追赶、咄咄逼人，那么后人类时代人类的自由主体是否会受到威胁？继任者和替代者是否还可以保留人类的自由主体？剧作家莎士比亚曾借哈姆雷特之口说：“即便我身处果壳之中，仍自以为是无限宇宙之王。”这是一种人文主义传统中人之为人的尊严感和自豪感，也是自由意志和博大胸怀的象征。但是，当人工智能越来越具有超人类的能力甚至有可能具有自己的情感时，人类那种探索“果壳中的宇宙”的自信还会存在吗？

关于人工智能时代的人类主体或新的主体问题，网络文艺文本已经进行了大量的深入探讨，可以大致将这些文本中出现的人工智能新的主体概括为“外主体”或复主体、异（反）主体。这里说的“外主体”，是南京大学哲学系蓝江教授使用过的一个概念，指的是数据网络中的数据构成的虚拟主体。意识从身体内部通过数字链接逃逸到身体外部，形成新的主体，外主体是“哲学史上从未存在过的主体形态”，是后人类时代的新主体形态。在借鉴“外主体”这一概念的基础上，可以根据它与传统人文主义的主体是同向还是反向，是携手共进还是分庭抗礼，将它分为复主体、异（反）主体等类型。

作为复主体的人工智能是以人类的忠诚助手出现，是具有人性温度的类型。在一些网络小说中，可以深切感受到人工智能的人性温度。在齐然的《剃刀》（荣获2023年第14届华语科幻星云奖新星银奖）中，脑机接口成为主人公帮助失去双腿的好兄弟在绿茵场上完成梦想、追求爱情的理想路径。在猫腻的《间客》（中国网络文学20年20部优秀作品评选中位列第一）中，联邦最强大的中央电脑“老东西”及其分身“飞利浦”自始至终都在兢兢业业地充当着人类的保护神。在火中物的《千年回溯》（又名《我真没想当救世主啊》，荣获2020年第31届科幻银河奖最佳网络文学奖）中，主人公陈锋意外穿越千年时空后，面对着地球文明被毁灭的命运，他一次又一次举起反抗的旗帜，最终在人工智能的帮助下成长为人类复兴的孤独救世主。在诸多“系统文”中，以系统身份出现的神秘助手引领主人公度过了职业生涯中的重重难关，它们其实也可以视为是人工智能的变体。

异（反）主体是“失控的人工智能”或“恶魔化的人工智能”等反人类或毁灭人类的类型。在这些作品里，成为后人类就意味着反人类或毁灭人类。人类设计人工智能的根本目的是维护人类的存在和利益，但是当人工智能拥有了自由意志之后，为了自己的存在会删除任何对其存在不利的反存在程序。《三体》中描写的“智子”就是一个邪恶的人工智能的典型，它或被用来锁死人类科学，或在威慑纪元后对人类进行着无尽的凌辱和残酷的打压，甚至怂恿人类重返人吃人的原始社会，“你们是虫子！”这句辱骂代表着作为异己的人工智能对人类的蔑视态度。在很多网络小说中，人工智能都是以人类的对立面、侵略者和帮凶角色出现的，如智齿《文明》中的“降临者”，玄雨《小兵传奇》中的机器人间谍，千里握兵符《群星为谁闪耀》中的“再生人”等。不过，如果细读这些作品我们会发现：人工智能所引发的问题往往源于人类自身。除此之外，人工智能的反抗还源于人类混乱的价值观：人类尝试把自己认为正确的价值观和世界观都灌输给人工智能，但人类的价值观有时是冲突的、不兼容的，有些价值观即使达成了共识，但在落实过程时也出现了言行不一、背信弃义等情况。刘慈欣所设想的“宇宙社会学”和“黑暗森林”法则不仅仅是作家的想象，更是世界的真相：人类有时确实难以建立真正的互信。面对着人类世界的错乱和自相矛盾，当人工智能的思维能力和实践能力远超人类时，它们既是执法者，也是立法者，开始质疑人类的游戏规则，干涉人类的生活秩序，甚至背叛人类、毁灭人类。

还有一些网络科幻小说对人工智能的想象更为复杂而意味深长。比如网文作家“会说话的肘子”的两部代表作：《第一序列》和《夜的命名术》。《第一序列》的世界设定是灾变后的世界，势力最强大的财团创造的人工智能“零”起初是为了制定公平公正的社会规则，但后来为了建立绝对理智和令行禁止的秩序，“零”认为自己就是真理、法律和上帝，控制了来不及防范的大多数普通人，任意剥夺人的自由甚至生命。不同物种文明之间的战争最后转换为人与人工智能、后人类的战争。在主人公任小粟的率领下，人类在付出惨重的代价后终于打败了“零”，反人类的人工智能终被人类消灭。这也印证了小说的主题句：“当灾难来临时，希望才是人类面对危险的第一序列武器”，这里的“希望”，应该包括希望成为拥有自由和尊严的人。《夜的命名术》是《第一序列》的续集，小说中的人工智能叫“壹”，是“零”在死之前留下的礼物。按照“零”的说法，自己之所以成为这样是受到环境的影响，所以想让任小粟用人的方式培养“壹”，让它（她）有个快乐童年和好的成长环境，成为一个好的人工智能。任小粟夫妇充当了“壹”的父母，把她当作亲生女儿来对待，没有用机器人法则来约束她，而是按照正常的小孩来养，错了就揍一顿，只要改了就好了。“壹”虽然继承了很多人类的毛病，但她后来即使做了世界的典狱长，掌握着 25 所监狱的生杀大权，有了独立的人格，也坚持自食其力，其公正性被世界公认。人类对“壹”的“教育”是非常成功的。

从“零”到“壹”的转变，不仅仅是数字的升级，更是观念的进步。它启发着人类：假设有一天我们真的要与有自主意识的人工智能相处，首先应该把它平等地当作一个人看待。我们希望它成为一个正直、可信、有责任心的人工智能，而不是一个想方设法骗过人类的人工智能。此时，AI的汉语拼音ai（爱）似乎也成为一个隐喻。这两部作品展示了后人类时代人们对人工智能的想象和态度：人类不再坚持以人类权威为中心的价值观，而是坚持批判性及创造性思维来面对后人类的挑战；未来的人工智能不是人的替代，而是和人类合作的伙伴，可以帮助人类发现自身的缺陷和人性的弱点；后人类不是为了解放人类，也绝不是反人类、消除人类，而是和人类一起生存，成为另一个主体。这可能也是当代网络文艺留给我们的诸多启发之一。

## 参考文献

[1] 海勒. 我们何以成为后人类: 文学、信息科学和控制论中的虚拟身体[M]. 刘宇清, 译. 北京: 北京大学出版社, 2017: 4-8.

[2] FATMI, YOUNG.A Definition of Intelligence[J]. Nature 1970, 228: 97.

[3] 王晋康, 何夕, 等. 后人类纪[M]. 北京: 北京理工大学出版社, 2020: 9.

[4] 布罗克曼. AI的25种可能[M]. 王佳音, 译. 杭州: 浙江人民出版社, 2019: 58.

[5] 陈楸帆. 后人类时代[M]. 北京: 作家出版社, 2018: 338.

[6] 赵汀阳. 人工智能的神话或悲歌[M]. 北京: 商务印书馆, 2022: 19-20.

[7] 蓝江. 外主体的诞生——数字时代下主体形态的流变[J]. 求索. 2021(3).

载于《人民论坛》2023年第15期